愿你有征途，也有退路

晏凌羊 著

浙江大学出版社

做自己的女王， 别给人生设限

（一）

古人说"三十而立"，说的是立身、立言、立业、立家等。任何人到了三十岁，都会产生一定的焦虑感。这一点，不分男女。

三十岁之前，人们都认为你还是年轻人，即便你摔跤、犯错、走弯路，大家劝你的时候都说"没事儿，你还年轻"；但三十岁之后，如果你依然犯傻甚至犯罪，人们说的就是"你都已经老大不小了，怎么还那样"。

对于现在的中国人来说，一个人应该成熟的年龄不是十八岁，而是三十岁。

不管男女，如果迈过三十岁自己依然一事无成，总难免会有些恐慌。这种恐慌，来自我们惊觉自己在变老，父母也在变老，身上的担子在加重。如果你已经有了孩子，会发现孩子长得飞快，然后，当你发现头天晚上如果熬夜了第二天上班就没精神，发现自己体能的的确确在下降，就不得不承认自己真的不再年轻了。

这种焦虑，在女性身上似乎体现得更加明显，要不怎么会有"男人三十一枝花，女人三十豆腐渣"一说？在传统观念里，男人三十岁时，有点事业基础了，开始变得成熟稳重，是最有魅力的时候。女人呢？二十岁时温柔可人、娇艳欲滴，但过了三十岁就是"末路狂花"了，皮肤、体态、相貌等开始走下坡路。

把"年龄"和"生育能力"挂钩，总能轻而易举地恐吓到女性。很多人不知道的是，现在很多科学研究已经证明：父亲年龄在三十岁以上，精子质量也会下降，遗传给胎儿潜在破坏性基因的概率也会增大。

女性生殖能力最强的时期，并不是她们生育的最佳时期，因为"最佳生殖年龄"和"最佳生育年龄"是两个不同概念，后者还囊括了经济条件、教育水平、心理成熟度等因素。拿我自己为例，我根本没法想象：如果我二十五岁时生了一个孩子，我能对他付出多大的耐心，给他多好的引导和教育。那时候，我自己都还不成熟，一定不如现在做得好，更别说能写得出这本书里所提及的育儿感悟了。

年轻的好处，主要在于退路够长。只是，我还是更喜欢现在这个过了三十岁的自己——心境更柔和，心态更谦卑，懂得善待自己、体恤他人，凡事有度，以诚行天下，并一直在努力扩大自己的眼界、心量和格局。

（二）

二十几岁的时候，我总是很迷茫。

有好几年的时间，我处在一种很浑浑噩噩没有自我的状态。当我看到身边的朋友，一个个都"醉"倒在成功和幸福里，而我还站在原地不知所措的时候，我经常会怀疑自己："我是不是真的很差劲?"

我过多地关注自己的伤口，然后沉迷其中无法自拔。那时候，我一定要通过外界的反馈和评价来定义自己的价值，一定要在一段关系中证明自己的重要性，一定要想方设法证明自己是正确的。那个年纪的我，活得不像一棵树，而像是一棵藤，"等、靠、要"思想严重，害怕被辜负和伤害，希望别人也能对我的人生负责。我看了很多心灵鸡汤，给自己打了很多鸡血，可内心还是有很多的恐惧、迷茫。

如今，我再回看那个年龄段的自己，就像是一个学会游泳的人在看另一个不敢下水的人。那些不堪的、疼痛的往事，如今我都能笑着说出来。

这说起来很云淡风轻，但只有我自己知道，成长的过程有多残酷。每一次成长，都伴随着或浅或深的伤口。哪怕伤口感染，也只能咬牙挺住，没有任何人能帮我们，我们都得靠自己的力量穿越黑暗，独自撑过那些伤痛和暗夜，独自实现蜕皮和成长。

电影《金刚狼3》里有一个桥段曾击中我的心。拥有超能力的男主角罗根做了个噩梦，梦醒以后跟同样拥有超能力的女儿有一番对话。

女儿说，我也会做噩梦，梦见别人伤害我。

罗根说，我的噩梦不是，我梦见我伤害别人。

年少的时候，我们怕被伤害，只看得见自己，恨不能生出三头六臂来保护自己，因而变得很有攻击性。长大以后，我们怕自己会伤害到别人。这种转变，便是成长。

我们都是先看清了自己，才能看到别人；都是先活好了自己，才能关照别人；都是先强大了自己，才能悲悯别人。

年少时我们好像确实特别容易遇到别人，排队买个电影票都可能会有一场美丽或表面看起来美丽的邂逅。但那会儿，我们的眼光是向外看的，欲望是向外求的。现在，我们学会了向内看，不管是走到哪儿，往前还是往后，往左还是往右，来来回回遇见的都是自己。

电影《一代宗师》里"见自己，见天地，见众生"这句话，让我思索良久。如果把这"三见"视为成长的三阶段的话，那二十来岁的我是没把"见自己"这一步做好。

经历过一些事儿后，我终于慢慢看清自己是什么样子的，周围的世界是什么样子的，最终我发现：我们如何看待这个世界、解释那些事件，的确会对人生产生非常重要的影响。幸福有时候并不依赖于选择，而是依赖于我们对选择的解读。

只有"见"了自己，你才有可能进一步"见天地""见众生"，才能对他人报之以体谅与悲悯，对世事多一份看破与接纳。

或许，人的成长就像是一棵树的生长一样，也是有季节性的。有时看起来，它的叶子都掉光了，不再开花，没有果实，可其实，它可能只是沉睡了过去。如果它愿意醒来，那么，给予它阳光、空气、养分、水等这些最稀松平常的东西，它就会发出新芽，又焕发出勃勃生机。甚至，因为根系更发达，因为蛰伏了一个冬天，它会比过去更加坚韧，更加无惧风吹雨打。

一个四十几岁的女性朋友曾经这样跟我说："年轻时候我过得很苦，遇到诸多挫折和不顺，感情、事业都受到打击。虽然人们都说女人越年轻越好，但是我心里清楚，我年轻时候过得一点都不好，没经验，没钱，被骗，被伤害，现在我真的一点都不怀念年轻时候那些处于人生低谷的岁月。现在虽然年纪大了，但是我有能力、有事业、有钱、有朋友、有亲人，有能力经营感情，而且不再迷茫。我觉得现在的状态才是最好的自己。"

说到最后，她加了一句话："人还是要为自己而活，坐再光鲜的副驾驶也不如自己掌握人生的方向盘。"

每个年龄段都有它的美好与无奈，而年龄对一个人的真正意义或许就在于这种体悟和成长。度过了漫长的自我救赎与蜕变时期之后，沉淀下来的那份独立、尊严以及平和就显得特别珍贵。

女人的身份与价值，不应该由婚姻状态、年龄状态来决定。我们的人生价值也不需要别人来衡量，只要还有热情、才华、毅力等这些历久弥坚的"精神内核"在，只要我们还能对着糟糕的生活挥拳宣战，还能活出自己的精彩，那我们就是自己的女王。

谨以此书献给所有二十几岁、三十几岁、四十几岁甚至更大年纪的依然走在成长路上的人们。过去，咱不回头；未来，咱不将就。

愿你对外强大、对己温柔。

愿你有征途，也有退路。

愿你有风有帆有大海，有诗有梦有远方。

Part 1 所有的逆袭， 都是有备而来

Part 2 你得先谋生， 再谋幸福

Part 3　懂事的孩子，不一定不快乐

Part 4　别把"和稀泥"当智慧

Part 5　没有你,世界会变冷一度

后　记

Part 1
所有的逆袭，都是有备而来

那些曾经不被看好但最终实现了逆袭的人，总能让我们更容易产生情感共鸣。

因为他们够勇敢和执着，因为他们没有放弃，因为他们最终得到了命运的垂青，我们也会因此受到鼓舞。他们让我们相信：只要我们够努力，也会迎来我们的春天。

所有的逆袭，　都是有备而来

（一）

　　我喜欢的男演员，几乎都有这样几个特点：都曾经非常不走运，但最终实现了华丽"逆袭"。成名后，他们都在踏踏实实演戏，不刻意炒作，几乎没有烂俗绯闻和八卦，别人给他们的评价大多是"干净""低调""谦卑""敬业"。而且，成名后他们依然一直磨炼自己的演技，不忘自己是一个演员。

　　其中，有一个男演员，似乎比其他人更"倒霉"些。我说的这种倒霉，不是说"根本得不到机会"，而是"差一点就得到了机会"。

　　追梦路上遇到的最残忍的事情，不是"努力得不到回报"，而是"差一点"。比如，参加考试，一分之差落榜；赛场上，差0.001秒就能拿个奖牌；应聘抢手的岗位，人家只招聘两个，而你综合排名第三；原本定了由你来出演一部热门电影、电视剧的主角，到了最后一刻却惨被换角。

很多次，这位男演员"差一点就红了"，可惜就是"差一点"，让他蛰伏了十来年。

因为这些"差一点"，很多"迷妹"们为他打抱不平，可我倒是觉得：有时候，年纪轻轻就爆红，其实未必是一件好事。因为年轻，因为名利来得太容易，所以很容易不可一世，觉得全世界都得为自己开路。当然，也就更容易栽跟头。

或许，这位男演员正是因为有过那些听起来都很惨烈的换角经历，才使得他更加珍惜后来那些来之不易的机会和生活，不会因为走红而变得浮躁、傲慢、耍大牌、自我膨胀。

因此我会更欣赏那些经历过一些挫折最后才获得成功的人，大概是因我潜意识里觉得这样的成功似乎来得更坚固些，也觉得他们的品行更值得信赖些。

（二）

这位男演员的故事告诉我：有准备的人不一定能得到机会，但机会只会降临到有准备的人头上。金子发光不一定会被人看见，但如果你是金子，就要努力发光，不管有没人看见。

对这话，我也是深有体会的。

我的第一本书在网上书城卖断货的时候，一个许久没联系的朋友说："好像也没看到你在写作方面有多努力啊，怎么就出书了？"

她所不知道的是，我从 17 岁开始就笔耕不辍了。上大学的时候，为了写一篇小小说，宿舍熄灯后我搬个小凳子坐到走廊上，借着走廊的灯光写到凌晨三四点钟，接着再四处"求爹爹、告奶奶"向同学借电脑，把稿纸上的文字输入电脑，然后四处发邮件投稿。

我不是中文系科班出身，也没受过任何写作培训，又不想模仿报刊上已经发表的那些文章的套路，只是凭感觉写，写出来的文字难免真诚有余，但技巧性不足。或许是我才情有限，或许是不懂套路，我投出去的稿件经常"石沉大海"。

我也参加过一些征文比赛，拿到过一些奖，但都算不上是令人瞩目的成绩。我安慰自己：没有作品发表或得奖没关系，我只是单纯的爱表达，能表达出来就已经是乐事了。

之后，我就一直混迹于论坛、微博，天天写，一日不曾停歇。

慢慢地，有人注意到了我的文章，转发、点赞、评论数开始增多。某天，我用一个中午的时间写了一篇批评女利主义的文章，结果，那篇文章在短短24小时内阅读量突破170万。

随后，陆陆续续有几家图书公司、出版社找到我，邀我出书，和我签约。

前段时间，我几年前写的一篇文章忽然火了起来，文章被各大平台转载后，阅读量突破了一个亿。

那一刻，我觉得人生有时候真的很魔幻。三年前我写完这篇文章后，拿着它到处去投稿却毫无结果。我也曾经人介绍加入了一个作者群，却因为被认为"太没实力"而被踢出群聊。

你看，"机会"总是这么任性，而我们唯一能做的：只是在它来临之前，积蓄好力量。若不是平时有积累，我又怎么可能在拿到出版合同后，写出一本书呢？

（三）

这个世界上，好像从来都不缺缺少机会的人。

不少明星在成名前，也都经历过一段看不到希望的经历。没有人知道他们的名字，没有人记得住他们的面孔，他们只能当一块微不足道的背景，当一颗随时可能被撤换掉的"棋子"。但是，人生就是这样，活得卑微、不被看好的人，不一定没有未来。

我曾经思考过一个问题：人们为什么都喜欢"草根逆袭"的故事？

因为那些曾经不被看好但最终实现了逆袭的人，总能让我们更容易产生情感共鸣。

说到底，还是因为这些人和大多数草根阶层一样，起初得不到太多的资源和机会，这很容易令我们产生身份认同。因为他们够勇敢和执着，因为他们没有放弃，因为他们最终得到了命运的垂青，我们也会受到鼓舞。他们让我们相信：只要我们够努力，也会迎来我们的春天。

不知道大家有没有这样一种感觉：当我们听到或看到一些不公平的事情的时候，即使这些事情和我们无关，也常常会让我们产生强烈的愤怒。而当我们看到一个平凡的人一步步走向成功时，我们会产生非常强烈的欣慰感，觉得命运有时候是公平的，觉得它原来也肯给那些肯努力、肯坚持的人馈赠，于是，我们内心深处也产生了一种"公平感"。

这种公平感，令我们感到愉悦。

可是，世界上真有平白无故逆袭的"草根"么？当然没有。

所有成功的逆袭，其实都是有备而来。

那些正经历倒霉和沮丧的"倒霉蛋"，那些苦苦挣扎、拼搏但不愿放弃梦想的"草根"，只是一时落魄的追梦人。

不信，请各位自称为"草根"的朋友问问自己：你有喜欢的事情吗？你有想追求的梦想吗？如果有，在得不到任何鼓励和肯定的前提下，这件事情你坚持了多久，有没有超过了十年？

我估计很多人的答案，只有六个字：吃饭、睡觉和花钱。

所以，世界上或许真的没有"草根逆袭"这回事。能逆袭成功的，都是些坚持梦想但暂时没得到机会的追梦人。为了逆袭的那一天，他们准备了不知道多少年。

（四）

梦想就像是睡莲，是浅浅地浮在水面上的那朵看得见的花，这朵花能否开放得美丽灿烂，取决于水面下看不见的那些根系和养分。人们都只看到美丽的花，却不知道那些根系经历过怎样的严寒和酷暑、干涸和水涝。

在这个很多人都在乎成功的年代，很多人的心思都专注于水面上那朵看得见的花朵，恨不能给它打激素，希望它早日盛开，却很少有人关心水面下那些不容易被人看见的根系和土壤，甚至忘记了：一朵花开得好不好，与那些不被人看见的积累、沉淀、艰难、沮丧、绝望，息息相关。

机会还没到手里时，说明它暂时不属于你，也说明时机未到。每个人总有适合自己生长的土壤，或者是欣赏自己的人，或者是属于自己的机会。我们要做的，就是把能量储备好，状态调整好。

至于机会和成功？得之，你幸；不得，你命。

俗话说，"一想二干三成功，一等二看三落空"。如果你也有梦想，如果你不想让梦想落空，就请坚持到天荒地老吧。万一，它哪天就实现了呢？

你缺的不是钱，而是格局和远见

（一）

参加工作后的第一年年底，我拿到了年终奖，一共将近一万来块钱。这笔小钱简直把我高兴坏了，可一想到国家助学贷款还没还、我弟弟大学还没毕业，我还是很发愁，所以总是不敢乱花钱。

那时候，我一直住在集体宿舍或出租屋里，有整整五年的时间里，我都一直没买洗衣机，所有的衣服都是手洗的。一开始我不买洗衣机，是为了省钱，早点把助学贷款还清；后来我不买，是觉得自己一直没有固定的住所，若买了大件家电、家具的话，怕将来搬家麻烦，而且我当时是单身，也没好多衣服可洗，没多少食物要装进冰箱。

我有个邻家姐姐，当时也跟我一样申请了国家助学贷款。我拿到工资以后的第一件事就是去还贷款，而我那个姐姐，一拿到工资就各种"买买买"。学生时代被压抑了的购物欲，在她拿到工资以后全面爆发。

我问她："你这么花钱，你助学贷款怎么办？"

她回答我："不还了。"她的逻辑是："反正我都毕业了，手机号码一换，银行就找不着我。我给银行留的是老家的地址，而我老家的人都去城市里打工了。"

刚毕业的我，其实不大懂得"征信记录"的威力，也不知道这会对将来造成怎样的影响。我只是觉得：在我最困难的时候，是银行给我贷了款，让我读完了大学。那么，毕业之后我就必须要还上，因为人要懂得感恩，何况欠债还钱是天经地义。

我的想法和做法遭到了这个姐姐的唾弃，她说："你真是傻。那么多人不还，就你上赶着还。而且你以为银行给你贷款是在做慈善啊？人家也是赚了你利息的。"

事实上，那几年，国家给所有大学生的助学贷款利率是市场利率的一半。而且，我们每个人需要偿还的助学贷款本息合计才三万余元。

我跟那姐姐说："如果人人都跟你一样，大家都不还助学贷款，那以后谁还愿意贷款给大学生？那些真正读不起大学的孩子，怎么办？"

她回答："我自己都管不过来自己，还管别人那么多？！"

当时，有一篇题目叫《做人要有格局》的文章在网上传得特别广，我转发给她看，她嗤之以鼻："格局？格局能当饭吃吗？"

十年过去，当初有没有还上这笔钱，给我们带来的境遇千差万别。

毕业两年后，我还清了助学贷款。之后，不管我是申请信用卡还是申请房贷，一路畅通无阻。

　　而那个姐姐，则被列入了银行的黑名单，不但连信用卡都申请不到，想贷款买房更是天方夜谭了。而这几年间，房价涨了多少，她因为贷不到款买不了房而错失了多少机会、折损了多少财富，只有她自己清楚了。

（二）

　　诺亚财富创始人汪静波说的一段话，让我思考良久。

　　她自陈："（我）永远是放弃短期利益，专注长期利益。当我碰到一个大的机会的时候，我就问自己这是诱惑呢还是机会？如果是诱惑，我就可以放弃；如果是机会，我就长期坚持。"

　　其实，我们每一个人都无时无刻不经受着各种利益的诱惑，有些是长期利益，有些是短期利益。如何分辨遇到的利益诱惑到底是长期还是短期，取决于人们的认知程度和对利益的渴求度。

　　清醒一些的人，能抵抗利益陷阱，明白自己接受眼前这种利益后所需要付出的代价，而急功近利的人，则趋向于服从利益的诱惑，进而陷入泥潭之中不能自拔。

　　愚者盯紧的是眼前的"鱼"，而智者关注的是长远的"渔"。

　　短期的利益陷阱，通常会打上"过时不候"的标签，你总觉得这一趟车如果赶不上就来不及了。然后，在仓促之下做了决定，等你清醒过来以后，自己已经上了车。这车开得越远，你就会发现当初那个选择给你造成的损失和痛苦远远超过了当时上车时的满足。

著名编剧六六曾经说过这样一个事："《双面胶》我没拿剧本费，活儿是我白送的，甚至在电视剧的编剧名单上，都没有出现我的名字。当时我挺着大肚子在怀孕，还连天熬夜写剧本，我妈一直以为我是看在钱的份儿上……其实我内心里很感激《双面胶》导演，如果不是他为我打开了电视剧这扇门，我的作品也许直到今天都藏在深闺无人识。"

这个故事影响了我良久，六六身上有的这种特质或许便是人们常说的"格局"。

现如今，我也一直走在追逐梦想的路上。一些时候，我看到那些我自认为并不如我的人赢得了比我更好的机会，也会心浮气躁，但后来，我慢慢发现，他们身上也有很多我所不具备的闪光点，而我，只是积淀不够，属于我的时候未到。

（三）

一家图书公司的编辑跟我吐槽说，在结算版税的时候，一个作者为几百块钱跟他掰扯了好几天。作者认为图书公司少给自己结算了几百块，可最后的结果是，图书公司的计算方法是对的，是作者对版税计算理解有误。

这个编辑无奈地说："为这么点小事情，他白白浪费了我好多时间。以后这个作者我是再也不会合作了。"

我真心为这个作者感到有点可惜。一个人去争取自己的权益当然无可厚非，但在争取权益之前，得先梳理好事情的来龙去脉，做

Part 1 所有的逆袭，都是有备而来 013

好相关的准备工作，再清晰、明确地表达自己的诉求。你先为别人着想，别人才有可能会为你着想。这样没完没了地为了几百块钱跟人掰扯，会损失掉别人对你的信任，接下来，你很有可能会与别人能提供给你的机会、资源失之交臂。

我还有一个朋友，早些年资助了一个贫困孩子，每年开学季他准时给那孩子账户划款三四千元，可后来，还没等那孩子毕业，他就停止资助了。

我问他怎么回事，他有点生气地回答："我对那小伙子感到很无语。银行卡丢了，账号变了，他也不通知我一声。我想着穷孩子自尊心普遍比较强，不好开口主动管我要资助款，所以那年开学时，就通过他们班主任找到了他，让他告知我新的银行账号。结果你知道怎么着吗？"

他越说越气愤："我问他新开办的银行卡的账号，他就真的只发给了我一个账号。然后，我又发短信过去，问他开户行名称，他回复了这账号是在哪家银行开立的。后来，我想跟他确认，收款账户名是不是他的名字。结果，他回到我一句，我的名字你不是知道的么？"

"这话噎得我半死。别人如果肯借我钱，我会把对方可能会用到的我所有的账户信息详细地提供给他，必要的话还会写借条，说明借款用途、归还期限。最后把钱还上了，还会送个礼品跟人致谢。我资助他，是无偿的，是不需要他报答的，可他倒好，每次跟他沟通个什么事儿，都搞得我像是欠他钱了一样。"

这个故事还有后续。我这位朋友停止资助后，那个孩子给他来了一条短信："说好要资助我到毕业的，你这人怎么说话不算话？"

朋友跟我讲起这个故事，一脸的无奈。他摇着头笑着说："看到短信的时候，我都没想回复他，直接把他拉黑了。"

我说："我觉得这孩子缺的不是钱，而是远见和格局。照这么下去，他永远成不了大器。"

（四）

有很多刚毕业的毕业生在后台问我："第一份工作的薪酬待遇重要吗？"

我的答案是："重要，但也没那么重要。"

一个不跟你谈钱，只跟你谈情怀和梦想的老板，不会是一个靠谱的老板，因为薪酬待遇就是对一个人工作能力的最大肯定，说那些虚头巴脑的东西没什么用；但如果，一个雇员只跟老板谈钱，那这个雇员也不大靠谱。

那为什么我们有说"第一份工作的薪酬待遇没那么重要"呢？因为薪酬嘛，只要够合理就好。也许我们更该看重的，是自己能不能从中学到东西，增长见识和技能……这些，有时候比薪酬待遇更重要。

国内某知名网站的创始人在一次演讲中讲过这样一个故事："很早以前，我们有个做产品的同事，是作为应届生被招进来。当时大家都觉得他不算特别聪明，就让他做一些比较辅助的工作，统计一下数据啊之类，但他有个特点就是肯去做，负责任，从来不推诿，只要他有机会承担的事情，他总尽可能地做好。在这个过程中，他真的得到了很好的锻炼。现在，他已经是一个掌管十亿美金生意的副总裁。"

我一个高中同学的第一份工作是在国企，工资加奖金大约每月5000元，还有一些福利。端上了这个"铁饭碗"，她的全家都为她感到骄傲，同龄人也艳羡不已，可唯独她闷闷不乐。她说："虽然工作稳定清闲，收入不低，福利不差，但我在这里待了两年，越来越觉得自己学不到新东西了。"

后来，她不顾家人的反对跳槽到了外企，一开始工资只有2500元。父母都觉得她简直就是疯了，她妈妈更是有好几个月没搭理她。

她当时跟我解释说："收入少了很多，从高高在上的甲方变成了卑躬屈膝的乙方。以前有班车坐，现在每天自己挤公交……但我一点都不后悔，在这里，我每天都能学到新东西。"

一年后她的工资加到6000元，而且每年都有加，现在年收入早已过了60万，她自豪地说："这些年确实学到了很多新东西、新技能，如果我现在要跳槽，会有很多机会等着我。"

她还说："这些年，也算见识了不少职场达人。我发现，那些做得好的人，往往就是那些沉醉于所做的事的人，而不是只盯着饭碗里那几块肉的人。做我们这一行，只要你全力以赴去做，就能产生很大的成就感和自信心，而且会产生向下一个目标挑战的积极性。有了这种激情与热情并做出成绩，薪酬增长是自然而然的事情。"

"别急着去赚钱，咱得先让自己变值钱。"她总结。

（五）

一次偶然的机会，我认识了一个开有三家公司、拥有一个慈善基金会的"大咖"。那时他已年近六十，但已经去过五十多个国家和地区，最远去到了南极。讲起自己的旅游见闻，他手舞足蹈。

有一次，他跟我讲了他的发家史：1997 年金融危机，他得到一个千载难逢的机会：某国际品牌在中国大陆的独家代理权。当时的他，很想启动这个项目，但需要 2000 万的资金，而他当时只有七八十万的资产，从银行里也贷不出来巨额贷款，身边也没有能借给自己很多钱的朋友，但这个千载难逢的机会又不想错过，怎么办呢？

刚巧他认识的一个朋友有几笔银行汇票，他就把那几笔汇票借了过来，以贴现（提前汇兑）的方式拿到了一笔钱，用仅有的七八十万积蓄作为贴给银行的利息，赢得了半年的可贵的资金周转时间……

这 2000 万中的 1000 万，他拿来租场地、装修。剩下的 1000 万，他拿来进货。场地租赁和装修的合同价是 700 万，后来他直接给对方奖励了 50 万。要知道，当时的 50 万对他而言，也是一笔巨款。他愿意做出这种让利，只是为了让合作方感到有奔头，然后愿意加班加点赶工期。

他说："让跟你合作的人气顺了，生意也就顺了。"

半年过去，他不仅还清了 2000 万，又赚到了 2000 万。赚到钱以后的第一件事，他就是去还债和报恩。当年愿意借他银行汇票的朋友，每个人都从他那里得了一大笔收益，远远超过银行利率的数倍。

那会儿他是乍富，但他"有暴发户的命，没有暴发户的病"，没有因为暴富而自我膨胀，然后花天酒地，穷奢极欲。赚来的那些钱，除去报恩，除去购置生活和做生意必需的房产，都被他投进了更有前途的行业。再之后，他不去找钱，钱都会来找他。

让他总结自己创业成功的原因，他只说了一个字："命。"

我说："您真谦虚。"

沉默了一会儿，他才说："我觉得一个人为了赚钱而去做一件事情的时候，往往很容易失败。在发家之前，我也创业过，但因为太想回本和创造利润了，所以失败过几次。可到了后来，我做代理的时候，一方面的确是想赚钱，但另一方面，我真的是把它当成一个梦想去做的，又或者，我那是在解决行业问题……结果，就鬼使神差就赚到了钱。"

我补充："做人的格局也很重要啊。如果你给人感觉不靠谱，那么，那个独家代理权就不会落你头上，也就不会有人愿意把未到期的银行汇票借给你。而且，你当初是用借来的钱搞的装修，可以说手头并不富裕。换很多人来说，这种时候可能一分钱要掰成两半来用，但你却舍得拿出 50 万奖励金来，只是为了督促施工方按时完工。赚到第一桶金之后，你没有变成守财奴，而是先偿还了债务，再给当初借你钱的人一大笔好处。这种气魄，不是谁都有。"

他回答："可能你也听过李嘉诚说过的这样一句话'假如和别人合作，假如我们拿七分合理，八分也可以，那李家拿六分就可以了'，也就是说：他让别人多赚了二分利，但却因为少拿这两分利，赚到了好名声。做生意的人，最讲究商誉。商誉好了，利也就滚滚来了。孔子说过'己欲立而立人，己欲达而达人'，落实到做生意上，便是：我自己想要赚钱，就得先考虑让别人也赚到钱。"

（六）

曾国藩说："谋大事者，首重格局。"这话听起来很"鸡汤"，但却时常在我脑海里回响。曾国藩所说的格局，大概就是指一个人的眼光、胸襟、胆识等心理要素的内在布局。

每当我感到心浮气躁的时候，每当我坚持不下去想偷懒的时候，每当我对周遭牢骚满腹、觉得纵然是拼了命也得不到肯定的时候，我总会想起这句话。

俗话说，"心量太小，难成大器"。我虽没有"干大事""成大器"的野心，但对这话还是认可的。只要我们的心量足够大，那么现实世界中一些负面的东西对我们的影响就会越来越小，直至可以忽略不计。

畅销书《格局逆袭》的作者说过一句话："有人靠天分逆袭，有人靠身份逆袭，如果你什么都没有，也许只有靠格局了。"

与你共勉。

做事目标感一定要强， 但做人目的性不能太强

（一）

"机会是争取来的，不是等来的"，这句"心灵鸡汤"流行已久，我曾经也对此深信不疑，但最近发生的一些事情，让我对这句话又多了些思考。

一个网友加了我微信，但最近忽然给我连发三条信息，希望我能参与她的公益活动，捐钱献爱心，看起来像是群发的。

坦白讲，这十年间我也捐助了不少孩子，但不知道为什么，对方这样的连环劝说，实在是令我有些反感。

也是在同一天，我收到一个朋友的群发消息："对不起各位，我经常在朋友圈上传鞋子的照片，实在是打扰了。为了我儿子的治疗费用，不得已为之，望请见谅。我儿子现在慢慢好起来了，这离不开你的支持。新的一年，祝你健康平安。"

以前我跟她买过鞋子，确实物美价廉。记得前段时间，她发了一条朋友圈，说她那个十岁的儿子终于会叫妈妈了，她高兴得哭

了。我心里一软，就又跟她买了一双鞋子，并且把她推荐给了近期需要买运动鞋的朋友。

接着，我开始陷入思考：为什么同样是群发消息，一个令我心生反感，一个令我愿意"拔钱相助"？

究其原因，无外乎几点：一个是赤裸裸、急吼吼的爱心绑架，一个是温情脉脉、春风化雨地以表达感恩为主、希望你帮衬她为辅，情感上自然是后者更让人觉得亲近；一个是只要你捐钱，一个是给你提供你需要的东西，理性上也是后者更受欢迎；一个是替别人募捐，你不知道你捐出去的钱去到了哪儿，一个是为自己的儿子赚医疗费，人们也更容易对后者发善心。

除却上述因素外，我觉得还有一点：前者给人感觉目的性太强。

（二）

我不知道大家是不是也会遇到这样的情况：有人向你求助时，若对方带着一种让你感到有点压迫感的口气，又或者对方自带那种"你不帮我，那你就是与我为敌"的气场，你的第一反应便是拒绝。

从人性角度来说，人们其实都不喜欢听到有进攻性、侵略性的语言。你越表现得不容对方拒绝，就越容易引人反感、对你提高警惕。所以，有时候请人帮忙，表现得太急不可待反而适得其反。

人们都说"机会是靠自己争取来的，不是靠别人给你的"，可现在我觉得这句话是有问题的。很多机会其实真的是等来的，不是争取来的。

人活一世，总会遇到各式各样的困难。每个人都会有难处，也都有需要别人施以援手的时候，所以求人并不丢脸，被拒绝也不丢脸。

我也有过求人被拒绝的时候，也会探究自己被拒绝的原因，发现有一些是我的问题，有一些是别人的问题，有一些是机缘问题，怪不得谁。而我唯一能把控的事情是：去求人的时候，怎样才能做到既不让对方为难、又不让自己难堪。

很多人也在抱怨：为什么我努力地想解决问题，可是总是无效，甚至情况越来越糟糕？事实上，并不是所有的努力都是有效的。

举个例子：甲和乙是双胞胎，成长在同样的家庭环境中，性格也很相似，两个人在学习上花的时间差不多，成绩也难分伯仲，两个人一起参加高考，填报的志愿也一样，但甲比乙多考了一分，刚好就被某重点大学录取，而乙则因为一分之差而落榜。我们不能因为这个结果，就说乙不够努力，而甲比乙聪明。

也正是因为成功是带有随机性的，所以我认为，在我们想办法解决某个问题之前，先要解决的最关键的一个问题是：准备好失败，并且坦然接受这种失败。有了这一点，你的状态才能变得松弛，才可以更加专注地去做你眼前想要做好的事。

太想成功或者"只许自己成功，不许自己失败"的人，往往对成功有着太强烈的欲望。欲望是个好东西，它能促使我们奋进，但"欲望太强烈"却很有可能灼伤我们。当一个人陷入"太想成功"

的泥潭时，他越努力地挣扎，就下陷得越快。

有时候，越努力不一定会越幸运，相反，很有可能导致"越失败"。

以前我接触过一个做销售的朋友。他刚入行不久，他的主管就意识到他拜访客户的目的性太强，除了只询问对方是否会用到他们的产品之外，他几乎什么也不问。

比如，他得到一个项目的信息，从信息上知道这个项目施工方的负责人是谁，就跑去施工现场，直接问："某某在不在？"如果对方回答"在"，他就继续说："我是做某某产品的，您看您这里需要吗？"对方往往说："不需要！"然后他就走了。

后来他的主管告诉他，这样做肯定是不行的，做销售就是在做人，要学着和客户交朋友，见面以后可以聊一些产品之外的东西，让对方放松对你的戒心。在跟客户打交道的过程，你的目标感可以强，但目的性不能太强，否则只能适得其反。他很快调整了策略，现在已经从一个销售"菜鸟"成长为精英。

想必大家去逛商场时，也会遇到这样的情况：如果销售员不热情的话，你会觉得这家店根本不在乎顾客的感受，也懒得在这里多看，但如果销售员太热情，追着你说这款产品如何如何好，然后趁热打铁要你马上掏钱买，你多半是会很反感的。好的销售，会掌握好这个"度"，你买了会觉得这东西买得值，不买也不会觉得心里有负担。

追求异性也是要讲求艺术的，目的性太强、不计过程一心只想得到的人，往往会失败。即便得手了，也可能会以另外一种方式失败。其实，大家都可以把状态调整得松弛一点，自然地享受心与心靠近的感觉，而不是为了得到对方，故意把自己包装成另外的模样。

总结起来，无非就是一句话：越是在乎，越要沉住气。

（三）

我不反对一个人为了实现自己的目标而努力奋斗，更不提倡"做事没有目标"，我只是觉得，不管做什么事情，都应该积极进取，有明确的目标，但这个目标你记在心里就行了。

实现这个目标的方法和手段有千万种，急功近利是最不可靠的一种，一旦我们把这种浮躁情绪带入其中，就离失败不远了。

"目标感"和"目的性"的区别在哪儿呢？比如，唐僧去西天取经，不管经历多少磨难，都保持初心不变，这就是他的目标感。而有些姑娘去相亲，一见面就打听男方是否有房有车、年薪多少，是为"目的性强"。

功利心、求胜心太强，不仅会引人反感，会与机会擦肩而过，还有可能会干扰我们的行动。明白了这一点之后，我希望自己以后尽量学会用别人能接受的方式，提出自己的请求、要求和见解，尽量不让别人觉得我目的性太强或是唯利是图。

人不可缺乏进取心，也不可能做到完全对利益没有任何考虑，但越对某个事物过分地刻意追逐，就越可能无法如愿，甚至可能会让目标像一尾滑溜溜的鱼一样从你手中溜走。

保持平常心，在战略上做好失败的准备，在战术上精益求精，或许胜算更大。属于自己努力范围内可以得到的东西，咱踏踏实实去做好；需要别人给机会的事情，尽力去争取，但不要强求，更不要让自己争抢拼杀的姿态带给别人太大压力甚至对别人造成反感。

总之，该争取的争取，该随缘的随缘。万物来去自有时，要走的留不住，该来的总会来。

"鸡汤" 虽美味， 切记莫 "贪杯"

（一）

一直以来，讲成功学的著作总是经久不衰。它们被摆在书店的畅销书架上、投放在机场书店里的大电视上，很多人争相购买、阅读、观看，好像把"成功学"请回家供着，就已经品尝到了成功的滋味。

随便翻开一本成功学著作，都在讲"我们应该怎么做，才能成功"。

我之所以认为成功学有毒，主要是因为：大多数成功学只是告诉了你一个因一个果，可世界上很多事情没有那么简单。

举个例子，唐僧师徒四人去西天取经，凯旋归来以后若是让他们总结经验，唐僧可能会说"是因为我有信念，只要我不被妖怪吃掉，我们就一定能胜利"。

孙悟空会说："是因为我有能力，遇到妖魔鬼怪，打得过我就打，打不过我就去天庭搬救兵。"

猪八戒说："是因为我跟对了人，一路上有人帮有人带有人帮我挑铺盖。"

沙僧说："是因为我听话，师父说啥我就照做，想不成功都难。"

唐僧师徒为什么取经能成功？他们四个说得都有道理，但都不是全部的原因。

很多成功学讲的，只是作者的一些主观见解，并没有经过系统、科学地分析和论证，甚至很多时候他们把成功的"果"当成了成功的"因"。

（二）

这几年，讲"情感成功学"的一些专家，用的也是这个路数。他们不厌其烦地劝诫遭遇感情问题的女性："男人都是怎样怎样的，你只要怎样怎样，这个事情就会怎样怎样了。"

且不说男人有很多种，即便男人真的只有共性而没有个性，你若真按照他们说的方法去做，也未必能得到好的结果。

通常情况下，那些真正能带给你正能量的人，通常不会告诉你具体应该怎样做，而是启发你该怎样思考。而那些直接教给你经营婚姻大法、生儿子秘诀等的情感专家，十有八九是不靠谱的。

生活不是做数学题，你套用一个公式，把不同的要素代入进去，就能得到一个正确答案。成功与幸福，或许有经验可总结，却无绝对的规律可循。这也便是命运的无理之处，但也是它精彩的地方。

社会学有一个专业术语叫"幸存者效应"，也叫"幸存者偏倚"，它说的是一种常见的逻辑谬误：人们只能看到经过某种筛选而产生的结果，而没有意识到筛选的过程，因此忽略了被筛选掉的关键信息。

假设，一场地震让甲和乙都被压在了废墟下面，两个人都陷入绝境，完全听任于环境的摆布，都缺水、缺食物，都面临体能耗尽、面临死亡的恐惧。甲和乙都做了一模一样的事情，例如，保存体力、发出求救信号、有活下去的信念等，但最后甲获救了，而乙却在绝望中死去。

甲最后接受记者的采访，跟大家讲述经验。悲哀的是，乙却永远没机会开口说话，说他也做了一模一样的事情，只是因为不够幸运。

《黑天鹅：如何应对不可预知的未来》一书的作者塔勒布在讲到这个问题时说：那些死去的人是"沉默的证据"，是我们无法得知的结果。这种缺失导致了我们对特定行为有效性的错误判断。我们可以从容易观察和体验的事物中学习（广泛宣传的成功案例），但对自己无法看到的东西（大量鲜为人知的失败案例）无能为力。这种现象使我们易受到带有偏见的直觉的影响，高估了成功的确定性。

一个不争的事实是：成功的经验都来源于成功者，是因为人们忽视了失败者。

很有可能，失败者中有不少也沿用了成功者的方法，但仍然没能成功。"死掉"的失败者没法发表意见，很难将自己的教训与大家交流，很多人都按照成功者的经验去做了，但仍然失败。

所以，宣扬"幸存者效应"的成功学本身就有问题。

（三）

金庸小说《侠客行》里的石破天不识字，所以最后勘破了武林绝学。小龙女和杨过站在"绝情谷"的断肠崖边往下一跳，居然没死成，还成就了一段爱情传奇……可如果是你不识字，估计只能去扫大街；如果是你站在悬崖上往下一跳，会摔成肉饼。

别人的经验，即便与你分享那也只是别人的，你没法依葫芦画瓢。成功学告诉你的，并不是完整的真相。比如，有人告诉你某个行业"大佬"的岳父是谁吗？有人告诉你某个商业巨头的母亲是谁吗？有人告诉你某个投资大师的父亲是谁吗？即便是白手起家的创业者，人家也是幸运地站在了风口上，你有这种幸运吗？

靠成功学和励志"鸡汤"麻痹自己，说起来也没什么错，但我觉得还是认清现实、明白现状，然后脚踏实地更好些。偶尔看看即可，别太当回事，毕竟没有哪个"大佬"是看成功学变成功的，倒是有些"大佬"是讲成功学讲成功的。

当然，话说回来，成功学有时候也不是全然无用处，关键是看你看完了以后是否去行动，怎么去行动。偶尔，我们也需要有点危机感，不能让不上进的思想吞噬我们的梦想和灵魂。

人生本就很艰难，不打点"鸡血"、喝点"鸡汤"，怕是也是很难撑下去吧？还是那句话："鸡汤"虽美味，但"小喝怡情，大喝伤身"，切记不要"贪杯"哦。

每个人的出身、平台、机遇都不一样，认清自己及自己所处的平台和脚下的路，然后去走适合自己的路就好了呀。

片面强调"性格决定命运" 也是一种错误

（一）

人们似乎特别爱强调"性格决定命运"这句话。

"性格决定命运"源于瑞士著名心理学家和分析心理学的创始人荣格的研究及著作，他提出这样的观点是希望人们能进一步认识和重塑自我，心怀善意，积极地去生活。只是，不知道什么时候起，"性格决定命运"成为一个莫须有的罪名，被一些人专用来打压别人。

婚姻美满的人对离异人士说："性格决定命运。就你这种性格的人，怪不得会离婚！"

在某个领域内有权威的人，比如老师、老板，拿这句话去否定学生、员工："性格决定命运。你这种性格的人，不会有什么大出息！"

一个人为人处世不够圆滑，性格棱角分明，被他刺痛的人常常来一句："你这种性格，得改。性格决定命运，知道吗？"

性格的确能影响命运，但它真的不能决定命运。性格与命运之间，只是"相关"关系，不是"因果"关系。决定一个人命运的因素多如牛毛，性格只是这众多参数的其中一个，甚至比起出身等来说，可能都不是最重要的。

强调"性格决定命运"就是将人生"简单化""鸡汤化"，给你一个"因"，然后让你推导出一个"果"。可是，你真的以为，只要你改变了性格，就能成功、幸福了吗？

（二）

三毛是我喜欢的作家之一，但看她的婚恋历程，却令人不胜唏嘘。

29岁，与一德裔男人结婚前夕，未婚夫却心脏病突发死亡；31岁，与荷西在沙漠结婚，36岁丈夫意外溺水身亡……

或许你会说"性格决定命运"，可在这两场爱恋中，导致三毛承受丧夫之痛的，怎么可能是她的性格？

以前看过一篇印象很深的短篇小说，小说只有两段。

第一段，男主人公在出门前听见手机电话响了，他跑去接听，发现是推销电话。出门后，他看见一辆卡车闯红灯，把一个老奶奶和小女孩碾成了肉泥。

第二段，男主人公在出门前听见手机电话响了，他赶时间没去接，出门时没看见一辆卡车闯红灯，然后，他和一个老奶奶、小女孩全部被碾成了肉泥。

他接不接这个电话，决定了他能不能错开那关键的几十秒，但几十秒却可以决定他的生死。这里面，性格能起多大的作用呢？接不接这个电话，有时候真的只是一念之差的问题，性格暴躁和性格和顺的人，在不同的心境下可能也会做同样的选择。

早些年，我看过一部非常有名的电影《罗拉快跑》。这部电影虽然是 1998 年推出的，但即便是今天看来，其表现形式、所表达的寓意依然令人觉得耳目一新。

故事得从女主人公罗拉的男友曼尼讲起，他在执行黑帮老大交给他的任务时，丢失了装着 10 万马克的包裹，随后，他向罗拉求救，并要求她必须于 20 分钟之内筹集 10 万马克，否则他的老大将把他碎尸万段。

罗拉放下电话以后，便开始奔跑于城市中，拉开了"20 分钟营救"的序幕。电影没有按照常规的故事叙述方式，而是通过三种假设完成了故事的剪辑和链接。

在罗拉第一次营救行动的结尾处，罗拉没有成功地说服父亲借钱给她，曼尼等不及罗拉而对超市实施了抢劫，罗拉见状，参与其中，并与曼尼一同逃跑，他们最终被警方包围，而罗拉则被警方击毙。

影片自行"倒带"，重头来过。第二次罗拉放下电话后，开始了奔跑，她抢劫银行，顺利拿到 10 万马克。让人始料未及的是，之前偶然经过罗拉身边的救护车竟然朝着曼尼撞了过去。

第三次，罗拉孤注一掷跑去赌场，结果赢得了 10 万马克，她兴奋地跑去找曼尼的时候，竟然意外发现曼尼已经找到了之前捡到他包裹的乞丐，并且顺利地把钱交给了黑帮老大。最后两人成了富翁，幸福地在一起了。

罗拉在三次奔跑之中，都碰上了相同的人和事，遇到这些人和事时罗拉一个小小的反应都可能影响到营救结局。比如，碰没碰到邻居、乞丐，是顺从父亲的意思还是违背父亲的意思，是去赌场赌得10万马克还是抢银行……这些成了不同的时间差、不同的选择，也导致了结局的不同。

现实生活中，这就是"蝴蝶效应"，一个小小的改变就很可能引起一系列的连锁反应，造成结果的巨大反差。同样的人却因为不同的偶然因素，得到了完全不一样的人生境遇。性格在其中所起到的作用，反而显得微不足道。

（三）

这几年成功学大行其道（包括恋爱成功学），那些"大师"们总在说，只有完美的性格才能成功：既要沉着冷静又要八面玲珑，要刚柔相济，要勇敢和谨慎……他们对年轻人的所有教诲，都在引导他们如何雕琢自己，变成那种有统一标准的看起来完美的人。

这种说教很容易让人患上"性格改造强迫症"，让人左对照右对照，越对照越觉得自己性格有缺陷，然后努力花时间去改造自我的缺陷，把时间精力全花这上面，最终却一事无成。

其实，生活在这世界上的人们，有的坚强，有的软弱，有的争强好胜，有的恬静淡然，有的风风火火，有的老成持重，有的性格外向，有的则沉默寡言，这些都是现实存在的，都是合理的。而那些成功学上宣扬的，却只是具有外向性格、勇敢刚毅、自信进取等性格特质的人，仿佛只有这种人才能够成大事，其他的人都是命中注定的小人物，除非你把自己改造成这样的人。

我们不否认在现实生活中一些成功者具有这些性格，但是他们仅仅只是成功者的一小部分，而且大多是属于商界、政界的成功者。但是，生活中还有其他类型的成功者，比如医生，比如老师，等等，他们需要具备的是爱心，是温柔，是体贴。

一些人总说内向者是懦弱的，却看不到内向的人因为表现欲不强，所以更善于观察，做事情也可能会更专注。一些人总说爱抱怨是"劣等性格"，但你看不到有一类遭遇痛苦却从不抱怨的人差点憋成了抑郁症。李白的性格很张狂、自我，不适合做官，但他纵情于山水之中，留下无数佳作诗篇，令后人神往。

"江山易改，本性难移"，这是一句老话。如果你生了只大脚，那为何要逼着自己去穿 34 码的小鞋子呢？难道只是为了让别人看着顺眼？

这世界上从来就没有十全十美的性格，也从来就没有天生的成功性格和失败性格。每一种性格都可能成功，关键在于我们能否准确识别并全力发挥性格优势与天赋异禀。与其不停地学习这位名人那位成功人士，还不如学会如何接纳和认知自己。

每个人都是上帝精心雕琢过的作品。上帝给每个人都藏了礼物，只是等待你用心去发现。而且，成功的定义就真的只有扬名立万、享有荣华富贵、成为"人上人"这几种么？平安喜乐过一生算不算是成功？一个把小日子过得有滋有味的单身人生，就一定比恩爱到老的夫妻过得不幸福？

（四）

"性格决定命运"这句话常常会让人觉得：每个人遭遇的苦难和悲惨都是咎由自取，都可以从他的性格上找到原因。当我们这样说时，意思是存在这种现象，这种现象是截取一个生活断面，而在这一断面中，因果关系成立。如果拿到更大范围内去说，"性格决定命运"显然是站不住脚的。

"蝴蝶效应"在生活中的表现远超出人们的想象，一个小小的选择引出一系列影响命运的改变，而这种改变往往是惊人的。

为成功者立传的人太多，我倒是想收集失败者的故事，让人们看看：他是怎样勤奋、努力地度过每一天，思虑周全、恪尽职守，到最后并没有得到所谓的成功。这样的故事可能要浇熄许多人内心的期盼，但却可以提醒人们，要学会敬畏命运。

敬畏天命，敬畏大人，敬畏圣人之言，这是孔子所要求我们的。按照常规的说法是："天命"关于信仰，"大人"关于社会规范，"圣人之言"关于思想权威。这就要求我们：内心应有敬畏，凡事知足和知命；处事能有底线，凡事有所为有所不为；精神需有信仰，凡事能及他人乃至及万物。这大概就是"有所畏"的哲学和"有所畏"的辩证法吧？只有"有所畏"，才能更好地"有所为"。

回到"性格决定命运"这句话，我们也不难发现它积极的一面：性格是影响命运诸因素中的一个因素，但它的确会影响人的际遇。比如，在相同的环境里，在同等的条件下，不同的性格的人可能会迎来不一样的结局。我们无法掌控和左右命运的所有因素，但我们可以努力让自己养成好的性格，让自己进阶成为更好更强的人，让这些好的性格特征对我们的命运发生一些积极的影响。

"性格决定命运"有其合理性和积极意义，但作为一个评判式语句时，不该被过分强调，适可而止就好。

以独立思考之姿态，走近"心灵疗法"

（一）

近日，有一位专讲"心灵疗法"的专家的演讲视频在朋友圈里被转疯了。年逾 50 岁的、功成名就的她在台上讲"幸福主要来源于内心的富足和平静，与外界的名利、环境无关"。

这话我同意。很多时候，我们会对外界的人、事、物感到厌烦，是因为我们对自己厌烦，我们失去了与真实的自己的联系。每当碰到不如意的事情的时候，我们总是以受害者的心态去理解和看待那些挫折，觉得自己很无辜、很委屈。这种受害者心态，确实是痛苦的源泉之一。

活在这世上，有太多的事情我们无法掌控，有太多的不平需要我们去承受，每个人都有深陷痛苦、接受命运带给自己的无力感的时候……改变不了那些外在的东西，只能调整自己的心态，说服自己去接纳，然后慢慢将不良情绪消解。

"幸福与外界无关"这样的言论，对于遭遇挫折的我曾起到了不小的疗愈作用。只是，当我有了相对比较独立的思想，内心深处建立了一套专属于自我的价值评判体系后，我开始对这类自我归因式解脱法进行"批判式吸收"。

不可否认，自我归因可以解决一部分心理困惑，驱使我们真正对自己的人生负起责任，但有时候明明是别人的言行导致了我们的痛苦。比如，家附近的化工厂排污，导致我们生活受到影响，那就应该去投诉、举报、反对它。过分强调自己去接纳、接受现状而不是对外归因、自卫反击，也是有问题的，因为"朋友来了有好酒，要是那豺狼来了，迎接它的是猎枪"也是处世原则之一啊。

过分强调内因的作用，并不科学。如果"天将降大石砸死人也"，那再怎么调整心态也是枉然。不然，怎么会有"闭门家中坐，祸从天上来"呢？有一句俗语说的是"无风不起浪"，可是地震也会引发海啸，引发巨浪滔天，我们倒不如说"无风也有浪，有风浪更大"。

寻找内心深处的力量，遇到问题倾向于先自我归因，并非一直是客观准确的。如果一个习惯向内归因的人，面对错误的评论或期待，不能发声去纠正，而认为是自己的原因，应从自己的内心去修正，那么这种错误可能会被强化，成为一种习惯性认知。

比如，我真见过一个遭受家暴的妇女，死心塌地地相信她之所以被丈夫暴打是因果业力干扰所致，因为她前世欠他的，然后她魔怔了一样每晚睡前向他老公忏悔前世的罪过。我们劝她报警、离婚，她反而觉得我们这种俗人看不破红尘，我们才是被蒙蔽了双眼的迷途羔羊……

遭遇外界伤害时，如果过度自省、自我归因，认为一定是因为自己不好，别人才这样对你，那么，这种自我攻击对自己的心灵也是一种戕害，久而久之会让你变得自卑，认为自己只配过得上这样的生活。

至于"幸福与外界的名利无关"这一点，我不同意。"经济基础决定上层建筑"对大多数普通人也是适用的，当你自己或亲人生病没钱医治的那一刻，你才会知道钱的重要性。我们都是有七情六欲的凡人，不能只靠某一套"修心"去混世界，早点抓住"努力赚钱"这个"牛鼻子"，往后的人生也会少点被动。

事实上，很多"鸡汤教主"也是这么在做的，他们在教化你"外在的东西不重要，重要是修心"的时候，可从来没耽误过赚钱，甚至就是以此赚钱。

只是，这种心灵鸡汤，对应的是他们现阶段的感悟，如果你没有一定的物质基础就盲目相信，起到的只是自我麻痹作用而已。

（二）

这几年，"巨婴""原生家庭论""父母皆祸害"等词语也开始流行起来。有专家提出了一个让人震惊的观点：我们90％的爱与痛，都和一个基本事实有关——大多数成年人，心理水平都是婴儿。

怎样理解"巨婴"这个词呢？所谓"巨婴"，就是成年的婴儿，意为身体已经发育为成年人，而心理发展水平却还停留在婴儿阶段，"巨婴"们突出的心理特点是：共生、全能自恋、偏执分裂。共生，意味着母婴同体，婴儿觉得与妈妈共用一个身体和心灵，不分你我；全能自恋，认为自己无所不能，觉得世界应该按照自己的意志来运转；偏执分裂，即必须按照婴儿的意愿，"分裂"即事情一分为二，且两者不能并存，非黑即白。

总之，一个过度依赖他人或以自我为中心的人都可以被评价为"巨婴"。比如，结了婚依然什么都听从父母的丈夫；比如当了领导就连开车门、提公文包都不会自己做了的领导；又比如，那些要求作家应该要写他爱看的文章的读者。

刚看到"巨婴理论"的时候，我觉得很是新鲜，但到后来我认为："巨婴"只是取了个新鲜名字的筐，人类所有劣根性几乎都可以往里装，甚至连人生要遇到的各种苦恼也可以一并放进去，进行"巨婴式"解读。

13 世纪道明会神父圣多玛斯·阿奎纳列举出人类各种恶行，并归纳为"七宗罪"，分别是傲慢、妒忌、暴怒、懒惰、贪婪、贪食及色欲。任何人犯了这其中一种"罪"，你都可以说他是个"巨婴"。

而原生家庭理论说的是："家庭对孩子的影响力是最关键的。家庭不仅创造了孩子所在的世界，还告诉孩子这个世界应该怎样被诠释。"

承认我们的童年确实发生过不幸，承认原生家庭有它自己的局限性，承认我们对原生家庭的恨、爱、愤怒、羞愧、伤痛、挫败等情感，然后学会接纳和正视过去，聆听自己内心的声音，接着得到进一步的成长。这是原生家庭理论的积极意义。

只可惜，很多人把这套理论用歪了。这理论一出来，"父母皆祸害"的吐槽就铺天盖地。每个人一想起自己的童年，都能找出很多个自己没有被父母好好对待的例证，甚至有很多人把现在生活中的种种不如意怪罪到了父母身上。

还有一些心理咨询师花很多力气去探析母婴关系对孩子性格的影响，这当然也有一定的积极意义，但这种理论在客观上却也造成了女性养育孩子的地位进一步被强化、母亲们的焦虑感加深等后果。如果母婴关系对孩子性格有影响，那父婴关系呢？为什么不同时研究父婴关系对孩子性格的影响呢？

某些理论和主义，对于我们了解、认识和改变自我的确很有帮助，但一个人的心理、性格、成长等真不能用这一套单一的理论去解释、去归因。

（三）

在前述文章里，我并没有贬损提出并宣扬这些理论的前辈和专家的意思，只是觉得我们对任何一种理论和观点都不能盲信。又或者，对他们所说的东西有误读也是正常。意大利作家昂伯托·埃科就认为："一切阅读都是误读。"没有人能把自己的所思所想完整、流畅地表达出来，更何况面对的是认知水平、阅读理解能力参差不齐的众多读者。从"输出"到"接收"这中间存在误解、曲解几乎是必然，所以有人说"一切的理解都包含误解。"

也许，该反思的是某些全盘照搬、缺乏独立思考能力的读者，他们看到一套理论，就很容易形成某种思维惯性，然后就放弃了批评性思考的能力，只懂遵从，容不得别人质疑，甚至不惜一切代价去捍卫。

"现代催眠之父"米尔顿·艾瑞克森有这样一句话："心理治疗就像在山顶上展开滚雪球的游戏。一旦雪球滚下山坡，必将越滚越大，最终变成一场符合山脉形状的雪崩。"同样的，这句话似乎也可以用来形容这些令人眼花缭乱的心灵疗法。跟星座、面相、色彩性格学、血型、占卜等学说一样，它们对准你的某个心理焦虑，你一对照，发现好像果真是这样，接着产生心理暗示，对这种学说进一步产生信任甚至是迷信、盲从。

人类的认知是有限的，我们根本不可能认识到这个世界的全部真相。心理现象，也只不过是世界万象中非常小的一部分。面对复杂的人性和人心，我们的确需要一种心理安慰，需要一种自我认同，需要一套解释世界的方式，需要一种概念将自我的疑惑安放起来，让它为自己和他人行为做辩护。

很多人都在追求思想独立，这是一个人本质的独立。思想独立的人，懂得用自己的眼睛去看、用自己的思维去理解和解释这个世界所有的存在，对他人思想之果的"精华与糟粕"有独立的判断，然后懂得"取其精华，弃其糟粕"。如果你能在自己相信的理论中获得力量，变得善良、温暖、宽容、慈悲，而不是暴戾、狭隘、冷酷、自私，如果你把这些理论运用到实践中有助于你把人际关系处理得更和谐，把日子过得更美好，也没什么不好。

毕竟，安放好自己的心，照顾好自己的身体，不给别人和社会添麻烦，也算是一种善行了。只是，对我而言，比起全心皈依于某套学说，握有对这个世界的怀疑能力更让我对自己感到放心。

命运对你公平与否， 有时并不那么重要

（一）

认识小歌多年，她一直是我心目中的"幸运儿"。

她出身良好，父母对她很是宠爱，从小到大父母一直是她身后最安稳的力量。她人也聪慧，又会学习，每逢考试必过，学习成绩一直名列前茅，在校期间横扫学校各大奖项。小歌还很有贵人缘，几乎每次遇到点坎坷，都会有人伸以援手，最终坎坷得到顺利化解。

前两年股市狂热，啥也不懂的她按捺不住想捞一把的心，就投了点钱进股市，结果，在绝大多数股民被断崖式的大跌伤得哀鸿遍野的时候，只有她庆幸自己抛在了最高点。

跟小歌在一起，有时候我也会莫名其妙地走"狗屎运"。比如，一起出去吃饭，常常会遇到餐厅几年不遇的特惠活动；在我被偷钱包的前几个小时，她鬼使神差地跟我借了一笔钱，直接降低了我的损失。

小歌当然也吃过苦头，但命运最终给了她更为丰厚的回报。比如，她也曾受过想要孩子但要不到的折磨，求医问药折腾了一年多，再后来，孩子一来就是俩，她顺利产下一对活泼可爱的双胞胎。又比如，工作中她也曾遇到过很棘手的问题，也曾为此寝食难安，但如今，不到 35 岁的她已经成为公司中层，成功实现了自己的职业规划。

这类事情遇得多了，我也会跟她感慨："我觉得你真是一个特别幸运也能给别人带来好运的人，霉运都会绕着你走。"我说这话的时候，她大笑："面相与命运啊！"

和小歌一样时常被好运眷顾的，还有我另外一个朋友小乔。

大学毕业后，她跟随男友去长三角求职。她先是去考了公务员，所报考的岗位待遇丰厚，一共只招两名。她笔试排名第六，是最后一个有资格进面试的人。笔试面试成绩出来后，她的综合成绩排第五。知道自己没希望以后，她大哭了一顿，重整旗鼓继续投简历。没过多久，她收到了拟被录取为公务员的通知。事后，她才知道：跟她一起参加笔试面试的人当中，综合成绩排第一的出国了，排第二的考上了研究生，排第三的，体检没过关。综合成绩排第五的她，和排第四的人一起进了那家单位。

同学们听说后纷纷感慨："你真是有实力，更有运气。"

工作几年，她认识了同为公务员的老公。几年以后，她老公辞职创业，又赶上了互联网的春风，生意做得风生水起。他们买了几套房，几乎每一套都买在了周期性的房价低点，而后又生了两个孩子，一儿一女，早早过上了财务自由的生活。

在我的生活圈里，小歌和小乔算是比较幸运的人了，但她们也会时常跟我讲起自己的烦恼，那些不管是穷人还是富人，不管是幸运或不幸的人都可能会遇到的烦恼，比如婆媳关系，比如自我价值难以实现，比如老公虽然顾家但太忙，又比如孩子太调皮，身体亚健康……

我一般都会耐心地听着，有时候也会给她们一些宽慰，说得最多的话便是："我理解你的心情，也知道痛苦是不能拿来比较的，但不得不说，其实你真的已经比大多数人幸运得多。"

小说《安娜·卡列尼娜》一开篇，托尔斯泰就说了一句名言："幸福的家庭都是相似的，每个不幸的家庭都有各自的不幸。"纵然有不少人主张不幸是没法拿来比较的，因为每个人的不幸截然不同，但我还是觉得：不管是幸福还是痛苦，其实很多时候是比较出来的。和不如自己的人做对比，很容易提升幸福感，虽然这听起来有"把自己的快乐建立在别人的痛苦之上"之嫌。但是，不可否认的是，通过向下比较，很多人更能感知到自己其实很幸福。

我有时候也会跟我的朋友说："你应该庆幸，你现在承受的这些痛苦，你还有心情、有能力表达出来，因为真正的苦，是根本说不出来、也不想说的。"

（二）

二十四五岁的时候，我正在谈一场分分合合的恋爱，常常因为一点点小事哭得惊天动地。陪在我身边的，正是萍。每次看我哭得跟花猫一样，她就在旁边笑："我的姑奶奶啊，你这才多大点事儿啊。你看你有稳定的工作和收入，健康的身体，还自己买了房子……不就一个男人么？没他你还活不下去了？"

那会儿，我总觉得她真是擅长在我伤口上撒盐。我觉得，这两者怎么能混为一谈呢？健康的身体、稳定的工作和收入，还有房子，并不能宽慰我被伤害、被辜负的心。现在想来，我那时候确实是有些矫情，因为，相比她，我其实是多么幸运。

萍从小生长在隐性单亲家庭。从她记事以来，她的父亲就从来没管过她，甚至连她上几年级都记不大清楚。她从小跟母亲长大，小小年纪就吃尽各种苦头。萍的母亲只是一家工厂里的小会计，工作能力本就不强，后来又遭遇下岗。她还在上小学的时候，就学会了自己做饭做菜；她妈妈生病的时候，她一放学就做好饭往医院送，而那时她才十岁。

站在旁观者的角度看，守着这么一个隐形人丈夫，萍的妈妈应该离婚才是，但她却没有。究其原因，大概是因为：在最现实的生存问题面前，婚姻幸福与否似乎显得并不重要。

萍在跌跌撞撞中长大，再后来她考上大专然后毕业。毕业后，她留在一线城市工作。也许是因为积劳成疾，也许是因为常年郁郁寡欢，在萍参加工作后，她妈妈开始频繁生病。一开始，母女俩并不知道是什么病，萍带着妈妈四处去检查、治疗，可疗效甚微。每次她的工作刚有点起色，妈妈就又生病住院了。家里能照顾妈妈的，只有她一个人，她不可能抛下妈妈不管，只能放下工作赶回家……时间久了，公司对她也有意见。她待过的公司中，至少有两家直接向她下达了辞退通知。关于这一点，萍倒是特别想得开："责怪这些公司不人性没有用，人家也要生存，也要竞争，也要节省人力成本，不可能一直养着一个拿了钱却产不出效益的员工。"

整整十年的时间里，她在很多家不同的公司工作过。每次都是干一段时间，听到妈妈生病的消息，她辞职回家照顾，等妈妈病好了，再出来找工作，接着妈妈再生病，她再辞职，再找工作……如此循环。

转眼间到了 30 岁，萍在工作上依然毫无建树。而她的妈妈，最终被确诊子宫癌晚期。为了给妈妈治病，她用尽了所有积蓄甚至欠下了一屁股债。在医院化疗的那几个月时间里，她妈妈时常流着泪不停跟她说"对不起"。讲到辛酸处，母女俩抱头痛哭。在医院的日子里，萍的妈妈总在念叨自己最大的心愿：希望萍能早点嫁人成家，因为如果她走了，萍在这世界上就只能一个人了。

好在人生也不总是暗道，它也有柳暗花明之处。那一年，萍结识了现在的老公。他没什么钱，有过婚史，是个单亲爸爸，对她很好，而且愿意帮她还债。看到母亲在病床上殷切的眼神，她没想太多，就嫁给他了。结婚后没多久，萍怀孕了，因为有早产危险，需要保胎。而她的爸爸，似乎也因为法律上的妻子患了癌症，良心发现，跑回来照顾了她妈妈一段时间，她终于得以安心地待在婆家保胎。

有一天，我正在上班，她忽然给我来了一通电话。第一句话便是："羊羊，我妈死了。"

对这一天，我似乎早有心理准备，被医生判定为子宫癌晚期的，本就没几个人能活过五年。我只是没想到会来得那么快，心里还是感到很惊诧，赶紧问她："怎么了？上个月看你朋友圈，她还好好的。"电话那头，她已经泣不成声："我刚刚才得到的消息，昨天晚上她跳河自杀了，尸体刚刚捞上来……羊，我老家现在已经是冬天，气温才几度，有的地方甚至已经结冰，河水那么冷，那么冷，她在水里泡了一夜没人发现，整整一夜……"她说到"整整一夜"的时候，我的眼泪再也控制不住地夺眶而出，吧嗒吧嗒掉在键盘上。

不知道怎么形容当时我的心情。我好像并不感到很悲伤，也不怎么难过，但内心里压抑、沉闷至极。那种感觉，像是一个人在子夜时分忽然惊醒，对着星星点点的远处灯光回想刚才的噩梦，只能沉默。

萍的妈妈死的那一天，离萍的预产期只剩两天。她不顾一切想要赶回家，被丈夫和婆婆拦住了，因为孩子随时临盆，她的身体状况恐怕无法承受旅途奔波。她的丈夫则连夜赶回她的老家，替她处理她妈妈的后事。与自己相依为命的母亲就那样自杀了，她连最后一面都没有见到。

几个小时后，她迎来了自己的孩子。我简直没有办法想象，那段时间她是怎么过来的。

孩子满月以后，我去看过她。她和公婆、小姑子一家住在一间不到一百平方的房子里，三个房间，却住了整整十口人，她公婆以及她老公跟前妻生的女儿住一间，小姑子一家四口住一间，他们一家三口住一间……

她跟我说起她的爸爸，说他在她妈妈临死前跑去医院照顾，或许不过是为了她妈妈这辈子唯一留下的财产：一套价值十来万的破房子。萍的爸爸一直没有和她妈妈办理离婚手续，她妈妈也没有留下遗嘱，在法律上，她爸爸是第一顺序继承人。她说："房子给他吧，再娶还是怎么着的，随便他。以后别腆着脸来找我要赡养费就行。"她还说，如果她爸爸照顾妈妈时如果能尽职尽责一点，她妈妈或许就不会去寻死。说完，她又开始流泪。接着，她话头一转，又说："其实如果我当时能在妈妈身旁照顾她，也不一定能避免。临死前几天，我妈经常给我打电话，来来回回只说一句话：小萍，我疼，疼，很疼，太疼了。"

她还说："我最大的遗憾，是没能见到妈妈最后一面，我妈也没能见到外孙女第一面。现在，我真的是一个亲人都没有了。即便在婆家受委屈了也没处说，因为娘家没人帮我撑腰了。"

我捏了捏她的手："没事，你当我是你的娘家人。"话虽这么说，可"朋友"和"娘家人"在旁人眼里，分量又怎么可能一样？从她家出来的时候，这个城市依然阳光明媚，可我的心情却无比沉重。我甚至能想到她往后的生活，那些鸡飞狗跳的生活。

慢慢地，随着我们各自越来越忙。我的新书出来以后，她买了一本发给我看。我说："谢谢支持。现在，我时常会想起你，然后常常觉得自己很多时候都是在无病呻吟。"

她承受了那么多，却只有在她妈妈去世的那段时间才跟我吐露过她的痛苦。在大部分时间里，她是沉默的，大概是觉得眼前的鸡零狗碎，不值一提。

（三）

前段时间，我看到朋友圈里一个朋友在缅怀闺蜜。照片里，跟她一起对着镜头微笑的那个女孩，已因乳腺癌去世，年仅 30 岁。女孩有着那种让人看了很舒服的相貌。我不知道她的故事，只知道这个长得像一朵向日葵的姑娘，已经永远地从世界上消失了。

我还有个远房亲戚，高二那年跟同学一起出去庆祝生日，路上不巧遇到一帮"混混"找茬，双方发生了肢体冲突。年轻人打架，情绪上来了根本分不出轻重。我这个亲戚被打得急眼了，从地上操起了一块板砖；而他的同学，则掏出一把水果刀……事发前几天，他同学刚满 18 岁，所以到现在都没能出狱。同样是致人死亡，我那亲戚却因为未满 16 岁得到了从轻处罚。

两个人的命运，有了天壤之别。

有时候，我也会想起初高中时候的一些同学，他们因为一两分之差没有考上更好的学校，又或者因为家里发生变故，只能早早辍学出去打工，扛起全家的生活重担。十几年过去，他们当中，也有过得好的，但更多的，却已经暗淡了下去，成为每年春运时扛着行李挤上火车的"打工候鸟"。那些逐渐暗淡下去的人们，他们不够聪明吗？不够努力吗？不够有毅力吗？也许是这样，但也有可能只是他们缺那么一点点运气。

有时候，我们能立于高处、安稳处，看到他人的狼狈和倒霉，并不能说明自己有多聪明多努力，或许不过是运气稍好一些罢了。

在励志文以及传授成功学的各类文章中，我们不难发现：那些取得成功或获得幸福的人，往往有很多过人之处。这些人的故事告诉我们：只要你肯努力，生活就会给你回报。我们看得热血沸腾，好像如果自己也跟着那么去做，就能收获成功和幸福。可后来，我们发现"努力"和"回报"之间，不一定成正比。

但我们还是应该要相信"努力才有回报"这一点。因为，相信的话，会比较幸福。我们每个人都需要借这一点希望，一脚深一脚浅地走下去。

我常常会觉得，一时的幸福或痛苦，成功与失败，相比整个漫长的人生，显得不值一提或者虚无缥缈。这世界上本就没有长远的幸福。即便有过幸福的闪光，它也可能会像烟花般稍纵即逝，下一秒就不见了踪影。纵然令人艳羡如小歌和小乔，也并不总是能让人一直艳羡，她们也都有过无比艰难和痛苦的时刻。

比如小歌，怀孕保胎期间差点因为心脏负荷过重而出现生命危险，被紧急送往省内最好的医院，用上昂贵的进口药才抢救回来。比如小乔，从小在单亲家庭里长大，她的母亲很早就因病去世了，甚至连一张照片都没有留下。

这跌宕起伏的人生路，充满艰难险阻，也埋着彩蛋。或许，也正因为它的不可掌握，才显出我们的追求弥足珍贵。

人到中年，时不时能看到有人离婚，有人散子，有人患病，有人父母去世，有人倾家荡产，有人遭遇飞来横祸甚至意外死去……永远有人在苦难的另一端挣扎而没有方向。而我们身边大多数人都是小人物，都是世间寻常男女，得便喜，失便忧。每一个人都活得不容易，如此而已。

（四）

我知道，有很多人和我一样，和小萍、小歌、小乔一样，会有很多被痛苦淹没、被绝望包围的时刻。适度的痛苦，有助于成长；但沉陷于痛苦，却没有太大的必要。尝试着把眼光转向茫茫宇宙和历史长河，你会觉得自己眼前的这点小情绪，根本不值一提。

当我们看世界的时候，总容易产生一种幻觉：以为自己就是全宇宙的中心，以为自己就是那个最痛苦的人，以为自己认知到的事物才是最全面而正确的，却常常忘记了，我们最大的视角盲点，其实就是站在中心的自己。仔细想想，相比整个自然和宇宙，我们该是多么渺小。

以前看"庭有枇杷树，吾妻死之年所手植也，今已亭亭如盖矣"这句诗词，总看得心生悲凉。你看，活的人再怎么哀伤、沉痛，草木也径自无情地生长。可是，有一天，我忽然觉得：其实是人类把自己想得太重要了，所以才会拿草木来伤春悲秋。其实，对于自然界而言，人和草木根本没有任何区别。

每天，地球上可能都有一种已知或未知的旧物种灭绝，也有一种未知的新物种生成。仔细想想，我们真的只是地球上的过客、宇宙中的微尘。既然如此，珍惜和感恩眼前拥有的一切便已足够。

天地不仁，以万物为刍狗。命运对我们公平与否，有时并不是那么重要。

在"大时代"里活出我们的"小时代"

（一）

中国人在中国近现代史上的三大移民壮举，一个是山东人的"闯关东"，一个是山西陕西人的"走西口"，再一个就是福建人、广东人的"下南洋"了。

"下南洋"涉及的移民之多，地域之广，世界罕见。与"走西口"和"闯关东"相比，福建人、广东人为了生存，跨洋冒险，到异国"南洋"去寻求生路的举动，不仅仅是一个人或者一个家族的历史，还与中国大陆的历史息息相关。整个"下南洋"的移民史，就是一部血泪史、奋斗史。当年那些"下南洋"的人们，更具有拼搏精神和创造力，对故土也有更加复杂的情愫。

文仔的爷爷奶奶和外公外婆那一辈，便是"下南洋"的成员。在马来西亚旅游期间，文仔是我们的导游。我是在车上，听到他讲起自己的家族故事。

事情还得从 1930 年讲起，那时是闽粤人民"下南洋"的高峰期。当时中国连年内战，民不聊生，而东南亚则得到殖民宗主国的扶持，除了传统的种植园、采矿业外，铁路、航运、金融、制造等新产业也获得空前发展，急需熟练劳工。文仔爷爷奶奶、外公外婆那一辈，就是在那时"下南洋"了。

早期移民偷渡出洋，条件非常恶劣，内有祖国对偷渡者的稽查，外有海盗劫，海上风信难测，帆船时时有倾覆之险，华工被封禁在船舱内，条件恶劣，死亡率极高。文仔的爷爷当时与其他的"猪仔"一起被藏在船的甲板下，吃喝拉撒都在那个看不到太阳的船舱里。到了饭点，船家直接把饭菜倒到船舱里，连餐具都不给，华工们蜂拥而出用手抓饭菜吃，而不远处，就是他们的粪桶。文仔的外婆当时跟两个姐姐一起坐船来到马来西亚，船靠岸以后只有她一个人活了下来。

殖民者急需华人参与开发建设城市，但又对华人的聪明、勤奋、团结心有忌惮，所以他们从印度运来大批文化程度低、温顺好统治的印度人分化华人势力，还有意抑制华人权益，迫害、屠杀华人的事件多有发生。

据文仔讲，他爷爷奶奶和外公外婆那一辈华工，一般都签了十年的卖身契，但最终只能结算五年的薪酬，而且用的是专门用来给华工结算薪酬的有价证券，只能在很小范围内使用。

孙中山发起革命时，曾到马来西亚募款，当地绝大多数华人参与募捐。文仔的爷爷一生省吃俭用，但这种时候也拿出了全部家当支持孙中山。文仔的父亲跟文仔说，文仔爷爷从来不舍得给小时候的自己买玩具，爷爷连他自己最爱吃的盐炒花生都舍不得常吃，最后死于营养不良，但却倾其所有支持孙中山。当时，连在南洋从事皮肉生意的华人妓女都倾囊相助，愿意为革命筹钱。他们的想法很简单：都希望能尽点微薄之力，推翻清政府，让自己的国家变强大起来。在他们的心里，只有中国才是自己的国家。历史教科书上的确也是这么说的，华侨的资金资助是革命军源源不绝的动力。据估算，在辛亥这一年中，南洋华侨的捐款就有五六百万元。

在日本占领马来西亚的年代，当地的华人深受日军残害，而在马来西亚的印度人、马来人则稍微好一些。很多华人父母为了不让日军发现他们的孩子是华人的后代，就把孩子的衣服脱光并将他们拎去太阳底下暴晒，晒完前面晒后面，只为了把孩子们的皮肤晒黑，看起来像马来人、印度人。

如今，马来西亚有一些七八十岁的老人是哑巴，但他们的聋哑不是天生的，而是时代造成的。为了避免孩子们不小心喊出华语，暴露了身份导致杀身之祸，华人父母们互相交换自己的孩子给对方父母割舌头，只是因为对自己的孩子下不去手。

20世纪60年代，很多"下南洋"的中国人通过卖苦力或经商赚了钱以后，首先就是寄钱回中国给家人买房置地，因为背井离乡的他们一直心系祖国和家人，无时无刻不想回到故土去。结果，"文革"来了。很多"下南洋"的中国人被迫逃离和祖国及家人断了联系，断了回故土的念想，在排华氛围浓厚的当地扎根了下来。

20世纪60年代，马来西亚发生过很严重的排华运动，华人、印度人被视为二等公民，死伤很多。文仔的爸爸妈妈那时躲在家里，根本不敢出门。文仔的爸爸一开始是开计程车的，后来攒了点钱以后，自己开了一家皮鞋厂，占地十亩，里面还有橡胶园，皮鞋最远出口到俄罗斯，文仔一开始也算是含着金钥匙出生。

1998年，亚洲金融危机让很多东南亚华人一夜之间变赤贫，文仔爸爸的产业被银行收走，他们一家人从大房子搬进了贫民窟。刚搬过去的时候，文仔还有少爷脾气，后来家道中落，最惨的时候去过菜市场捡菜叶吃。文仔一开始还读华语私立学校，后来撑不下去就去读了公立学校。文仔爸爸一直想着做生意翻身，应酬劳累搞坏了身体，导致中风，半身不遂。文仔妈妈今年已经七十几岁，但还在别人家里做月嫂，就是为了能减轻点家里的经济负担。

文仔说："人生有高低，命运有浮沉，想想也没什么。天无绝人之路，只要还能健康活着，一切终究不会太坏。"

（二）

一个家族的命运与时代共沉浮，听起来格外让人唏嘘。在风云激变的"大时代"里，属于每个人的"小时代"又是那么的难以确定。个人命运的沉浮，会因为时代的影响而变得由不得自己。

时代的洪流滚滚不息，会一直向前。尽管历史和时代本身可能没什么意义，但我们的个人命运却与历史和时代紧紧地维系在一起。能把握时代脉搏的，只是少数站得高、望得远的人。

个体的成败，除了跟自我的天赋、能力、态度有关之外，还跟自己所处的时代、所在的家族也有非常大的关系。在时代洪流面前，如果你想了解和把握个人命运，就一定要了解你所处的时代，因为对这个时代有怎样的态度，也能决定你会有怎样的命运。我们每个人的一生之中总会遇到时代的洪流，或许只有一次，也或许很多次。这种洪流，对一些人是"机遇"，对另外一些人则是"浩劫"。

狄更斯在《双城记》的开头，写了这样一段话："这是最好的时代，这是最坏的时代，这是智慧的时代，这是愚蠢的时代；这是信仰的时期，这是怀疑的时期；这是光明的季节，这是黑暗的季节；这是希望之春，这是失望之冬；人们面前有着各样事物，人们面前一无所有；人们正在直登天堂；人们正在直下地狱。"这句话被狄更斯用来描述当时的世界，但其实，我觉得用它来描述任何一个国家任何一个时代也可以，甚至用它来描绘未来的世界和时代也很贴切。

时代有时代的问题，我们有我们自己的问题。只要我们真的愿意去努力，结果总归不会太坏。

总有些代价，我们付不起

（一）

很多人都很喜欢看黑帮电影，我也不例外。在黑帮电影里，到处是江湖义气、兄弟情深。男人们拉帮结派，为兄弟两肋插刀，过的是在刀剑上舔血的日子。看似为所欲为，实则盗亦有道。

黑帮电影里，解决矛盾的办法更多是刀枪，听起来都很快意恩仇。里面有英雄，也有美人。有侠骨，也有柔情。有饮不尽杯中酒，也有走不完江湖路，唱不完离别歌。

我们之所以觉得这类古惑仔式的电影迷人，是因为那些残酷、刺激、曲折我们都看见了，但又不用亲身经历。我们都明白，电影和现实是两回事。

偏偏有一些少年，还真的不信邪地去闯荡江湖了，进了帮派，参加械斗。结果呢？传说中的江湖没找着，最后却进了监狱。电影里都是骗人的，现实中的"江湖"哪有这么光鲜啊？不过是一群不肯长大的人，游走在地狱的边缘。

我认识一个邻居叔叔，少不更事时跟着一群混混在街头混，后来染上了毒瘾。后来他去西双版纳戒毒所戒了几年，回老家后又复吸，死的时候才 32 岁。还有另外一个邻家哥哥，高中毕业时没考上大学，为了宣泄落榜的郁闷情绪跟着一群大哥逛"红灯区"，娶妻生子之后依然断不掉这个嗜好。再后来，他染上了艾滋病去世，他信佛的姐姐听说这事儿后，长叹了一口气说："消福折寿最大的莫过于邪淫。"

至于那些飙摩托车结果出车祸死去、因为打群架而被砍断手臂、因为年少时不好好上学长大后成为无业游民的，也是有的。

我有一个开 KTV 的朋友曾告诉我，如果遇上十几岁二十来岁的小年轻来闹事，他能忍则忍，绝不跟他们争强斗狠，因为这帮人根本不怕事，打起架来连命都可以不要，下手也没个轻重，只知事后后悔。

是的，我们在青春期做的有些决定，当时不过是随心随性而为，却可以决定我们的一生。有些错误是不能犯的，一旦犯了，根本就没有回头的机会。即使能回头，这中间需要付出的沉重代价，我们也承担不起。

（二）

很多年前，我看过一部叫作《岁月无声》的电影。这不是黑帮电影，因为它讲述的是真实的生活。影片的时间跨度从 1988 年到 2011 年，记录了一代人成长的心路历程。

　　1988 年，小镇青年马卫国还处于叛逆期，对他而言，群架就是运动，诗歌便是爱情，恨的时候砸你家玻璃，爱的时候爬上山头高歌一曲。某天班级里来了一位只穿红裙的都市女孩杨朵朵，她带来了美，更带来一股令人无法抵御的都会风情，在那个精神贫瘠的年代他们第一次接触到了摇滚，马卫国就在那时爱上 Beyond 乐队，也爱上杨朵朵。但杨朵朵爱上了班主任老师，与老师在土楼上约会被"组织"抓住，班主任老师面临着"耍流氓"的指控，可能前途尽毁，所以他硬说是杨朵朵主动勾引他的。

　　杨朵朵深受打击，变成叛逆少女，马卫国和两个兄弟一起打算为她出口气，结果在厮打过程中失手砸死了班主任老师……本来有机会上大学的马卫国入狱。在监狱里，他又跟抢他吉他的人打架，被多判了几年。

　　等再见到外面世界的时候，杨朵朵已经嫁人，一切已物是人非。马卫国后来靠在街头推销清洁剂为生，一次偶然的机会认识了因为跳芭蕾舞而摔瘸了腿的红霞，两人结为夫妻，但没过多久，红霞又患上了癌症。红霞死后，马卫国独自抚养女儿，可女儿很叛逆，不服从他的管教。最终，父女俩在一场演唱会后达成了和解。

　　影片中有两处场景令我印象深刻。

　　一处是杨朵朵问马卫国他的梦想是什么，马卫国信誓旦旦地说自己的梦想是娶她。而在出狱之后，红霞再次问起马卫国之前的梦想是什么，马卫国却回答"不敢再想"。另一处是影片将近尾声时，马卫国三兄弟聚会，面对一帮年轻人的蛮横，曾经张狂桀骜的三兄弟却选择了忍让。

　　我们看到影片中的主人公是如何在经历了一系列的残酷青春之后，被世俗社会磨平了棱角，从一匹桀骜不驯的野马被驯化成一头失去傲气的黄牛，曾经的年少轻狂、桀骜不驯都被化作一缕青烟随风而逝，取而代之的，是对现实的卑躬屈膝，对命运的敬畏。

　　张爱玲在《半生缘》里说："对于中年以后的人，十年八年都好像是指缝间的事。可是对于年轻人，三年五载就可以是一生一世。"马卫国年轻时候的一个决定影响了他一生，说是"一失足成千古恨，再回首已百年身"绝不为过。

（三）

　　"人非圣贤，孰能无过？""跌倒了，再爬起来！"是自古以来对青年人成长的励志之语。年轻人犯了错误，认识错误，敢于认错，值得肯定，但也有一些错误，是不能犯的。

　　"好奇"和"冲动"本来就是年轻人的特点，所不同的每一个年轻人对事情的判断以及后果的估量不同。有些事情做起来很"刺激"，但后果沉重到需要拿一生去背负。

　　在遇到突发事件时，每个人的情绪都会变得很激动。面对诱惑的时候，我们也会心动，也会跃跃欲试。这个时候，很多人都只想用最本能、最直接、看起来最像是捷径的方法去解决问题，但是往往这种方法都是最末等的方法。要不怎么会有人说"冲动是魔鬼"

呢？如果遏制不了这种冲动，也许我们就会变成魔鬼。

很早以前，我听过一个故事。说是一个渔夫，每天日出而作日落而息，生活平淡无奇。直到有一天，他从海里打捞上来一个瓶子。渔夫想着，这瓶子里面装的会不会是黄金，于是，在好奇心的驱使之下，他揭开了封印，结果从里面跳出来一个魔鬼。负能量满满的魔鬼说要杀死渔夫，渔夫灵机一动说："魔鬼，我想知道，你这么庞大，铜瓶又这么小，怎么容得下你？你是怎么进去的呢？"魔鬼果然上当了，摇身一变，变成了青烟，钻进了瓶子里，渔夫急忙把瓶盖盖住，把瓶子扔进了大海。

故事到此结束，看上去，是聪明的渔夫赢了，但是这个故事还没有结束。用不了多久，这个瓶子会再次被另外一个渔夫打捞上来。而且很显然，那个时候的魔鬼不会再轻易上当，那时候的渔夫需要升级新的技能，才能幸免于难。

你以为自己就是那个聪明的渔夫？不是的，我们既是渔夫，也是魔鬼。我们内心都住着一个魔鬼，这个魔鬼可能是冲动，也可能是诱惑。

一个真正聪明的、想掌控自己人生的人，不会想当然地认为自己能抵挡住魔鬼的攻击，而是愿意正视和承认自己的软弱，直白点就是：我不相信自己能抵挡住这些魔鬼，所以我选择远离，选择不打开那个装魔鬼的瓶子。就像是一匹行走在山间道路上的马，它看到悬崖边有一簇自己最爱吃的草，但它依然选择远离，而不是相信自己一定不会是失足摔下去的那一个倒霉蛋。

我一直认为，增进"自制力"，应该是我们这一生中最应该牢牢把握好的一件事。

　　"自制力"，说到底是自我管理、自我掌控、自我实现能力上的差异。一个人善于克制自己的感情，约束自己的言语，控制自己的行为，就是意志坚强的体现。自我约束是一件反人性的事，但它也是人性中最美好的力量。我们不难发现，不管在什么领域，人之所以有胜负优劣的差别，穷究到底，都和"自制力"有关。

　　人不怕犯错误，但是，有一些事情是永远不能去尝试的（比如吸毒），也有一些错是一般人犯不起的，比如一怒之下杀人。做任何事情，都要想到自己是否有回头的可能。

　　人生苦短，好自珍重。

浮躁时代更需"匠人精神"

（一）

一些人主张：出名趁早、赚钱趁早、结婚趁早、买房趁早、升职趁早……但是，在一味要求"快、快、快"的时候，我们可能就变得急躁不沉稳。

有时，我们会期望很多，想要一下子得到很多东西。比如，我们见到别人家的孩子在学钢琴，自己也去学；见到别人去考证，也去考；见到别人赚钱那么容易，也要跻身那个行业。

诚然，这个社会给了人们很大的生活压力，每个人都被压力推着走，可是当我们花很多的时间、精力去做那些自己一知半解的事情的时候，我们把眼光放在眼前的蝇头小利的时候，这对于我们来说有意义吗？

（二）

人的时间、精力是有限的。一个人也不可能同时踏上两条路，踏上这条就意味着就要放弃另外一条，这时候就更需要我们摒弃浮躁，回归"匠心"。当我们拥有了这种"匠心"，所有的精力和心思都会深入其中，自然就能把它完成得非常出色。如果你同时把精力放在其他事情上，只能得到一个平均的结果，因为你的精力被均分了。

克服浮躁，养出"匠心"是很不容易的一件事情。我们需要问自己：到底想要什么，能为这些想要的做些什么，又愿意付出什么样的代价。这个过程中最关键的一点是：热爱。因为热爱，匠人们从工作中发现了意义，甚至发现了美。

若非如此，曹雪芹能"披阅十载，增删五次"，一生只完成了一部未完的《红楼梦》？红楼一书，字字是血，曹公当年定然是耗时縻烦，却默默无闻，甚至没有收入，所以 40 岁死时只以草席裹尸。在如此贫困潦倒的情境下，他一生只写一本书，而且并不指望靠这本书给自己带来荣华富贵。

日本影片《入殓师》里，一个大提琴师下岗失业到葬仪馆当一名葬仪师，通过他出神入化的化妆技艺，一具具遗体被打扮装饰得就像活人睡着了一样，他也因此受到了人们的好评。

这名葬仪师的成功感言是："当你做某件事的时候，你就要跟它建立起一种难割难舍的情结，不要拒绝它，要把它看成是一个有生命、有灵气的生命体，要用心跟它进行交流。"

电影《百鸟朝凤》，也讲述了一个关于唢呐和艺术传承的故事。影片讲述的是在当下民心浮躁的时代里，几个人对匠人精神的传承以及在现实中遇到的困境。男主角焦爷的匠人精神令人感动，不管外界多么喧嚣浮华，他心中一直有自己的坚持。他的唢呐不是吹给别人听的，而是吹给自己听的。

社会的持续发展，让我们的心态也发生了不小的变化。乱花渐欲迷人眼，更需要气定神闲者，一生专注做一事，做到不贪"眼前利"，珍视"身后名"，把工作当修行，不浮不殆，不急不躁，筚路蓝缕，久久为功。

今天，一些领域成了名利场，其中的人们急功近利、急于求成，但正是这样的社会顽疾，让我们更感匠人精神的可贵，对那些真正有匠心的人自然生出由衷的敬意来。也许，越是浮躁、急功近利的环境中，那种恪守、遵循一种专注与执着的匠人，越是容易"突出重围"。

对陌生人的善意，　藏着你的修养

（一）

很多励志成功学里都喜欢讲这样一个故事，以说明"坚持"的重要性。

有三个大学刚毕业的青年，在某个城市一家著名企业应聘工作，企业负责人让这三个青年徒步去16层楼放东西。

当三个青年第一趟放完东西回来后，负责人说："我这还有一些东西，你们再送到15层楼去。"

当三个青年第二趟放完东西回来后，负责人又说："这还有一些东西你们再放到18层楼去。"其他两个青年二话没说扭头就走了，唯独留下的青年徒步去了18层楼放东西。

放完回来后，他面带微笑地对老板说："还有什么活，请您尽管安排。"这时单位负责人很镇静地对小伙子说："你被单位录用了，我刚才让你们上楼送东西，就是对你们的一种面试，看看你们承受事情的能力有多大，就是对你人生极限的一种考验。"

第一次看这个故事的时候，我心里就有些不忿：年轻人去找个工作而已，至于要被这么考验吗？让一个陌生人做这些几乎不产生任何效益的事，几乎相当于是在"捉弄"和"刁难"人家了。

世界上很多事情"三十年河东，三十年河西"，也许三十年之后，走掉的那两个青年成了商业"大鳄"，而被留下来的这个"人才"成为一个只会按部就班执行决策者命令的迂腐老员工。

（二）

大学毕业找工作的时候，我曾经也遇到过一次类似的考验。

我当时应聘的是一家位于珠三角的公司，岗位是做行政助理。那个自称是人力资源总监的人看了我的简历之后，给我回复了一封邮件，说这次他想用一种特别的方式面试我。

我问："什么方式？"对方说："火车站接站。"接着，他说他是几月几日的火车到达广州站，让我去接下站，他刚好也趁此机会考察下我的沟通协调能力、应急应变能力。这样的话，我也省得跑那么远去他们公司面试了。

那会儿我心想"不就接个站么，反正闲着也是闲着"，就去接站了。我买了站台票，进到站台上候着，见了他，帮他把一大摞书、行李从火车站搬到出租车上。

随后，他说回头会联系我，让我等消息。过了一段时间，我还是没找到合适的工作，忽然想起这家公司，就发邮件去问他，是否有意向招聘我进他们公司。对方回答我："你不会说也听不懂粤语，而且没有工作经验，怕是不能胜任这份工作。"

我惊呆了，心想：我是刚毕业的大学生，籍贯在哪里、会不会听说粤语等情况，早在简历上写得明明白白了啊。直到这时，我才反应过来，他当时之所以叫我去接站，也许是想找个免费的搬运工。

有一次，我把这次奇葩经历写在了微博上。一个网友看到了，给我讲了他的故事：

年轻的时候，有一次他去面试做某公司的文案工作。那是一个做房地产广告的公司，一个公司就两三个人，参加面试的却有七八个。老板把他们几个叫进去，让他们写一个房地产项目的宣传文案，说谁写得好聘用谁。结果，写完了以后，没有一个人得到录用，老板说他们写的都是垃圾。

过了段时间，他在街头看到一个房地产项目的户外广告，觉得那些词句很熟悉。他想了半天才想起来，那就是他去那家公司面试时写出来的。

（三）

我曾经在火车上被"借"过一回钱。那次，我从昆明坐火车去北京。跟我坐一起的，是外校几个大学生。为了消遣坐火车漫长而枯燥的时光，我们几个坐在一起认老乡、打牌、聊天、说笑。

火车快到北京的时候，列车员来查票。坐我对面那个女孩手里的票只显示到河南某地，但她本人要去北京，列车员叫她补票，加上罚款，她需要交大概一百六十多元。她哭丧着脸对我说，她身上没带现金，希望我能借她点钱渡过这个难关，她回到北京后，一找到 ATM 机就还给我。那时我也没什么钱，生活费都靠国家助学贷款，银行每个月往我卡里划拨的 250 元就是我的生活费，但看她那么着急的样子，我还是借给她了。

她千恩万谢，要了我的地址、电话、银行卡账号等信息，说回到北京一定还给我。我也抄了她的电话、地址等信息，以方便将来联系。那时候我们都还没有手机，跟亲戚朋友联系都是靠宿舍的固定电话。我回到学校以后再打她电话，发现她留给我的电话号码是个空号。这时，我才恍然大悟：她也许根本没想还这个钱。在座有那么多老乡，为什么她就单找我借呢？是因为我看起来最不谙世事、最忠厚老实么？要知道，那时候的一百多元，是我半个月的生活费。这钱借给她之后，我吃了半个月的方便面。

（四）

我们每个人，可能都被陌生人利用过、欺骗过。社会上好像从来不缺这类"鸡贼"的人。他们往往利用自己的强势、优势地位，超边界、超范围地使用别人的资源，还揣着明白当糊涂，装无辜。

因为对他而言你是陌生人，从前不认识，以后也不会再有交集，所以对方利用、欺骗起你来，毫无顾忌。他们似乎不明白，只要你有与人交往的良好意愿，懂得尊重、善待他人，那么你也可以把陌生人变成贵人，有朝一日他甚至能帮上你的大忙。

　　娱乐圈就有这样一例：2017 年在香港叱咤颁奖礼上，"肥姐"沈殿霞的女儿郑欣宜凭借《女神》连扫三项大奖，而《女神》这首歌，却是香港最知名的作词人黄伟文为了回报肥姐 20 年前对自己的恩情写下的。

　　黄伟文在颁奖台上讲了一段故事。他说 20 年前，他还只是一个没什么名气的 DJ。有一次参加一档电视节目，他在一个小小的角落孤零零坐着，等着导演叫他出场。就在他有些无聊、孤单的时候，当天的节目主持人、本来要直接上台的肥姐，突然绕了一个大弯，走到他这个幽暗的角落问他：你的衣服很好看，哪里买的？

　　肥姐在当时已是巨星，黄伟文受宠若惊，他完全没有想到肥姐会注意到他，会和他闲聊。他赶紧回答，这是什么什么牌子，是哪里买的，有什么颜色。之后他才想到，肥姐哪里是在关心他的衣服啊，她其实是在关照他的情绪，让他感受到温暖。

　　那一刻，藏在角落里的黄伟文说自己像是感受到了天使送来的善意。当下，他就确定这个人情，自己一定要还。二十年后，肥姐已经辞世多年，而他果然还了这个人情，替她关照了她最放心不下的女儿，让她找到了前行的方向。

　　这真是一个非常美好的故事，它照出了人性中最可贵的一部分：施恩的人，与人为善；受惠的人，懂得感恩。

<h2 style="text-align:center">（五）</h2>

　　从对陌生人的态度，真的可以看出一个人的修养。陌生人不是

我们的利益相关者，也许打那一次交道以后，就跟我们再没有交集。也正因为如此，很多人在陌生人面前，更容易放下自己的伪装，表现出真实的性情，这才是我们最真实的修养。

你的朋友、同事、老板等，是你的熟人资源，以后想在这个圈子里"混"下去，自然要对他们好些。但那些现在对你而言是陌生人的人，实际上也可能是你"潜在的贵人"抑或是"潜在的敌人"。

你曾经帮过一个孩子，很有可能这个孩子长大以后会回馈你，又能帮助到你的孩子。如果你骗光了一个穷人身上的最后 100 块钱，也有可能导致他一时想不开而报复你。

利用别人的善良、真诚来满足自己的私欲，把别人对你的信任玩弄于股掌之中，愚弄别人的真诚……除了暴露了自己的卑鄙之处，几乎不能给自己带来任何长远的利益。就像一些旅游景区只追求初到客带来的一时高利，"能宰得一个客算一个"，却痛失回头客带来的恒久利益以及比黄金更重要的信誉。

孟子曾经说过："君子莫大乎与人为善"。善待他人，不利用他人的真诚和善良，其实也是我们在寻求成功的过程中应该遵守的一条基本准则。只有尊重、善待、帮助别人，才有可能收获一段良性的关系，然后得到意想不到的回馈。

我们每个人的一生中，可能都会遇到一些意想不到的事情。有时候，我们只是出于简单的、帮助别人的目的才去做一件事，但最终这件事却会令自己受益。相反，如果只是为了一点点蝇头小利失去信誉，让别人认定你这个人不值得交往，相当于是把自己的路又堵死了一条。

哲学家塞内卡也说："让自己获得好处的最佳方法，就是将好处施诸别人。"所以，你想要获得好的成就、好的因缘，就是要布施、要服务、要帮助别人。不靠耍小聪明占额外、意外的便宜，踏踏实实，也会不乏他人的好评和尊重，这样的人生不也挺快意的么？

我若成佛， 天下无魔
——孙悟空成长记

对于 80 后来讲，估计没有一部电视剧能像央视版《西游记》那样深入人心了。这部电视剧自 1986 年春节在央视首播后，轰动全国。此后由于观众热捧，30 年间又在各大电视台重播了 3000 多次，有近 60 亿人次观看，即平均每个中国人看了 3 遍，至今仍被公认为是一部无法超越的经典之作。

电视剧里的孙悟空就是我们儿时的"大英雄"，那个拿着金箍棒、自称"俺老孙"的猴子告诉我们：原来人可以那么离经叛道、不规矩地活。国外有蜘蛛侠、钢铁侠、绿巨人、超人和蝙蝠侠，而我们只有一个孙悟空，我们讲起孙悟空，更多是一种情怀，一种乡愁，一种有待追忆的似水流年。

《西游记》的故事情节很简单：从前，有一只猴子，从石缝里蹦了出来，成了一个猴子孤儿。这只猴子没有父母和亲人，也没有朋友，缺乏管教成了他最大的缺点。当他日益强大时，他不知天高地厚，不知道世俗成规，大闹了天宫，让天宫里的神仙们平生第一回感受到了恐惧，抑或说，乐趣。但是，他随着本性自然发展的缺点给了他一个终生难忘的教训：他被一个叫如来的佛祖用一座大山压了五百年。孙悟空后来被另一个姓唐的和尚救了，他被派来保护姓唐的和尚去取据说要经过很多艰辛才能取到的经书。经书当然取到了，而孙猴子也修成了正果。

电视剧的存在，在一定程度上影响了我阅读《西游记》原著的兴趣。第一次读这本书的时候，我为它居然也能被列为"中国古典文学四大名著"感到惊讶，因为整本《西游记》的故事情节太单调了：唐僧不是快被吃掉，就是要被逼迫成婚，然后妖怪要么被打死，要么被收服，所有的八十一难全是一个套路。

当然，《西游记》这本书里，也有让我比较难忘的片段。比如，孙悟空"三打白骨精"是我印象最深的，悟空接连打死了白骨精装扮成的女子及其双亲，唐僧不能分清人和妖，执意要将他赶走，孙悟空无奈，"噙泪叩头"而别。

孙悟空忍气别了师父，纵筋斗云，径回花果山水帘洞去了。书中写他："独自个凄凄惨惨，忽闻得水声聒耳。大圣在那半空里看时，原来是东洋大海潮发的声响。一见了，又想起唐僧，止不住腮边泪坠，停云住步，良久方去。"

看到这段，我动容了，悟空心高气傲，虚荣心重，因得不到唐僧的理解和信任而哭，这种悲情在孙悟空身上体现得最为明显。

不可否认的是，在西游途中，孙悟空起到的作用是最大的，小说多次表明离开了孙悟空，唐僧等人寸步难行。每次遇到妖魔，猪八戒和沙僧的任务主要是保护唐僧和行李，斩妖除魔的重任全部落在孙悟空一人身上，这样的劳苦功高，有时还不免受到唐僧的误解，使他遭受到肉体（紧箍咒）和心灵上的双重折磨，但我们这位大英雄将这一切都化解了，最终取得了真经。

千百年来，《西游记》被当成是一个皆大欢喜的美好神话。但综观全文，不难发现书中有不少无奈的讽刺：天庭的腐朽统治随处可见。比如说，连如来座下的弟子都向唐僧索要"孝敬费"。唐僧师徒经历的大多数的磨难，都是天庭的统治者布下的棋局，一次"西行"的路程说到底是一次帮助天庭"清理门户"的过程。

那时候，每看《西游记》，我都会想：唐僧师徒就算是修成正果又能怎样？所谓修成正果、享尽清福，不过也和天庭的神仙们一样无所事事吧？可叹的是，孙悟空那只敢于反抗天庭腐朽统治者的猴子变为了既得利益者，这是一种悲哀，更是一种无奈。这紧箍咒从孙悟空的头上除了下来，却在他心里扎了根。

在我对佛学丝毫不了解之前，我的确认为一趟西游是唐僧师徒四人最大的悲剧。

年少的时候看《西游记》，我看的是故事，但现在再看，看的却是"修行"。佛教在传入我国之后便有着"小乘"和"大乘"之分，"小乘"只追求个人自我的解脱，而"大乘"则宣扬"大慈大悲"，以"普度众生"为宗旨。我之前，定是以"小乘"来看待孙悟空这个人物了。

当初石猴越海翻山，拜在菩提祖师门下，学得神通，得了名姓，由兽变成了人。虽有向善之心，却野性难驯，霸气十足。他缺少辨别是非的能力，在花果山与妖精称兄道弟。上天后未能如愿他便兽性发作，大闹天宫，此时的孙悟空其实就是个妖魔。

妖猴被压于五行山下五百年，对他以前的所作所为有所反思，对规则或禁区有了一定的认识，终于明白些道理，拜在唐僧门下，改名"孙行者"。但是，要修成正果，谈何容易！且不说九九八十一难，只说这"妖性"与"佛性"之争就需要点外力来引导，单靠唐僧的"阿弥陀佛"和道德教化是不行的，还是"紧箍咒"最管用，所以我们完全可以这样说：没有紧箍咒，就没有斗战胜佛。孙悟空若任凭个性无限膨胀，最后只能成为一个魔。

整个西游的过程是孙悟空"抛弃小我、实现大我"的过程，也是他为了实现佛家教义"普度众生"所付出努力的过程。孙悟空的最终成佛，其实等于承认了自己对佛家的彻底皈依。

五行山下的孙悟空认唐僧为师，是为了摆脱那座沉重的大山，获得可贵的人身自由；取经路上的孙悟空时时斥佛骂祖，要求取消那紧箍咒，让菩萨还自己自由身，是想回花果山做美猴王。但悟空的最终成佛却说明：他已经认同了佛家的这条道路。他在这条路上修身养性，最终忘却了那个洞天府地花果山，忘却了那个唯我独尊的美猴王的高傲心性，忘记了他曾经追求的自由自在的生活。这实际上是他失去了"自我"，进入到了"无我"的境界。

十万八千里对于孙悟空来说只是翻一个跟斗的距离，但他却陪着唐僧走了十几年。十多年的艰苦跋涉，让孙悟空原先的暴躁不见了，代之的是沉稳；原先的意气用事不见了，代之的是克制和冷静；取到真经的孙行者，不再目无他人，不再显武摆阔，而是与大家和平共处，谦虚内敛。

　　虽然他还是一只猴子，但已经是一只"佛猴"了。

　　佛家说，众生皆有佛性。西游一趟，真正降服了孙悟空的不是佛祖，不是唐僧，而是他自己内心的佛性。我们所说的心猿意马中的"心猿"，意指人心中躁动不安的一切情绪。对孙悟空而言，西游一趟抚平了他的"心猿"，使这只无父无母的石猴孤儿达成大"道"。他已修炼成佛，达到内心平和，这是他的成长。从这个角度来说，我觉得吴承恩可以算得上是一个"大家"。一部西游，与其说他是在鞭笞社会的不公平、教人们如何向封建势力妥协，不如说是在教人们如何自我修行。

　　至此，我觉得《西游记》被列为中国古典四大名著，当之无愧。

别看不起年轻人

（一）

我一个朋友，80后，经过十几年的不懈奋斗，前几年已经是外企中层了。前段时间，她从原来的公司辞职，跳槽到了另外一家从事新兴产业的公司。该公司给她的待遇是：担任高层职务和获得一部分股权。不到35岁就已经有此成就，在我的同龄人中间，她已经算是一个特别优秀的女性了。但几天前，她忽然跟我说了这样一番感悟："我觉得有些90后真的非常棒。"

我问她："怎么忽然发此感慨？"

她说："我原来的助理，思想比我二十几岁的时候成熟多了。他是个家庭园艺爱好者，自己弄了个顶楼种植，现在打算开始扩大生产规模，他给自己的定位是：生产者和育种家。"

她接着说："我从原来的公司离职时，一时找不到合适的人接手，我有心栽培他，结果他跟我说，他对自己的未来有清晰的规划和定位，所以对在公司的职位、待遇高低都无所谓，每天来上班主要是为了学习生产、管理、销售的工作经验。他觉得眼前最重要的事，是认认真真多学点东西，所以不想把自己搞得太忙，以免影响他的职业规划。"

我问："他这么说，会不会有好高骛远之嫌？"

好友回答："没有。平时工作中接触下来，我觉得他的工作态度非常好，专业技能也特别强。我常常拿与他一般大时的自己对比现在的他，然后觉得自己那几年真是白活了。"

（二）

我的工作圈子里，90后比较少，但在生活圈子里，还真认识好几个。

有一次，我去一个朋友的公司参观。她和几个合作对象正在谈事情，经她允许，我去旁听了一阵。来谈合作的，全是90后，面孔看起来都很稚气。一开始，他们都在认真地听我这个朋友讲需求，后来轮到他们展示自己承揽这块业务的能力，他们的谈吐，自信，领悟力，酷炫的技能以及令人惊叹的作品……深深令我这个外行人折服。

朋友跟我讲：对方是一个新公司，她看中他们，是因为他们公司里全是90后，脑子非常活，知道现在的年轻人喜欢什么。公司的老板也是90后，以前在一家专门替一些大企业做网站的公司工作，后来他觉得做App更加有前途，就向公司提出来想开拓这方面的业务，结果遭到了公司老板的反对。于是他单飞开了这家公司，养了一个技术团队专门开发 App。现在，他已经在业内小有名气了。

我跟朋友说："见了他们，我怎么这么汗颜呢？"

为什么汗颜呢？因为我想到了我二十几岁时的样子。工作上，我去到哪儿都以"新人"自居，谦逊有余但自信不足，跟位高权重的人打交道就很容易怯场。感情上，我在分分合合中被搞得死去活来，沉浸在被伤害的感觉中不能自拔。

那些宝贵的时间，居然就被我这样蹉跎了。

（三）

年岁渐长，我放弃了很多无用的社交，所以那种一群人嘻嘻哈哈调笑打闹的场合，我已经很少去了。当然，也有盛情难却，不得不参加某些饭局的时候。

有一次饭局，就是跟 90 后在一起的。那张桌子上，除了召集人之外，我几乎就算是年纪最大的。大多数时间里，我沉默着听他们说。饭桌上的 90 后，每个人都勇于表达自己的观点，说得头头是道，很少出现特别偏激的言论。

有一个长得白白净净、打耳洞、头发挑染成粉红色的男孩子，在饭桌上表现得一直很低调，跑来跑去给大家拿筷子、调料、倒饮料，但最后跟我交换名片的时候，我发现他居然是一家大型广告公司的创意总监。

真正让我感到羞赧的，是他们聊起业余时间都在忙什么的时候。一个身材特别好的女孩，说她下班以后就去健身房健身，每天雷打不动去一个半小时。一个说话不多的男孩，说他业余时间最爱做的事情就是上网写小说，每天规定自己写至少一千五百字，虽然目前没多少读者，但他觉得把时间花在这方面比较有意义。还有一个正在减肥的姑娘，面对一桌子令人垂涎欲滴的美味佳肴，居然能做到一筷子都不动。

我坐在那里，惭愧得汗水涔涔。回想起我跟他们一样大的时候，业余时间都拿来做什么了呢？

我也有大把的业余时间，但我都拿来歪在沙发上看肥皂剧、综艺节目。我也热爱写作，但都是"东一榔头西一棒子"地乱写、瞎写，也没有毅力一天不落地枯坐在电脑前。我也有尝试减肥，知道自己意志力薄弱，我花了一万多块钱去某瘦身中心做理疗，当时我想着"这次钱都花了，看在钱的份上我总能管住嘴、迈开腿了吧"，结果，一个月以后，疗程结束了，我一斤都没瘦下来。那个营养师看了看我记录下来的食谱，然后摇摇头对我说："你吃太多了。"

（四）

其实这几年，我也有这样一种感觉：90后、00后的小朋友，起点比70后、80后高，思想活跃，价值观多元。他们不在乎别人的眼光，接受新生事物的能力强，很多人对人生有非常清晰、明确的规划，有着较强的自律、自强、规则意识，他们更自信更敢闯更不怕输。

　　每次跟他们打交道，我都有一种"后生可畏"的感觉。

　　当然，这还是看个人的，也有很多 90 后小朋友一步步活成了"可怜虫"。不管哪个时代，都会出精英也都会出"可怜虫"，而我们现在讨论的，则是一种群体性的时代共性。

　　里约奥运会结束后，有人专门撰文分析过现在的网络舆论风向。很多年前，我们看奥运会，关注的是运动员能不能拿金牌、拿了几块金牌。很多人看体育节目，主要看点是"运动员为国争光"。可是，里约奥运会中的媒体导向，似乎在不知不觉中变了样。它让"洪荒少女""行走的表情包""运动小鲜肉"等成了热词。当一个运动员瞬间变为"网红"时，很多人开始意识到：90 后真的已经上场了，他们已经成为势不可当的主流。

　　在别的领域，可能 60 后、70 后、80 后还掌握着话语权，还是领域中的主力军，但在运动领域，90 后已经成为主力。他们在奥运赛场上，自信、霸气，有着平视世界的国际范儿；他们率真、坦诚、有个性，追求个体在社会中的坐标和幸福感；他们也夸张、无厘头，在表达方式上不拘一格。他们不仅让 90 后因迅速找到同类而狂欢，也消解着上一代人紧绷的情绪。是的，金牌拿多拿少有那么重要么？金牌和银牌差别很大么？不，都没那么重要了。

　　回答记者提问时，那些"假大空"的套路不再当道了，真诚、率性才更受欢迎。90 后运动员敢说，观众也愿意买账。

（五）

不管你是否承认，90后一代开始登上历史的舞台。他们开始参加工作，开始走向台前，开始向这个世界发出自己的声音。不信你去看看现在霸屏的演员，当红的几乎都是90后。

贬低下一代人，似乎已成了一种习惯。80后曾经被称为"垮掉的一代"，但他们也成为社会的中流砥柱，开始当爹当妈，担起了自己该担的担子，并没有像某些人预测的一样"垮掉"。

为什么有的人会很容易观念性和习惯性地看不起年轻人呢？是因为太过自负、自恋，不甘心就这样把舞台让给年轻人表演？还是因为掌控欲太强，年轻人一旦不愿意接受他们的意见，就会被掌握了话语权的他们贬低？

世界是中年人的，也是年轻人的，但最终还是年轻人的，因为年轻人的财富就是年轻。因为年轻，他们有大把的时间去追梦，甚至去改变世界。

年轻虽然有诸多短处，但至少有一点是让人羡慕的。那就是他们代表了时代的潮流，代表了正在变化着的新生活的方向，代表了这个社会的未来和希望。他们总是在走向成长、走向年富力强，我们切忌用短视的眼光过早地给他们盖棺定论。不管到什么年纪，我们都急需根据生活的变化，来进行知识更新、经验更新和价值观的更新。所以，放下自己的高姿态，向年轻人学习，是一种多么难得的品质。

1957 年，出访苏联的毛主席出现在莫斯科大学的大礼堂，接见了数千名中国留苏学生和实习生。他一开头就对留学生们说："世界是你们的，也是我们的，但归根结底是你们的。你们青年人朝气蓬勃，正在兴旺时期，好像早晨八九点钟的太阳。希望寄托在你们身上。"

正所谓：长江后浪推前浪，前浪倒在沙滩上。咱可以说年轻人"太年轻"，但请不要动不动就看不起年轻人。说不定，下一个倒在沙滩上的人就是咱自己啦。

Part 2
你得先谋生，再谋幸福

无法接受一个根本不爱你的人离开，跟惯性思维有关，跟内心深处认定的
"必须"有关。

你习惯了伴侣的存在，认为自己已经离不开对方，认为自己必须要和对方
一起走下去才能拥有幸福，才不枉此生。

没有命定的不幸，只有死不放手的执着

（一）

金庸小说中，有一个著名的"女魔头"叫李莫愁。

李莫愁倾心陆展元，甚至不肯立誓不离古墓而被师父逐出师门。离开古墓后，她本想与陆展元共浴爱河，却没想到陆展元爱上了别人。李莫愁自此身心大受打击，性情大变，她不允许别人拥有自己得不到的幸福，也不能提起自己心头恨，于是，她开始大开杀戒、为非作歹，成为令江湖人闻风丧胆的"女魔头。"

关于李莫愁和陆展元的恩怨，金庸描写得比较简洁，没有做过多的铺陈。也许是李莫愁一厢情愿，也许是陆展元负心薄幸，反正结局是李莫愁没得到她想要的爱，变成了偏执的复仇狂。

她可以只因为船家与她的情敌同姓就灭其一族，可以为了报复负心人与情敌苦等十年，即使他们都已经死了还要挖棺辱尸，将两个人的尸骸烧成灰，一个丢到东海，一个弃到华山之巅，意在让两个人永世不得相见。

李莫愁最喜欢唱的一句歌词是"问世间情为何物，直教人生死相许"，可讽刺的是，她一生从来没有和谁生死相许过，明明一辈子过得苦大仇深，却偏偏取名叫作"莫愁"。要我说，李莫愁临死前唱的那句歌词真应该改为"问世间情为何物，直教人不能好好分手？"

李莫愁是小说中的人物，但生活中类似这样"因爱生恨"的例子其实并不鲜见。

我一个朋友，就曾遇到过这样一个偏执狂。

跟男方相处几个月后，她发现对方极端自私、小气，还有点愚孝，就提出了分手。接着，吓人的事情发生了：对方苦苦纠缠，跑去她家门口、公司门口堵她，喝醉酒以后还拿出刀来威胁她，说她敢提分手，他就敢毁她的容，甚至拿走她的命。

男方那一副"你要跟我分手，我就跟你同归于尽"的架势，确实给我的这位朋友造成了很大的心理阴影。后来，她辞职搬离了那个城市，男方大概是觉得"追杀"她的成本太高，终于消停了，可她每次想起他来还是觉得后怕。那以后，每次她跟一个男人开始一段感情之前，都会反反复复问对方一个问题："如果将来我不爱你了，我可以提分手吗？如果我提了分手，你会怎样？"

像李莫愁这样的人的爱情观极不成熟，很容易"一根筋"地想问题，反映在感情上，便是"你不爱我，那就是在伤害我。我得不到你，就要毁了你"。

遭受伴侣提分手，正常人的第一反应是非常愤怒伤心，但对于大多数人而言，这种愤恨的情绪并不会持续太久。

　　冷静下来以后，很多人会意识到：苦苦纠缠只会换来对方的藐视甚至侮辱，换不来对方的回心转意。报复泄愤也只会导致"杀敌一万，自损七千"的后果，并不能给自己带来好处。与其身陷一段劣质的关系，不如就此华丽离开，让自己变得更好，追寻新的幸福。

　　不可否认，伴侣出轨、提出分手或离婚，都会给我们带来巨大的心理创伤。这种心理创伤之所以会存在，是因为它威胁到我们的自尊、我们的存在感、我们的自我评价。

　　我们曾经跟伴侣那么亲近，对对方毫无防备，褪下全身的伪装，把自己最柔软的一面暴露在对方面前，然后才能得到最亲密的关系、最暖的爱。这种亲密关系同时也是一把"双刃剑"，这意味着：那个离你最亲近的人，也最容易伤害到你。也正因为如此，当我们爱上一个人的时候，就要做好受伤的心理准备。

　　很多人接受不了与伴侣的分开，并不能说明他们有多爱自己的伴侣，相反，这只跟他们的控制欲、征服欲和自恋欲有关。伴侣不爱他们这个事实，会给他们带来强烈的挫败感、失控感。

　　越是自恋，Ta 就越是没法容忍这种失控；事情越是失控，Ta 就越想掌控；那些得不到或即将失去的东西，就越能激起 Ta 强烈的征服欲，而征服的极致，便是毁灭对方。

　　一旦这种情绪占了上风，他们的脑子里就定下了愤恨的主基调，接下来，就无法接纳"对方不爱自己"的这个事实，愤怒情绪占了上风以后，理智也就离他们远去了。

（二）

无法接受一个根本不爱你的人离开，还跟惯性思维有关，跟内心深处认定的"必须"有关。你习惯了伴侣的存在，认为自己已经离不开对方，认为自己必须要和对方一起走下去才能拥有幸福，才不枉此生。

说到底，这也是一种执念。

认识到任何的"必须"都只是跟"习惯"有关，其实也是心灵走向自由的关键。也就是说，一旦你能改变这种习惯，那么，原先你认为的"必须"就不再是"必须"了。在伴侣没有出现之前你是怎么过的，那伴侣离开之后你也可以怎么过。

婚恋说到底只是一种合约行为，它没法给你上一道"对方永远爱你"的保险。这种合约关系的美好之处不仅体现在两个人可以和衷共济、唇齿相依、扶持到老，还在于：当我们在这段关系里感受到痛苦大于快乐的时候，我们可以选择放手，放自己和对方自由。

如果不能解约，那我一定不敢缔结和约。想象一下：如果你的伴侣虐待你、伤害你、侮辱你，你都不能离开他，那这种合约简直太可怕了。

分离是"两面刃"，它虽让人心伤，但也可能让你实现自我成长。对方不再爱你了，这是一种"事实"；你因为对方不再爱而感受到受伤，这是一种"情绪"。我们需要做的第一件事，是分清

"事实"和"情绪"，然后，让"上帝的归上帝，恺撒的归恺撒"。说白了，便是接纳对方已不爱你的"事实"，然后努力平复受伤的"情绪"。

学会面对分手，是每一个人的必修课。我们必须要学会接纳它，甚至应该享受它，因为这个过程恰好给了我们一个反思自我的机会，因为我们可以从那些负面的情绪中重新定义自己，重新学习如何爱人，如何被爱，如何完善和提升自我，如何成为更好的人。

当你用更客观更完整的视野与自己和他人接轨时，你将发现对方不爱你并非过错，你不被爱也不是缺陷。这一场孽缘，虽然曾像暴风雨一样席卷过我们的生活，但它也像一道彩虹、一个指南针，引领着我们走上一条自我完善和提升之路。

"无爱感"几乎是每个人都会感受到的心理创伤吧？除了在婚恋关系中，我们还可能会在父母那里感受到不被爱，在校园、职场里感受不被爱，在朋友、同学、陌生人那里感受不被爱……我们都这样背负各自的艰难与创伤，走在人生路上。

如果命运给你迎面一击，你唯一能做的事情是：接纳这些已经发生的事实，使情绪让位于理性，处理善后事宜，然后生出自我恢复能力，与支离破碎的命运宣战。

既然吃得了糖，也要能咽得下苦啊。

"接纳"是每个人都要学的一门功课。生而为人，我们每个人几乎都得接纳曾经爱过我们的人离开，接纳至亲的人离世，接纳生命中的一切无常。

　　有人说过："人生是一场路过，是人路过枯藤老树，还是夜泊的孤船路过人，又有什么关系呢？有什么拿不起，又有什么放不下？不过是暂时的尴尬，不过是短暂的抑郁，不过是过眼的浮云，一笑而过也好，高抬贵手也好，转身而去成就了一种生命的智慧。"

　　没有命定的不幸，只有死不放手的执着。

　　你可能都不知道，面对一个不爱你的人，你潇洒转身且不再回头的样子有多酷。

一个好前任的自我修养

（一）

"爱久见人心，分手见人品"，这话估计没几个人不同意。

一对情侣分手了，一对夫妻离婚了，一个合伙的公司散伙了，一个组合解散了其成员单飞了……都可以让我们看清身处其中的当事人到底有怎样的秉性。

观察人品好坏，有时真的不是在一起的时候，而是在分道扬镳之后。从这个意义上来说，分手后的前任也是可以讲品级的。

如果两人分开了还可以做普通朋友，平时很少联系，对方真的有了困难还会出手相助，而且，虽然曾经相爱过，但不会再在感情上攀扯不清或是藕断丝连，让彼此的现任感到不爽。这算是上品。

当然，鉴于这种情况操作难度太大，如果分手了的两个人没有孩子或其他牵绊的话，彻底"相忘于江湖"，也不失为一种好品相。

两个人老死不相往来，就当对方从未在自己生命中存在过，绝不说对方的坏话，也不揭对方的老底。虽然已经跟对方分开了，不爱对方也跟对方没联系了，但还是懂得尊重对方。这算中品。

下品是对前任死缠烂打，要么恶语中伤，要么设计报复，分手后隔三岔五地给对方找点麻烦或是过得空虚寂寞了就撩拨对方一下，拿对方当消遣。

这类品相的前任，着实猥琐。都分手了离婚了还忽略前任的感受去打扰人家生活，很幼稚，也很自私。与其说他们不懂得尊重前任，尊重那段已逝的感情，不如说他们根本不懂得尊重别人，也不懂得尊重自己。

人生路漫长，我们总会遇到那么一两个人，陪伴我们走过一段路，但却不能陪我们走到最后。而作为一个前任，在婚恋关系结束后最基本的自我修养就是：留住美好的自己。这样，即便我们失去了爱和爱人，至少还能赢得尊重。

（二）

一个朋友，因为老公出轨，选择了离婚。离婚后，她用了整整两年的时间，才走出这个阴影，而她的前夫却风光再婚了，还把请柬发到了她手上。她愤怒得不行，气得大骂："这是要跟我示威吗？凭什么？老天是瞎眼了吗？传说中的'因果报应'呢？"

她找来了各方面条件优于她前夫的大学同学，扮演她的新男友去参加前任的婚礼，主要目的是想"长长自己的志气、灭灭前任的威风"，可到了婚礼现场，当他看到前夫和新娘甜蜜幸福站在一起的样子，顿觉自己的行为很可笑。

离婚后两年，她无时无刻不在关注前夫的动向，不断与之攀比，潜意识里希望自己"一飞冲天"或希望前夫一败涂地，好让她"一雪前耻"。

跟前任攀比的人，现实生活中肯定不止她一个。这样的心情，我也曾有过，只不过现在成长了，觉得已经分手的两个人还在赛跑，实在是一件很没意义的事。

既然已经在情感上毫无联系，那我过我的日子，他过他的日子，有什么好比较的呢？一旦开始较劲，难受的往往是自己。

诚然，如果跟对方攀比，能激发你的上进之心，自然算是好事，但你想过得比他好，就要拼出全部的精力努力赶超，可这得多累心劳肺啊？倘若你力不从心，过得并不如他，那你心情必然悲苦万分，这样的攀比只会徒给自己增加烦恼罢了。

我不会放弃努力，但学会了不跟别人较劲，不跟自己较劲，也不跟生活较劲。一旦更热衷于关注自身，而不是他人，也就不会一味地执着于某场比赛结果，而忽视了眼前还有许多值得体味的快乐与美好。

现在的我，只想为自己争气，而不是跟前任较劲、赌气。

"赌气"和"争气"虽只一字差，但此"气"非彼"气"。"争气"是一种对自我的要求，是一种积极的主动的生活态度，是一种"自己的人生自己负责"的强者姿态，它能令我振奋。

而"赌气"则是一种较劲，一种要跟别人一决高下的"怨气"，其反映的心理不过是："我过得不如你，所以我要赶超你。"

其实爱过就好，不爱了潇洒转身就好。那些往事，不必拿出来反复咀嚼；前任的背影，也永远不必追。

分手后的两个人，实在没必要再赛跑。青丝白发，不过刹那。人生太短，短得来不及浪费时间去怨恨一个人或跟谁较劲。

至于伤害？别人选择不再爱我，我若一辈子放不下，那便是伤害；但若是放下了，严格意义上来讲这算不得是什么事。

在茫茫人海中发现那个令你多看了一眼的人，你们携手走过一段，最终他又消失在茫茫人海。他不欠你什么，是你自己欠自己一个"离了他依然能过得很好"的模样。

（三）

分手，对我们来说，其实也是一场情感教育，一场历练与"大恩"。

面临被分手，面临自己不被对方爱的事实，很多人一时半会儿没法接受，没有办法做到淡定自若、自信果敢。我们或许都曾经有过很崩溃的时段，诅咒、谩骂、愤恨、痛哭是刚分手时的常态。每一个受到伤害的人都需要一段时间去释放分手带给自己的负面情绪。这种不良情绪没必要压抑和回避，最好的应对方式是顺应和疏导。

假以时日，我们终究会被自己治愈，终将会靠自己的力量走出泥潭、走向彼岸，终将会用正常的态度、情绪、规律去对待和处理和前任的那些事儿。

每个人面临的情况有别，人和人的悟性、格局、胸怀、能量也不一样。走出这样的泥潭，有些人只需要几个月，有些人需要几年，有些人则需要一辈子。

若你在一段关系中切实因受到伤害而离开，发泄完不良情绪后，就赶紧回归正常生活。你该专注于提升自我、建设好自己的新生活，而没必要去理会前任在做什么、想什么。任何伤害都会慢慢平复、被淡忘，心柔软下来后你甚至还因自己也曾伤害了别人而略感愧疚，而甚至这种内疚最终也会随着时间的流逝烟消云散。

有人从我们生命中离开，也会有人来访我们的生活。我们都必须要善于"好了伤疤忘了疼"，才能坚强地行走下去啊。

2015 年，小 S 与黄子佼在《康熙来了》里冰释前嫌。

小 S 说："当时年轻的时候对感情太重视，还有太冲动，讲了那番话，我觉得对他造成的伤害，现在想起来觉得很抱歉。"

黄子佼说："那时候工作很顺，爱情很顺，我不懂得珍惜。那些事情是年少得志的当头棒喝，让我警醒。"

时过境迁，所有的爱过恨过最后都化成感恩。有人听到这番话，在观众席上哭得稀里哗啦。

小 S 和黄子佼，多么像曾经的我们。我想，每个人都曾和他们一样，所以才会在他们的故事里流下自己的泪。年轻时候的感情总是太过炽热、激烈和张扬，以至于分开的时候愈加不能原谅彼此，故而心结深埋。

其实，这世界上哪里有永远不能原谅的事情呢？慢慢释怀以后，还是会很感恩对方曾陪自己走过一程，也很感谢对方带给自己的历练。若没有过去那段经历，我一定没有那么快实现蜕变，成长为今天这个更好的自己。

站在爱情的桥上，看着青春如河水一样流过，老去的只是自己。我们怀念青春，怀念的不是那会儿的自己有多好，而是怀念年轻的自己。

谁在爱情中没受过伤？青春，毕竟是人生才开场。刚开场自然紧张，自然做不到张弛有度，自然是拿得起却不一定能放得下，但我们都会长大，终究会明白爱情不是生活的全部。

没了爱情，生活依然会继续。青春时犯下的错，爱错的人，经历过的事情，以后都会成为自己的财富。

经历过痛苦的蜕变，我们终究会穿上盔甲，迎着阳光走向未来。你会发现，凡事释怀就好，原谅才是最好的成长。时间，才是真正的调解者。

诚如小 S 和蔡康永在节目里说的一样："你人生中越少敌人，越少让你介意的事情越好，我希望接下来的人生就是这样。"

生活没有圆满，但我们会变得越来越圆融，希望接下来你我的人生也是这样。

"如果当初怎样怎样，也许现在结局难讲"，毕竟只是一种"如果"。爱过也好，恨过也罢，如果木已成舟，那我扬帆出海就好。

过去的森林已远去，眼前的航程才开启。你有你的鸟语花香，我也会有我的星辰大海。

我们两不相欠，各自精彩。

不要嘲笑别人的疤，　那只是你没经历过的伤

（一）

二十来岁的时候，我还在上大学。我和佳佳、琴两个女孩子坐在宿舍里安慰一个遭遇异地恋男友劈腿的女孩儿。

那女孩讲她把男友和第三者捉奸在床的过程，我们仨一方面"哀其不幸"，另一方面"恨其不争"。"哀其不幸"是当然的，我们也替她感到不值，但我们"恨其不争"的"点"却是：她怎么可以反应那么迟钝呢？

那女孩走后，我们仨特别不厚道地在背后评论这件事："怎么可能之前一点都没能察觉呢，总有蛛丝马迹的啊。换我，在他有异心的那一刻定然能察觉的了。"

对这件事的评论，当然还有比我们更刻薄的：

"看到手机内容才知道伴侣出轨！如果不是偶然发现，还不知要傻傻地等到何时呢。典型的低情商，心性迟钝。"

"这女的太单纯了，对她男人又太过信任，那么久才发现伴侣

出轨，简直不要太蠢。"

且不讲这种言论带给当事人的"二次伤害"，单就这种居高临下评判别人的尖酸刻薄语气，我真不觉得能说出这种话的人，比察觉不了伴侣出轨的姑娘要聪明多少。

几年过去了，我们几个几乎都遭遇了伴侣劈腿这种事情。

佳佳的初恋男友是大学同学，两个人一毕业就领证了。

在一起到第三年的时候，佳佳提出来想回老家办一场婚礼，她觉得办场婚礼对双方老人来说也算是了却一桩心愿，岂料她老公一直表态说没必要。两个人因此产生些小别扭，但这点小别扭未对两个人的感情产生多大的影响。

偶然有一天，她发现老公其实早出轨了。崩溃之余，她选择了离婚。

琴的情况和佳佳差不多。

她和男友在一起六年，毕业后两个人分别在两个城市工作。再后来，他们准备结婚，琴到处跟人借钱，准备和男友一起在男友所在的城市买房，她甚至已经做好了辞职去男友所在的城市发展的准备……

岂料房子刚买来没多久，她就发现男友劈腿了。知道真相后的琴提出了分手，并要求男友把她给的一半首付钱还给她。男友后来倒是还了，却是在好几年之后，而在那几年里，那套房子的房价已经涨了三倍。

大学毕业十年后，佳佳和琴在电话里跟我谈起这些事，我早没了当初那样的轻狂，不会再问"你之前怎么没发现"这类问题，只是沉默，只是心有戚戚。

长大一些的我，明白了世事无常，明白了有些事情你才看它发生在别人身上，但下一秒可能就落你头上，而且并不是你够聪明就可以避免的。

伴侣出轨这事儿，很多人其实事先有预感，但因为不愿意相信或者没有抓到证据，所以选择了自欺欺人。这种"自欺欺人"，你很难将其定义为是单纯或是愚蠢，甚至如果自己没有亲历过，便完全没法理解。

如果有人非要说佳佳和琴都是属于"心性迟钝"的姑娘，我也不否认。只是，她们最让人感到欣慰的，也恰恰就是被鄙视的"心性迟钝"。

因为迟钝，她们的注意力没有完全放在男人的身上，更懒得把时间、精力花在检查伴侣行李箱里的避孕套、白衬衫上的口红、枕头上的头发丝或是浴室里用得快的牙膏上。

那几年，她们从未放弃过对事业的追求，从来没有因为感情稳定而放弃对自我的提升。跟前任分手后，很快有人追求她们，现在佳佳和琴都当妈了，小日子过得还算安稳。

人的时间、精力是有限的，你花在这一方面的时间、精力多了，花在另外一方面的时间、精力必然会变少。越是独立、清醒的姑娘，越愿意把时间、精力拿去赚钱、提升自我，而不是拿来防贼和捉奸。

从这种意义上来讲，在捉奸方面的"心性敏锐"，没有也罢。

也有很多人之所以事先察觉不了伴侣出轨，不过是因为对方的骗术太高明。.

我曾经在某次饭局上听到这样一个真实故事：一个男人，家里家外都是"一等一"的好丈夫，但他几乎每晚都有一个雷打不动的习惯，那就是独自下楼散步。

某一年，他出车祸死了，他家忽然来了一个带了六岁孩子的女人，要求分割他的遗产。他的原配这时候才知道住在楼下那个几乎天天碰面、每次见到她都很自然地跟她打招呼的单亲妈妈，居然是自己老公的小三。

亲子鉴定结果让原配如五雷轰顶，因为过去十年间，她觉得自己和丈夫过着比蜜糖还甜蜜的婚姻生活。

你可以说她迟钝、愚蠢，但当一个人出于内疚而对你加倍的好的时候，你是不是也有能耐分清他对你的那些好，哪些是真情，哪些是假意？

（二）

跟一些年轻的小姑娘接触过之后，我总感觉她们中好大一部分人，似乎特别容易鄙视比她年长的感情不顺、婚姻不幸的女性。

很多这个年纪的姑娘想当然地认为前辈们之所以会遭遇伴侣出轨、婆媳矛盾等而导致离婚，一定是因为太蠢，要么择人时蠢，要么相处时蠢。反倒是那些四五十岁的女性，能对这些事报以理解。

很多人一提到"结婚"就会联系到"幸福"，一听到"离婚"就联想到"贫穷、煎熬、悲惨"，可事实都不尽如此，关键还是看当事人是怎样一个人，能把日子过成什么样子。

不管"已婚"和"单身"都只是一种生活状态和个人选择，各有利弊。两种状态之间是平等的，不必非要分出"优劣"。能有"优劣"之分的，只是个体面对这些境况时的心态。

你所恐惧的事情，比如离婚，比如厄运，可能在过来人那里不过是命运给的另外一种形式的馈赠。至于把离异人士视为"因为愚蠢而不会识人或经营不好婚姻的人"，暴露出的也不过只是你居高临下看人所产生的优越感、莫须有的偏见和不自知的狭隘罢了。

情感作家黄佟佟在她的新书《不由分说爱上这世界》自序中，讲了几个小故事。故事里有先是拥有很多财富，再后来生意惨败，最后又重新创业、东山再起的女性，有曾过着痛苦不堪的婚姻生活但后来勇敢离婚活出自我的女教师。

她在自序里写过这样一段话，我当时读来特别受震动：

> 十来岁的我们想象不到十年、十五年以后是什么样子，但我们觉得那一定是美的，是舒心的，是快活的，因为我们不是他们，他们一定是因为太蠢太笨，才会过上这样狼狈不堪的生活。
>
> 很多年以后，我们才发现我们原来并不聪明，我们也不曾例外，我们每一个人都被这场龙卷风吹得衣衫凌乱，头发不整。有人失恋，有人丧亲，有人失业，有人永远没钱，有人在奋不顾身地与老公二奶争斗，有人为脸上长斑而痛苦不堪，有人在职场你死我活，有人在为一个省级幼

儿园名额而朝思暮想，有人得了大病……

　　我们的生活在外人看来或许都有些狼狈不堪，可是我们仍然活着，真的或者假的坚强地挺立着。就像那个叫嚷着要物理老师自杀的高中女同学刚刚经历一场痛苦的婚变，净身出户。奇怪的是她不但不要自杀，反而宣布要好好活着……

看到这段话时，我非常有同感，因为我年轻时也曾嘲笑过别人，当然也曾被年少轻狂的别人嘲笑过。而现在，当我也经历一些事后，再听到他人身上发生的这样那样的事情，只会唏嘘，只想沉默，甚至想去抱抱刚刚经历了一场劫难的他们。

　　我不敢再说是他们不够聪明才会遭遇这些糟心事儿，我更愿意相信：他们或许只是不够幸运。换作我们，也未必能比他们处理得更好。

　　年轻的时候，我看到的都是别人的愚蠢，现在看到的，则多是别人的难处。于是，慢慢地，我开始觉得这世上可能没有几个人需要训导。每个人做的每个选择，都有其自己的缘由和迫不得已，都是"几害相权取其轻"的结果。

　　我不敢再随意嘲笑别人，是因为我发现：当我居高临下嘲笑别人的时候，可能正是我最该被嘲笑的时候。我不敢再随意嘲笑他人，也是因为开始懂得敬畏命运。

　　生命如果是一条河流，那它就自有它的源头，也自有其流淌的方向，有小溪的潺潺，也有江河的滔滔，有一马平川的顺畅，也有翻山越岭的曲折。没有人能一帆风顺，你的命运里也会伴有风浪，伴有曲折，也可能会有那么一两件倒霉事降临到你头上。

（三）

天后级王姓女星离婚两次，她曾与第二任丈夫育有一兔唇女儿，并专为援助贫困的唇腭裂儿童设立了一个爱心基金。

这个基金会成立十周年之际，她为这个基金会站台，与前夫、女儿一起在初雪中为爱齐奔跑。照片上的他们，其乐融融。

看了这条新闻，我评论说：离婚了还能继续做朋友，尊重彼此，娱乐圈里我只服这一对。当然，能相处成这样，主要也是因为双方各自经济和精神独立，活得通透明白。两个成熟的人，不爱了可以分开，离婚后也可以和平相处，且能让孩子不缺失父爱母爱。好的关系，到最后拼的都是智慧和胸怀。我不爱你了，但我还愿意尊重你。我也希望，你过得好一些，配得上我的尊重。

一个年轻的姑娘看了这话，不高兴了，她认为这对前夫前妻离婚后就应该再也不相往来。后来我才知道，她的现任男友离过婚，跟前妻有过一个孩子，孩子现在归前妻抚养。她很害怕男友跟前妻复合，而她男友似乎也表现出了这样的倾向，这让她终日焦虑不已。

我回答她："人生不是只有爱情这一回事。你不过就是把自己的焦虑、恐惧都投射到这对明星上了。太年轻的时候别随意揣度年纪大一点的人的想法、生活，站四十岁看到的人情世故，和二十几岁毕竟不大一样。你男友在河边走路湿了鞋，是你男友的问题，不是鞋的问题，也不是河的问题。"

年轻的时候，我们只看得到自己，很少能产生通过观照他人而反省自己的觉知力。我们不知天高地厚，处于一种类似于爬山登高的战斗姿势，所以便很容易轻狂，很容易站在上帝视角看待和评判别人。

又或者，因为经历的风霜雨雪太少，因为有人为你负重让你轻装上阵，因为看不到身边走过的那些上有老下有小的中年人身后的包袱，所以总觉得那些摔了跟头的中年人一定是因为身体素质差或是爬山技艺不精，总觉得换自己来走这一程一定不会摔得那么狼狈。

可慢慢长大后，我们会发现自己并没有能耐改变这个世界，甚至连"自己不被这个世界改变"这一点都不确定是否能做到。随着年龄的增长，我们终究也要面对生活的残酷。当我们亲历这一切，才会对前辈们多一点点理解。

每次被一些年轻人教育我不会做人，不会做事，不会理财，不会识人，不会经营婚姻，不会育儿，不会孝顺父母，不会为人处世的时候，我只是笑笑，却不急于反驳。谁让我自己也曾想当然过，也曾年少轻狂过呢？

年轻的时候说的话，总是有很难听的。不难听，说明你没年轻过。但是如果老了，说话还难听，只能说明你白活了。

所以，现在，面对年轻人对我的嘲讽甚至是教训时，看到比我年长的人们心上的伤疤时，我总一遍遍提醒自己：他人是用来观照和检省自我的，轮不到我来评判。也不要随意嘲笑别人的疤，因为那可能只是我还没经历到的伤。

婚姻就是两个人的事儿， 不该是两个家庭的事儿

（一）

"婚姻不是两个人的事儿，而是两家人的事儿。"如果要给我最反感的观点排个序，这句话可以排进前三。

一些人特别善于把"婚姻不是两个人的事儿，而是两家人的事儿"这句话当成金科玉律和"尚方宝剑"，名正言顺地对别人的婚姻进行干涉，所以才让结婚这件本该属于"两个人的事儿"演变成错综复杂的"两家人的事儿"。到头来若是把"事儿"搞砸了，他们也不必为此负责任，因为社会默认这种观念是正确的。

看我们的身边，一些父母总会不由自主想要插手子女的婚姻，也有不少的婚姻因为男方或女方父母插手太多而出现危机。

有一项关于离婚率的调查结果显示，现在的 80 后离婚最重要的因素是在于他们的父母插手子女婚姻，从恋爱、结婚、买房、装修、生子、育儿……几乎无孔不入！

这种父母喜欢包办子女的一切，儿女的任何一件事儿他们都要

插手，而且大多数事情都必须他们来决策，理由当然是为子女好，怕子女走错路、走弯路。

即便是子女结婚了，他们也并不把子女当成年人看，亲自操刀处理子女的各种问题，自认为可以减少失误，降低损失，结果只会把情况越搞越糟。

喜欢依附在这种父母身边的男女一旦进入婚姻状态，其本质还是个"妈宝"，不具备独立处理婚姻和家庭事务及矛盾的能力。他们很有可能会不可避免地遭遇一大战争：婆媳（岳婿）失和。

"妈宝男女"并不认同"夫妻关系大于亲子关系"，不认同"夫妻关系"才是一个家庭的大树，公婆、岳父母甚至是自己的孩子，都是基于夫妻关系衍生而来的其他身份。夫妻关系的这棵大树一旦倒了，衍生关系也就断裂了、变化了。

这些夫妻要么对自己的父母太过依赖，要么对自己的孩子太过宠溺，结果，一桩本该属于两个人好好去经营的婚姻，非得让七大姑八大婆甚至孩子掺和进来，最后事态变复杂甚至失控，落个"树倒猢狲散"的结局。

如果这些长辈觉得婚姻是两个家庭之间的事，那绝对是件很悲哀的事情。

这里涉及一个"情感投射"的问题。这些长辈可能在伴侣那里得不到爱，只好转移视线，把孩子当成"代理配偶"。孩子结婚后有了自己的配偶，这个情感位置上只能站得下一个人，于是，为了争夺位置，长辈跟儿媳、女婿的代际冲突随之产生。

这也许跟中国传统的婚姻家庭只重传宗接代，不太重夫妻情感有关。

健康的母子关系，是健康的婆媳关系的基础。婆媳矛盾，折射的其实是母子关系。如果母亲和儿子之间，没有完成分离，或者分离完成得不够，就很容易出现"母亲与儿子合谋对付外来者"的情况。它反映的，是母亲和儿子的关系出了问题，有一方越界了，也有一方被当成"代理配偶"了。岳婿之间的矛盾，也同此理。

而在我们中国的一些家庭，看不到这种"断裂的"代际关系，反倒是靠孝顺来维持代际的"和合"，哪怕忍辱负重逆来顺受。

受这种"文化潜意识"影响的小夫妻，在处理家庭关系时永远"以孝为先"，不仅自己活得痛苦，也给对方造成了难以言表的伤害，甚至夫妻二人分道扬镳……而这未必是父母愿意看到的。

背着"两个家庭的结合"这个重壳，小夫妻一定会不堪重负的。

（二）

我曾经收到过这样一条情感求助："我的老公对我挺好，但却与我的父母水火不容，因为我父母对我们的婚姻实在干涉得有点多，但是他们毕竟是我的父母，我无法舍弃。老公和父母势不两立，我多次想离婚。可能也是因为自己太软弱了，一直也没离成。我该怎么做？"她讲了许多例子，说她的父母连她老公用什么品牌的洗发水都会干涉。

我直言不讳地回答她："你搞不定你的父母，可能要多从自己身上找原因。一家人之间之所以会出现水火不容的关系，一般是因为某一方越界了，或者双方都越界了。你让越界的那一方，退回到他该待的位置就好。这是你自己没与父母划清界限导致'城门失火'，而殃及了你老公这条'池鱼'，婚姻其实就应该只是你和你老公两个人的事儿。"

人与人之间百分之九十以上的矛盾，皆因界限不清而产生。公婆强力干涉儿子儿媳的婚姻，大多是因为儿子未能与父母划界；岳父母大肆干预女儿、女婿的生活，也多是因为女儿未捍卫好小家庭的边界。

婚姻本质上就是两个人的事儿，好的婚姻就是两个独立、成熟的人在一起生活。结婚不应该是"两家人变成一家人"，而是"两家人变成三家人"，而这三家人，是可以相互依存的。

所以，我更愿意相信"结婚不是两个人的事儿，而是两家人的事儿"这句话描述的是一种现象，而不是一种理所当然的"政治正确"。

我更愿意相信这句话的意思是说：原生家庭对一个人的成长影响深远，甚至影响到以后跟伴侣的相处模式，而婚姻的开始就意味着你多了一对父母，基于对方父母的关系下还有更多的亲戚、朋友，融入对方家庭也是婚姻中必要的一项，所以我们在婚前应该全面考察对方的家庭情况再慎重做决定。

若天下的父母们都懂得与儿女们划立科学、合理的界限，让婚姻真正回归"两个人的事儿"这一本质，婚姻关系则会返璞归真、回归简单。

若天下的儿女们都能对自己的人生负起责任，在婚姻这样的人生大事上，不盲信权威，盲信父辈，懂得尊重自己的伴侣，那么，设"以夫妻关系"为核心的幸福婚姻指日可待。

婆媳之间应该相互尊重，而不是"等你伺候"

（一）

前段时间，一个话题引爆了朋友圈：如果公婆对媳妇没有任何的付出，在媳妇最难的那几年也没有搭过一把手，没帮儿子、儿媳带过一天的孙子，对媳妇"既没有生养之恩，又没有帮扶之义"，等老了以后就理直气壮要求媳妇赡养、孝顺自己。媳妇是不是还有赡养公婆的义务？

有人主张要赡养，毕竟对方是老公的父母，何况自己也会有老的一天。也有人主张不赡养，说是世界上很多事情都是遵循"投桃报李"定律的，当初公婆没帮过媳妇，媳妇这时候去赡养公婆是情分，不赡养是本分，没什么好指责的。

这些问题和答案看得我一愣一愣的。若不是脑子稍微清楚一点，很容易被这个问题给绕进去，然后开始长篇大论分析婆婆和媳妇之间"权、责、利"的问题。

我想了两秒钟，然后一个念头闯入脑海：咦？那公婆的儿子、媳妇的丈夫呢？哪儿去了？

赡养公婆，丈夫是第一责任人；带孩子，丈夫和媳妇一样是第一顺序责任人。为啥在这两件大事上，这个最关键的角色消失了？

因为他消失了，所以这事儿变成了两个女人的较量和博弈。婆婆说："既然你是我的媳妇，你就得给我养老送终。"媳妇说："你没帮我带过孩子，也没给过我任何的帮助，所以我不会给你养老。"

明明是中间的男人失职，可最后这事儿怎么变成了婆媳双方针锋相对的较量，甚至是一种交换？这能说明什么？只能说明中间的那个男人并没有完全起到他的作用。

（二）

我更愿意相信，媳妇们说"公婆没帮助过我，所以等他们老了我不会赡养他们"，仅仅是一种心理宣泄，而不是有心违背中华民族"尊老孝亲"的优良传统。

就算是亲生父母，如果从小到大他们没管过你、没给过你任何照顾，到老了忽然跑出来要你赡养，你也难免会有心结的吧？

当然，我们这话的意思不是说"儿媳妇就不该孝顺公婆"。相反，我认为儿媳应该"老吾老以及人之老"，而公婆也要学会"幼吾幼以及人之幼"，不要试图把别人家的女儿（儿媳）打造成你们全家的终极保姆。

说到底，婆媳之间最重要的是互相尊重、扶持和成全，而不是"我是老人，你得伺候我"，"我是你孙子（女）的妈，我给你家添丁了，你得伺候我和孩子"。

说到婆媳关系好，就不得不提民国才子徐志摩的原配张幼仪。

离婚后，张幼仪独自抚养儿子，不时地照顾前公公婆婆，还需要不时地安抚前公婆对徐志摩新娶妻子陆小曼的不满。

这看起来是挺"慈悲心泛滥"的，但大多数人不知道的是：张幼仪是徐志摩的父母选定的好媳妇人选，他们一直待她很好。徐志摩与张幼仪离婚，徐家父母对儿子甚为恼怒。到最后，徐家父母甚至将遗产也分成三份，一份给张幼仪和孙子，还将位于上海的一栋别墅送给张幼仪。

你看，好的婆媳关系都是相互造成的。

恶劣的婆媳关系形成的原因就很难讲了。有的是因为公婆太过分，有的是因为媳妇太过分，有的则是因为中间的男人太无能。

按照道德伦理来说，孝敬公婆是小辈应该做的，但媳妇在成为媳妇之前，没受过婆家任何恩惠，一结了婚，婆家就用道德伦理绑架你单方面的付出，于情于理于法都说不过去。

生孩子，是小夫妻双方的决定，养育孩子也是双方共同的义务。一生了孩子，就觉得公婆有义务帮你带孩子，否则就说公婆不厚道，这种想法也挺不成熟的。

其实，什么时候我们能做到经济独立，然后学会把"自己的家"和"父母的家"看成两个相互独立又彼此牵连的家庭，认同"夫妻关系应该大于亲子关系"，可能就没这么多困惑了。

（三）

　　经济基础决定自主权、话语权。事实上，造成很多家庭婆媳矛盾的根本原因是长辈和晚辈双方不够独立，特别是经济不够独立。现在很多年轻人结婚，需要父母给钱买房、办婚礼。既然父母在建设小家庭的过程中有出钱或出力，自然就免不了要主张一点话语权。

　　不排除真有那种"只付出、不多嘴"的父母在，但更多的时候，这种理想状态显然难以达到。有的小夫妻，结婚以后还住在一方父母家，让父母帮着洗衣服、做饭、收拾房间。媳妇一方面想享受着公婆给的"福利"或者在公婆的屋檐下生活，一方面又寄希望于公婆不干涉自己的小日子，这当然很困难。

　　很多年轻夫妻是工薪阶层，两个人根本没法又赚钱养家，又独力抚养孩子，就必须请长辈作为免费劳动力来帮忙。公婆和媳妇住到同一个屋檐下，矛盾自然就来了。

　　如果一对夫妻可以依靠自己能力维持小家庭的运转，不需要任何上代人的资助和帮忙，婆媳矛盾、代际冲突可能会少很多。如果长辈养老可以完全靠自己，没有晚辈伺候他们也能过得很好，也就不会对儿媳进行道德绑架了。这样的话，婆媳双方不讲利益，只谈感情，关系会纯粹很多。

　　这种情况下，媳妇和公婆，谁也不欠谁的。媳妇不会因为公婆不给钱买房子、不帮自己带孩子而觉得委屈，公婆也不会因为媳妇不赡养自己而怒火中烧。

当公婆和媳妇之间少了"亏欠感""付出感""义务感""理所当然感"，自然就可以培养出感情来了，是那种属于两个独立的个体之间的，充满尊重、欣赏、善意、理解、爱护的纯粹的感情。

可是，在婆媳没法各自独立生活、必须联手抵抗生活的种种艰难的时候，我们只能提倡互相尊重、互帮互助。你想要别人尊重你、对你好，需要靠自己的努力去"赢得"，而不是靠身份、情感和道德绑架。

婆媳关系，说到底其实也不过就是人与人之间的关系。这种关系，跟朋友、同事、同学等关系本该没有什么区别，我们跟别人相处过程中要用到的"和平共处五项原则"（即，互相尊重、互不侵犯、互不干涉、平等互利、和平共处），也该用到婆婆身上。

媳妇尽量不要"啃老"，公婆也别动不动就跟媳妇强调"孝道"。如果做不到坚守"和平共处五项原则"，至少要遵循"权利义务基本对等"的原则。最重要的，夹在中间的男人要"断奶"，永远不要做隐形儿子、隐形老公、隐形爸爸。

过日子，真的不能靠强调义务、遵守法律和道德绑架。一家人在一起，说到底还是得有人情味。什么是人情味？就是真心对待对方，而不是把对方当"工具"或者当某种身份去看。说白了就是不要有"既然你是我的谁谁，你就得怎样怎样"的心态，而是将心比心、以心换心。

只要人人都尊重彼此，我们的家庭关系或将更和谐。

你得先谋生， 再谋幸福

（一）

我经常会收到一些在情感上有困惑的女性的求助，其中比较典型的是这三例：

"怀孕四个多月的时候，我老公从我肚子上踩过去。宝宝两个多月的时候，我老公开始打人；现在宝宝八个月，我抱着宝宝，他也会打我。他三次打我，都是在婆婆跟前。婆婆觉得男人打女人应该，因为她也经常被公公打。我应该继续忍下去吗？你说他以后会变好吗？"

"孩子他爸出轨三次了，现在还没和那女人断，我已经快崩溃了。今年年初我尝试自杀过，但因为舍不得孩子，下不了决心。我想离婚，可是我又没能力独自生活，也很舍不得孩子，所以一直拖到现在。我好痛苦，好想解脱，但我没勇气跟孩子他爸离婚。离婚之后，我连住的地方都没有。"

还有一个朋友，前不久发现自己的老公嫖娼，她第一反应是原谅老公，但不知道该如何放下心结，只能任由自己身处一段恶劣的婚姻关系之中，终日以泪洗面。

在这三个真实案例里，求助的女性无一例外都是家庭主妇。她们都有一个共同点：缺了男人的供养就活不下去，又或者，无法承受离开男人后更清贫的生活。她们都想离婚，但也都不敢，也不知道这是勇气问题还是底气问题。

你没法给她们好的建议，因为她们内心已经做出了选择：继续忍下去。她们之所以想找你倾诉，也是希望你能告诉她们"忍"的方法。

与这三个女性不同的是，我一个朋友，因为丈夫出轨而选择了离婚。她和丈夫去办离婚手续前夕，曾有过一番短谈。

她问他："关于以后，你还有什么想说的么？"

他回答："下次结婚，我一定不找有工作的。"

朋友哭笑不得，一时竟不知道怎么接话。

她心想，有经济能力的女人，因为自己有独立带着孩子生活下去的底气和勇气，所以在觉察到这段婚姻不能再给自己带来幸福感之后，能毅然决然地提出离婚。而没有经济能力的女人，则显然要被动很多。她前夫这算盘打的，确实令人啼笑皆非。

这听起来很可笑是吗？但它也是现实。你没有后路、退路，又缺乏绝地反抗的勇气，就很容易被人逼上绝路。

现在的我，更相信那些好的婚姻和爱情，往往是利益博弈、力量制衡以及"规则的约束力"大于"欲望的放纵力"的结果。

爱情，可以是天雷地火，但能存续下去的爱情和婚姻，都是树下长出的蘑菇。那棵树要是有毒，蘑菇必然也长不好。

<h1 style="text-align:center">（二）</h1>

大概是看多了言情小说的缘故，我们当中很多人似乎都受过"爱情至上论"的毒害。"爱情至上论"往往过分夸大了爱情的重要性和意义，宣扬爱情是人生最值得追求的东西。其害处不在于"值得追求"，而是在于"最"。

与爱情至上论密切相关的论调，还有"山无棱天地合乃敢与君绝""不求同年同月同日生，但求同年同月同日死"之类的捆绑式决心。这让一些人只能接受从一而终的爱情和婚姻，无法接受失去爱情或重新和另外一个人开始的结果，认为这样就意味着"人生失败"。

其实，姑娘们与其一味地追捧各种言情小说、言情偶像剧，不如也找个时间去看看《红楼梦》。

《红楼梦》里，也讲爱情，但它的哲学意义更深厚：情情爱爱总是虚幻与不长远的。人的心本来就是变来变去，生灭刹那。繁华、爱情、功名利禄等不过是一场"红楼梦"，所谓的情缘也不过是一个个因缘故事。人世间本就无常，生死无常，感情也是这样。

作为一个成年人，我们都要让自己有接受这种无常的能力。

这种能力，并不是说说"形而上"的理论、表明自己内心深处能认可这种结果就 OK 了（当然，如果你已经看破红尘，一粥一饭一衣一床就能让你心满意足，可以例外）。

对于大多数人来讲，你想过自给的生活，家人生病了有钱去治疗、孩子可以上好一点的学校，那"接受这种无常的能力"对你而言指的是什么？

说俗点，就是自立能力。

在我看来，中国的家庭主妇可能是世上最危险的职业。它的悲剧性在于，社会普遍不认为这是一种职业，不认为这种劳动的价值。你从事这份工作，是不是能得到与你的付出相对应的报酬，很大程度上取决于伴侣的良心，可人心向来多变，良心就显得更加虚无缥缈。一旦男人不再把你当回事，你的生活就变得无比被动。

的确，生活当中有一部分群体做着这份职业，并且拥有令人艳羡的生活。可是，不得不承认的一点是，也有一些缺乏精神独立意识的女性，由于角色单一、和社会接触有限、经济的不独立等诸多因素，沦为男人的依附，然后成为故事中的怨妇、弃妇。

网络上，总会有一些观点提倡女性要为家庭、孩子做出奉献和牺牲，同时用警惕的眼光看待职业女性对事业的追求。女人一旦有了进取心、事业心，人们便戴上有色眼镜看她，如果她要是为了事业不愿为家庭做出个人牺牲，则几乎要成为一种罪状了。

这种观点的存在，恐怕有上千年了，可是，这种根深蒂固的观念，并不能证明其合理，反而有无数的事实证明：没事业心的女人，过得惨的概率也不小。

（三）

我不喜欢说教，也不想告诉姑娘们你应该这样那样，只是想跟大家分享两个身边人的故事。

A是比我早几届毕业的大学生，但她似乎天生吃不了上班的苦，一怀孕她就辞职回家了，当起了全职的太太，连生了两个孩子。

起初，孩子还小，她就在家照顾孩子。孩子上幼儿园以后，她开始有了大量的空闲时间，也想过要重返职场，但她一想起找工作就头疼。清闲的工作她嫌收入太低，收入高的工作她又嫌空闲时间太少，也有那种收入不低、工作不很忙、方便她兼顾家庭的工作，但以她的资历、能力、工作经验等又够不上。

她想着："如果我出去工作了，孩子就得由长辈来照顾和教育，隔代教育的弊端那么多，我不放心。"再后来，她干脆找了个借口，说是为了教好孩子，自己要亲自带孩子，一直到孩子长大。问题是，她并没有把多少时间、精力花在陪伴和教育孩子上，大部分时间她不过就是拿着遥控器躺在客厅沙发上看肥皂剧，在教育孩子方面她不见得比职业女性做得好。

慢慢地，等孩子真长大了，她又觉得自己辛苦了那么久，应该要享受人生了。

她的老公呢？因为需要承担赚钱养家的压力，在事业上不断努力和学习，职位提高了，收入提高了，人脉更广了，生活圈子也越来越大，终于有一天有了其他的情感寄托。

接下来的事情，大家都猜到了。她是很难过，但也只能承受这种难过，因为对她而言，外出谋生是比忍受老公有外心更恐怖的一件事。

我另外一个朋友 B，跟我是同一届大学毕业，她现在也是一个家庭主妇，但她骨子里却一直有要"干出点名堂"的不安分基因。她追随丈夫去到另一个城市生活，因为她老公在那里得到了一份高薪工作，足以让她和孩子们过上宽裕的生活。

你以为她从此就安安稳稳过上了全职太太的生活？并没有。孩子小的时候，她全身心陪伴在孩子身边，安排好一家人的衣食起居，并努力学习投资理财知识，让家庭资产保值增值。

因为需要照顾家庭和孩子，她没法当个"朝九晚五"的上班族，于是，就开始创业。她开过鞋店、做过服装品牌，后来干脆自己成立了一个公司，专做药材经销。起初，她赚得并不多，投入和产出远远不成正比，但她肯吃苦、能受累，孩子睡着以后还坚持做方案做到凌晨。几年过去，她的公司慢慢有了起色。

很多人劝她："你老公赚那么多，而且把工资卡、家庭资产都交给你打理了，你还那么拼做什么呢？"

她回答："我有自我价值实现的需求啊。"

A 和 B 是截然不同的两个人，两个人在相似的处境下会活出截然不同的样子，早在她们上大学时候就能看出些苗头。

A 怕吃苦，对事业没追求，别人从大三开始做简历、找实习单位实习、跑招聘市场的时候，她则着急到处相亲找男朋友。参加工作以后，又嫌苦怕累，每份工作做不到半年。即使做家庭主妇，她每天最喜欢做的事情就是打麻将、看肥皂剧。她也不爱看书，一听专家讲育儿理论就头疼，对孩子也不够有耐心。

B 呢？从一份每个月只有 1500 元收入的工作做起，住过条件最差的城中村，也吃过一个月有 25 天在外出差的苦头。一直以来，她舍得拼，舍得吃苦，不管做家务还是带孩子都很勤快，对自我要求也够高。

B 跟我说：“我热爱家庭生活，但也怕自己会与这个社会脱节。”

我问她：“你怕你老公会出轨么？”

她回答：“怕啊，谁不怕？但是又不很怕，因为我承受得起这个结果。又不是靠自己活不下去，大不了辛苦一点呗。离开他我就活不下去了，活不好了？不可能！”

事实上，她老公一直很尊重她、爱护她，对孩子也非常上心。她问他老公：“我赚得比你少那么多，你嫌弃我么？”她老公说：“怎么会？没有你，就没有这个家。”

A 和 B 的差别，总让想起我妈说过的一句话：怕吃苦的人不管做什么都想偷懒，而不怕吃苦的人不管做什么事都很勤快。

我妈跟我说这话的时候，我心里阴暗地回复了她一句：“那还是让懒的人继续懒下去吧，这社会要都是勤快人，资源啊，钱啊，机会啊，就更少了，然后竞争压力就更大了。”

可今天，我又觉得这话不对，生活还有另外一个真相：你在这个地方偷懒，就得在别的地方用勤快补回来。

比如朋友 A 现在居然不再打麻将、看肥皂剧了，转而开始看书了，正在研习各种理论，想让丈夫回归家庭。我不知道她会否成功，但常常会不自觉地感到有点悲哀。有时，又会莫名其妙有点理解她，大概她是认为：跟男人讨生活，比跟老板讨生活，要来得更加容易吧。

有些选择无关好坏，自己能承担后果就好。

（四）

说回本文一开始那三个案例里的女性，其实她们并不是没有谋生能力，只是不愿意。

电视剧《人民的名义》里，与丈夫关系恶劣的梁璐说过一句台词："不离婚只有他一个人欺负我，如果离婚就有很多人欺负我。"这类女性或许觉得：外面的世界那么凶险，好像还是待在家里忍受一段恶劣的婚姻关系来得更安全。

真想改变、解脱的人，拿得出一万种办法；而不想改变的人，则可以找出一万种借口。如果连你自己都只想抱怨不想改变，那别人还能说什么呢。人生不是要吃这种苦，就是要吃那种苦，向他人求助其实并不能让自己吃的苦头变甜。

人生总存在很多困局。面对这些困局，我们往往只有两个选择：要么吃得了苦，要么受得了气。

有人吃得了苦但受不得气，有人吃不了苦但受得了气，有人两样都不行。对每个人来讲，"吃苦"和"受气"的平衡点又不一样，所以即便遇到相同的境况，有人选择忍，有人选择离开。

一些处于不幸婚姻中的女性问我最多的一个问题是："我到底

该不该离婚？"

坦白讲，这个问题的答案不是只有你自己才知道吗？离婚并不是一件很酷的事情，它需要勇气，但也需要底气。你自己有多少筹码，离了之后你会过成什么样子，能不能承担离婚的后果，只有你自己最清楚。

我也知道，也有些女性在跟老公、男友感情很好的时候，在职场遇到糟心事儿的时候，很想辞职回家做个家庭主妇。而我想跟你分享的是：如果老天善待你，给了你能干、有良心的丈夫和优越的物质生活，那么你是该庆幸；但是，如果老天对你不够疼爱、百般设障，也请不要磨灭了独立心、自信心，不要磨灭了向前奋斗的勇气和能力。

我的朋友 A 和 B，如今过着截然不同的生活，这中间当然有各自运气的成分在，但我更欣赏 B 对待生活的态度，因为我也更喜欢自己能把握生活的主动权的感觉。

我希望自己有底气离开不爱我的人，用自己喜爱的方式去生活。即便遭遇了不幸，也不至于被命运打趴下，只剩下摇尾乞怜的力气。对于真正想努力奔跑的人来说，这些都阻挡不了他的脚步。

人生虽然残酷，但是也没有那么糟糕。谁都想要得到幸福，但在得到幸福之前，我们得有让自己活得下去的本事。

先谋生，再谋幸福，在当代社会是可行的，也是必须的事。比起古代女性，今天的我们已经够幸运。那么，就向着太阳奔跑吧！它自会照耀你。心中无惧、不怕吃苦的人，没有什么荆棘和黑暗不能穿越。

骄纵有人疼，懂事遭雷劈？

（一）

二十几岁的时候，我跟桃子经常混在一起。

那时候，我处于单身状态，而她则有一个男朋友。

她男友我见过一回，但他给我的印象不大好。

那一次，是他请我们吃饭。饭桌上，他的态度稍显傲慢，跷着个二郎腿，身子斜在饭桌外玩手机游戏，完全不理会我和桃子聊些什么。

吃晚饭，他主动提出说可以和桃子一起把我顺道送回家。我坐在后座，听他显摆了一路，内容无非是他那辆新车是花了多少钱买的，还是一次性付款，车的性能和乘坐体验如何如何好。我想不通条件不差、性情和顺的桃子为什么会选择这样一个人。

纵然我觉得他很配不上桃子，但桃子还是爱他爱得死心塌地。

桃子去外省出差，不巧回程时遭遇飞机晚点，很晚才到广州机场。她愣是坚持自己排队打车，不舍得给男友打一个电话，好让他提早出发去接她。

桃子解释说："他工作也很辛苦，我不想让他太累。我自己打车回家也是一样的，让他来机场接我的话，这一来一回也太折腾了。"

跟桃子一起去逛街，我发现她特别舍得给男友买衣服。那时候，她收入也不高，但她在商场专柜给男友买几百甚至上千元的衣服、鞋子从来不眨眼，给自己买就只舍得买一百来块的。

她跟我解释："男人在外头拼事业，需要穿好一些装点门面。"

和所有俗套的剧情一样，桃子的爱情最终因为男友劈腿而覆灭了。令桃子感到崩溃的是，她那个嗜睡的前男友居然可以为了送那个女孩赶早班飞机而在凌晨四点多爬起来，开车送她去机场。

失恋后的桃子，跟我说了一句话："舍不得让男人哭的女人，最后只能自己哭。下次谈恋爱，我一定要对自己好一点。"

（二）

桃子的故事，让我想起另一个真实的故事。

故事的主人公是一个大学教授，四十几岁时他喜欢上了一个女学生，然后一定要跟结发妻子离婚。

教授的妻子容貌端庄、品性贤良，与该女学生的性情奔放、放荡不羁形成鲜明对比，旁人都觉得他脑子进水了，可他对原配妻子的评价只有一句话："跟她过日子，不够刺激。"

更奇葩的说辞在后面，教授说："跟原配在一起，我感觉自己像是个儿子；只有跟小美（那女学生的小名）在一起，我才觉得自己像是个男人。"教授的母亲听不下去了，对自己的亲儿子说："可人家只把你当爹。"

日子是别人的，作为旁观者我们不好评价。两个人分开或在一起的原因，能摆在台面上讲的往往不是真相。也许他们分开的原因是因为对方有狐臭或者口臭呢？也许在一起的原因是因为双方性生活和谐？子非鱼，焉知鱼之乐（苦）？

人们看到这种现象以后，总结出来一条定律："骄纵有人疼，懂事遭雷劈。"跟"会哭的孩子有奶喝"这句话一样，以前我从来不觉得这条定律有什么问题。

"会哭的孩子有奶喝""骄纵有人疼，懂事遭雷劈"现象的存在，充分说明了人类的感性认识多么不靠谱。由于大多数人都只能看到一些表面的现象，所以才会让这样扭曲的"逆淘汰"现象发生：谁哭喊的嗓门最大，谁就能得到更多的关注和馈赠。

可问题是，我们是不是倒置了因果关系？

真相或许是：有人疼的人才有资格骄纵，老被雷劈的人才不得不懂事。孩子知道自己只要一哭就会有人给奶喝，所以才敢放声大哭。若是你哭哑了嗓子、哭破了喉咙依然没人搭理你，你还会使出"哭"这一招杀手锏吗？

（三）

桃子的爱情之所以失败，或许真跟她"把对方看得比自己重"有关，但根本原因在于她男友本就不是很爱她。

教授的妻子最终被一个特别会"来事儿"的年轻妹子"抢"走老公，也不是因为她太端庄贤惠、体贴懂事，而是因为她老公对婚姻不够忠贞。

如果伴侣真的爱她们，那么她们的体贴和懂事会被珍惜，而不是被践踏。

什么才叫懂事？维基百科里是这么说的：懂事是个体脱离幼稚而迈向成熟的重要标志之一，是良性成长的特点，也是到达成熟的必经之路。懂事的人能够在成长的过程中总结问题善于自我督促，个性趋向独立，自觉向着成熟成长。

说到底，懂事其实是一种美德，是有担当、能自我负责、会顾虑他人感受的表现。

想到我自己，我从来都是那种犯了错就站在原地低头认打认罚的孩子，能自己解决的事情我很少假手他人，哪怕是伴侣。

早些年有人宠爱的时候，我也会撒撒娇、任任性，这几年这项技能几乎已经丧失了，大概也是明白，你再会撒娇任性，若没有人愿意买单，也只是在上演可怜的独角戏。

有时候，我也会打从心眼里佩服做了错事立刻就能哭得梨花带雨、我见犹怜的女孩，因为她们可以很快得到原谅和心疼。我也佩服那些任性妄为、脾气火爆但懂得撒娇的姑娘，而我只会死倔死倔，有再大的压力、委屈也像一头老黄牛一样咬牙死扛着。

执着于做事的人，没有到处诉苦"求关注"的心思和精力。而那些会哭会闹刷存在感的人，则可以将时间花在"造势"上，没苦处也会创造苦处，没有机会也要创造机会，然后赢得了更多的关注和好处。

看到别人因为"会哭"而得利，而我则因为"不会哭"而得不到重视，我也会懊恼，但后来我忽然意识到：这就是我，没什么好妄自菲薄的。

对别人掏心掏肺的好、能自己解决的事情不劳烦伴侣，这并没有错，前提是要遇到真正懂得你、欣赏你、珍惜你的人。

环境决定游戏规则，而游戏规则定义了"实力"。如果一个竞技场，大家都在比谁更会使绣花针，而你只会耍棒槌，那你很有可能就是炮灰；但如果你走对了比赛场地，大家都在比赛使棒槌，那么你就有了用武之地。

会哭的孩子有奶吃，但不会哭的孩子可以自己找奶吃。等着别人给奶和自己去找奶，孰好孰坏，没法下定论。再说了，感情的事情从来都是"一个愿打一个愿挨"，哪有什么放之天下而皆准的真理可遵循？

也正因为如此，我觉得我们真的可以少听点别人的情感教程、经验教训。整天分析什么样的女人才招男人喜欢、招男人疼，研究女人应当如何做才能像放风筝一样放养男人，也挺没出息的。

人首先要忠于自己，自己是什么样的就是什么样的。你可以提升和完善自我，但无须照着别人的需求去修剪自己。你需要做的，只是做好自己，然后找到那个真正欣赏你、爱惜你的人。

人与人的际遇千差万别，感情也需要拼运气。若是遇到不对的人，任你再怎么努力修炼也没用。不管怎么样，找到一个愿意珍惜你的人最好；若是遇不到，就学会自己珍惜自己吧！

一个家庭80%的幸福取决于这个家庭的女主人？

近年来，网上一些言论总倾向于把照顾家庭、孩子的责任全部都推给女性，甚至有人认为女性是家庭幸福的主责任人。

如果一个家庭中，两个人有"男主外，女主内"的分工，且男方愿意承认家务劳动的价值，女方又做得心甘情愿，那么，这些责任都由女性来承担无可厚非。可问题是，更多的女性既拼杀在职场，又要承担家庭责任。

这些年，我从身边女性身上发现：已婚育的职业女性真的很辛苦。白天，她们在职场拼杀，回到家还要照顾家庭，基本没有休闲时间。而有些另一半在家庭事务上都理直气壮地当个"甩手掌柜"。

我的一位女性朋友说："我现在已经懒得抱怨了。每天下班回家，我需要做饭、辅导孩子功课、给孩子洗澡洗衣服，一直忙到十二点。到了周末，又要陪孩子出去玩，还要孝顺公婆，工作和生活已经透支了我所有。"

我的一个朋友，是职业女性。她老公常年出差在外，她一个人边工作边带孩子。她老公有时候出差回来了，也会帮着分担一些家务，但大部分时间都是她在负责。每次她婆婆去到她家里，总会指着马桶、厨灶等位置说：　"你的马桶、厨灶这么脏，要经常清洁啊。"

朋友无奈地跟我说："听到没有？她把马桶、厨灶说成是我的，而不是我和我老公的。"

还有一个朋友跟前夫离婚后，曾跟她前夫抱怨过"我真的很忙，希望你能抽一天时间出来带下孩子"。她前夫来了一句"我比你更忙"，这让我朋友当场愣住了。

在他前夫眼里，"忙"指的只是工作，回到家里的大部分时间都是休闲时光；可对她而言，忙的却不仅仅是工作，因为家里家外也需要她"扛把子"。她"人在家里"，并不等于是"在休闲"。

经济合作与发展组织在 2014 年妇女节到来之际，对 29 个主要成员国男性分担家务的时间进行了调查。结果显示，中国与韩国、日本和印度一同成为男性帮忙做家务时间最少的几个国家。

世界上男性分担家务时间最多的国家则是丹麦，其后是挪威和澳大利亚，而中国男性每天在照顾家人、购物和家务活上花费的时间只有 91 分钟。由于中国人整体工作压力大，无论男性女性都是工作时间长，而休闲时间相对都少，但是中国女性因为相比男性承担了较多家庭工作，休闲时间就更少。

数据显示，中国男性投入日常家务的时间为 48 分钟，不过他们每天有 248 分钟花费在运动和看电视等娱乐生活上，而女性则只有 211 分钟。

对于这个数据，我是存疑的，因为现实生活中很多职业女性根本没法每天抽出三个半小时的时间去运动、休闲娱乐。

可就是这样，依然有人秉持"一个家庭幸福不幸福80％在女主人"这个观念，甚至堂而皇之地说：男女大脑构造有些不同，男人偏理性，女人偏感性，家是一个"讲爱不讲理"的温暖港湾。女人感情充沛，在感情的经营方面女人比男人更具有优势。

在这种论调里，不仅有性别刻板印象，还把理性等同于"不会经营感情"，认为女人经营感情比男人有优势，所以女人应该去引导男人建设幸福家庭。

到底是什么原因，让这些人把责任推卸得如此理直气壮呢?!

女人带着孩子出去玩，孩子不小心遭受了意外。如果这个新闻在网络上曝光了，底下的评论大多是在骂这个妈妈，说她不是个好妈妈，连孩子都照顾不好。如果男人带孩子出去并且出现了意外，居然也会有评论指责孩子妈妈，因为她居然让男人带孩子。

把一个家庭幸福的责任的百分之八十推给女人也就罢了，更有甚者，还直接说出"女人的素质，决定民族的未来"这类话，干脆把教育后代、振兴民族等等挑子，也统统撂到女性身上。我想问的是，男性们都去哪儿了？就延续香火的时候出个面，然后就功成身退了？

这些人认为，男性不需要生孩子，往往也不需要照顾孩子；男人没耐心做家务，所以也不需要做家务。社会默认女性需要照顾家庭和孩子，所以不愿意给女性更好的就业机会和晋升空间。慢慢的，婚姻和生育对于女性就变成了一种"义务大于权利"的事情，女性不仅负责赚钱养家，还要负责照顾全家、教育后代，家庭不幸福你还要背百分之八十的锅，孩子教育不好你还要承担大部分的责任……谁不怕？

到时候，这些人再拿出舆论的大棒，说什么"不结婚的女人都是变态""不生孩子的女人，人生不完整"，这还给女性们留活路么？

"一个家庭的幸福，80％取决于女人""母亲的素质决定一个民族的未来"这类毒鸡汤，就不要再喝了。我们应该达成的共识是：幸福的婚姻，是夫妻共同经营的；幸福的家庭，是夫妻共同维系的；孩子教育问题，是要夫妻共同参与的；更好的民族未来需要的是全社会的共同努力，而不是母亲们单方面使力。

该合作完成的事情，谁也不要随意撂挑子。

活在这社会，男人女人都不容易，更要彼此体谅和扶持。只有愿意陪伴孩子的爸爸们多一些，这样的未来才更值得期待。

尊重婚姻， 它才会回馈你幸福

（一）

我有很多年没见过同学小竹了。上中学那会儿，她是我们学校的"校花"。上次回老家，在大街上遇到她时却差点没认出她来。我几乎无法把眼前这个面容憔悴、瘦得皮包骨，满腹牢骚、抱怨不停的女人，同那个在我的印象里可以用"眉目如画"来形容的女生联系在一起。

她跟我说："羊羊，你知道我跟他过日子是一种什么感觉吗？就像有一把锯子，天天在你的肉上一点点地锯，真是生不如死。"

她的老公有点像《金粉世家》里金燕西式的公子哥，婚前对她百般殷勤。婚后，他觉得自己找个女人结婚、生子的任务就完成了，开始把家里的妻子当摆设，跟夜场里认识的兄弟、姑娘们打成一片。

她当初和老公在一起时，不是不知道老公的品性，但因为老公家的家世实在太好，可以让自己少奋斗十几年，所以她还是义无反顾地嫁入"豪门"。现在，她当着"保姆式妻子"，守着一桩"守寡式婚姻"，过着"丧偶式育儿"的生活，却下不了决心要离婚。

一个曾经美得像是"出水芙蓉"一样的姑娘，在一场无爱无性的婚姻中煎熬、挣扎，慢慢变成了一个形容枯槁、面容憔悴的"祥林嫂"。

（二）

我也认识一对结婚了几十年的夫妻。老太太时不时会出去烫个头发，回来时老头子就冲她开玩笑："呦嘿！我们家仙女回来啦？"

他们两个人是包办婚姻，但却一起携手走过了将近六十年。"文化大革命"时期他被批斗，她没有跟他划清界限，结果她也跟着被批斗，只不过被批斗的程度要轻一些。

他被批斗、游街了一天后回到家里，她赶快迎上来问他情况。晚上，她坐在油灯下，给他裤子的膝盖处缝上一层棉包，以防白天他跪的时间太久伤了膝盖。

改革开放后，两个人的日子逐渐变好。他身居要职，身边免不了莺莺燕燕，但从未跟谁搞过暧昧。即便是出去应酬，也从未在晚上十点后才回家。

前几年，她生了病，要动手术。那时的他，腿脚已不再灵便，却不顾儿女的反对坚持每天去医院探望，拉着老伴的手说这说那。

这对老夫妻已将近九十岁的高龄，脸上爬满了皱纹，但眼神柔和、慈悲，让人心生亲近。

看来，婚姻的好与坏，是能体现在脸上的。好婚姻让人容光焕发，眼神柔和，坏婚姻让人愁苦满面，眼神阴郁。

（三）

一些利益至上的人，对"爱情"不屑一顾，在他们眼中，婚姻也已经成为利益的附属品。

美剧《纸牌屋》让我们看到了利益婚姻的一种魅力：双方几乎没有吵闹没有隔阂，两个人各取所需、目标一致，有彼此成就的野心。

只是，现实生活中不是所有人都是天生适合做政客的弗朗西斯和克莱尔，也不是所有人都能有那样的涵养、隐忍和演技，能对婚姻肌体上溃烂、流脓的创口视而不见，大多数普通人终究是没法始终盯着利益，而忽略所有主观的感受。

因为感情而结合的婚姻，当感情消失了，或许很容易结束，毕竟感情充满变数。为了利益结合的婚姻，也许能长久，但利益也可能会遭受变故。

为了利益而在一起的夫妻，往往选择"大难临头各自飞"。只要利益消亡，婚姻里留给他们的将是一片冰冷的残垣断壁和一地千疮百孔的虚幻和苍凉。

当劫难、变故、考验来临，那些有真感情的夫妻，即便双双被打入低谷，也能携手走过那些艰难困苦，并且在共同对抗命运洪流的过程中，结成了更加深厚的感情。即便最终没法扛过去，但只要想起对方从不曾放开自己的手，心里也是温暖的、快慰的，觉得不虚此生。

一场利益婚姻看似各取所需，但在面临考验的时候，终究是比不上由真情实意驱动的相濡以沫。

（四）

著名学者张中行把世间的婚姻分为四个等级："可意，可过，可忍，不可忍。"

"可意"的婚姻，就是称心如意，令人艳羡。

"可过"的婚姻，就是虽不十分满意，但可以把日子过下去。

"可忍"，就是很不满意，但仍处于能够忍受的程度。之所以要忍，可能是因为利益，可能是为了孩子和老人，可能是因为离开了对方自己找不到更好的出路，所以"忍"成为解决问题的有效办法之一。

"不可忍"，就是感情已经彻底破裂，这日子没法过了。

"可意"的好婚姻以及"不可忍"但没离婚的坏婚姻，终究只是少数。大多数人的婚姻，是介于"比上不足，比下有余"之间。

不管男人女人，不管身处怎样的人生阶段，不管是在物资匮乏还是富裕的时候，我们都需要感情，都期待能有幸福的婚恋关系。

我们期待与另外一个没有血缘关系的个体建立某种联系，满怀虔诚地与对方缔结盟约，试图建立一个温暖的港湾，与对方并肩携手，与漫长人生中的跌宕和琐碎对抗。

只是，想成就美好、幸福的婚恋关系，达到同意的状态，需要最基本的三要素：

第一，自己做一个独立、成熟的好人。

第二，遇到一个独立、成熟的好人并与之相爱。

第三，跟对方共同好好经营婚姻。

这三要素当中想要达成一个要素都已经很难，更何况把三要素都集全，多多少少需要老天的成全。若是再牵涉到物质基础、双方家人、性、孩子等因素，事情就变得更加复杂了。很多时候，我们为了赢得幸福拼尽全力，终究也敌不过命运之手轻轻的一次戏弄。

佛家言"菩萨畏因，众生畏果"，众生要看到苦果才会害怕，而菩萨连可能导致犯错的起因都戒慎小心，因为无因自无果。

"十年修得同船渡，百年修得共枕眠"，表面上佛家是从惜缘的角度，劝世人要珍惜人与人之间难得聚合的缘分。但其真正的含义或许是在提醒世人：世间一切都是因缘和合而成，种善因得善果，种恶因得恶果。

对于感情和婚姻，我们应当在一开始就对其保持敬畏和尊重。如果一开始就把婚姻当成某种手段或者目的，那它最终可能会成为你追求幸福的绊脚石。

我们不主张把婚姻当成信仰，但婚姻应该是一件很神圣的事情，因为这是两个人在一生所立的契约中，最严肃也是最长久性的责任。我们只有尊重婚姻，婚姻才有可能回馈我们美好和温暖。

相反，如果我们的内心中少了尊重和敬畏，潘多拉魔盒就会被轻易打开。你鬼迷心窍、走火入魔，必然会自食恶果。毕竟，出来混，迟早要还的。

备胎为什么是圆的？　方便"滚"　啊！

（一）

闺蜜说她大学班上有一个长得挺漂亮的女同学，特别喜欢"养备胎"：今天叫 A 男生修电脑、明天叫 B 男生排队买票，后天又叫 C 男生打开水，收男生们的礼物收得乐此不疲……通过眼神、肢体动作和语言暗示，她几乎能给每个愿意帮她的男生一种"我会做你女朋友"的错觉。

曾经有一些追她的男生，受到她的"暗示"和鼓励后，很舍得花重金给她买礼物。有一回，有个男生直接给她送了一条价值两千元的项链，她也欣然收下了。事后，那个男生越想越气，找她讨要。她不情愿地把项链还回去，同时不忘把"小气"罪名安到他头上。

这种情况持续了一两年，到后来，想追她的男生也都知道她不过就是广撒"备胎"网，于是她那一套"欲拒还迎"似乎也就没了市场。

这当中，有一个男生是个例外，他认认真真喜欢了她很多年。当其他男生都打退堂鼓的时候，只有他依然鞍前马后地听她使唤。

大学毕业后，这女孩子一转身嫁给了青梅竹马的恋人，"备胎先生"这时候才知道自己"悲剧"了。

还有一个女孩子，喜欢上了一个她认为各方面都很优秀，称得上是"人中龙凤"的男人，但他只跟她保持暧昧关系。他平时跟其他人相处得都很好，人脉很广，有很多好朋友，可就是对她很没耐心，动不动就吼她、指责她。当然，他若是觉得寂寞了，也会叫她去陪他。

外人一看就知道这男人并不爱她，只是把她当备胎，但她自己好像不愿意正视这一点，所以每次当他发火，她就很容易内疚和自责，认为是自己沟通方式有问题才导致他对自己很没耐心。

（二）

什么是备胎？就是那个平常躺在车尾箱，正胎出问题了才会被拿出来装上，一旦主人找到正胎，就又会被卸下来放回后备箱的轮胎。

说白了，备胎是车主"退而求其次"的选择。

在情感上"养备胎"的人当然有其高明之处，因为他永远懂得留给"备胎"一丝遐想，仿佛对方再努力些就能争取到跟他共度人生的资格，但他不会交付全部真心。而备胎的"悲剧"，就"悲剧"在他们的赌徒心态。"备胎"们不懂得"适时止损"的道理，永远幻想只要自己心够诚、行动够努力，就一定能占据到对方的心。

年轻时候，若不嫌浪费时间，我们确实可以当当"备胎"，体味一下"备胎"的人生：安安静静地躺在后备箱里面，渴望为主人效犬马之劳，期待着主人的"正胎"出问题，然后自己好上位。

运气好的，最终守得"云开见月明"；运气不好的，只能随着车颠簸起伏，在暗无天日的角落里细细品味孤独与冷落。

电影《大话西游》里的紫霞说："我的意中人会脚踏七色云彩、身披金甲圣衣，在一个万众瞩目的情况下迎娶我。"为了这个美好的小理想，哪怕受再多的委屈和冷落，她还是处处为他考虑。最终，在她为意中人至尊宝赴死那一刻，意中人终于明白自己已经爱上了她。

这样的故事听上去很凄美，但前提是：至尊宝本身就是喜欢紫霞的，只是以为自己不喜欢。而现实生活中的感情备胎们并不是紫霞，等到望眼欲穿也等不到盖世英雄来，说不定最后还被对方狠戳一刀。

随着年龄的增长，我们越来越能体会到人生是何等的短暂，而且这时才越发感觉到时间是那么的宝贵。这些时间，你不拿去成全和提升自我，而是去做别人的"备胎"，会不会有点可惜？

特别说明的一点是，"争取"和"当备胎"是两回事。当"备胎"，是对方心知肚明，你自己也心知肚明对方只是将就着"用"你一下，而争取，是对方值得你这样做，而且你争取的姿态自始至终很体面。

我知道每个"备胎"都是做好了悲壮到底的心理准备的，也会不自觉地美化自己这种行为，好像为情所困就显得更加高尚、伟大一样，可事实上，这或许不过是太有"情执"和不够自爱罢了。

如果你能放弃"情执"，就该明白：你爱一个人，而另外一个人不爱你或不够爱你，是再正常不过的事儿。这并不意味着你不够好，怪只怪造化弄人，毕竟"求不得"也是人生常态。

这世界上没有无缘无故的付出，他肯对你好，必然也是有所求的，一旦这种需求得不到满足，他的内心可能就会产生失落感、挫败感、沮丧感，久而久之，自己消化不了，必然就要对外发泄。而你，很有可能就是那个最容易被"报复"的人。从这个意义上来说，养"备胎"也是有代价的，很危险的。

（三）

我们可以设想一下，当"备胎"不愿意再当"备胎"的时候，会怎样呢？

恭喜你，朋友！你已经获得了自由，掌握了生活的主动权。投鼠忌器的样子总显得患得患失、畏畏缩缩，一旦你真的不在乎那件所谓的"器"了，人生豁然开朗，想怎么做就怎么做。

我觉得只有当一个人不再为了爱情要死要活，不会非得绑在另外一个人的身上才能活得好，不认为只有在情感关系才能实现自我价值之时，反而可以有机会和你爱的人站在同一个高度，和他一起面对萧瑟残酷的人生……这时，你情之所系的那个人，肯定会对你敬重几分。

"不碰已婚，不做备胎，不养备胎，不玩暧昧"应该是我们追爱的四大基本原则，人生苦短，我们不该把美好的时光、生命浪费在一段从根基上就开始畸形的关系上。

感情里，高攀低就都不长久。高质量的爱，必须是势均力敌的。

说起平等的爱情，就不得不提到《简·爱》这部小说。其实，一开始简·爱和罗切斯特并不平等，为此，作者在小说的结局放了一把火，把罗切斯特的庄园毁了，让他"妻亡财毁"并成为一个残疾人，而简·爱则因为继承了一部分遗产，获得了经济上的独立。"火"和"遗产"这两个细节非常值得推敲，因为是它们让男女主人公最后终于平等。

在这本小说里，简·爱留下了她那句千古名言："你难道认为，我会留下来甘愿做一个对你来说无足轻重的人？你以为我是一架机器——一架没有感情的机器？能够容忍别人把一口面包从我嘴里抢走，把一滴生命之水从我杯子里泼掉？难道就因为我一贫如洗、默默无闻、长相平庸、个子瘦小，就没有灵魂、没有心肠了？你不是想错了吗？我的心灵跟你一样丰富，我的心胸跟你一样充实！要是上帝赐予我一点姿色和充足的财富，我会使你同我现在一样难分难舍。我不是根据习俗、常规、甚至也不是血肉之躯同你说话，而是我的灵魂同你的灵魂的对话，就仿佛我们两人穿过坟墓、站在上帝脚下，彼此平等。"

简·爱之所以是一个伟大的女性形象，不在于她对爱情的付出、争取和追求，而在于对爱情的克制。

很多人一陷入爱情，就很容易放弃底线、为爱奋不顾身，可有一类人，可以克服爱情对自己的诱惑，始终把自尊、自立、自爱放在第一位。

好的爱情，应该是以平等和自由为基础的。

我们每个人，都是因为不卑不亢、自尊自重而被尊重、欣赏，进而被爱的。

Part 3
懂事的孩子，不一定不快乐

　　一个人若愿意成长，何处不是土壤？

　　家庭是影响你成长的因素，但更关键的因素在于自己。成长是一个多方面因素共同作用的结果，父母、原生家庭只是影响了我们一部分，比这些外因更重要的，是我们对于自我的认知、探索和觉醒。

"父母皆祸害"？

（一）

很早以前，某网站成立了一个叫"父母皆祸害"的小组。这个看起来很惊悚、大逆不道的名字，以极强的号召力吸引着众多网民加入了讨论。参与讨论的年轻人，大多是被家长忽视或者伤害过的孩子。从一些组员的倾诉内容来看，他们所发泄的不满甚至可以说是怀着"满腔仇恨"，是在仇视自己的父母了。

网络上一个讨论小组的出现，不足以反映整个社会亲子关系的总体状况，但确实可以说明我们的父母在家庭教育方面仍存在不少问题。

之前我看过一个说法：想测试你和父母的关系怎样，可以尝试和父母单独待在一个密闭的空间里，看你们各自是否还能感到自如自在。这么一测试，估计一些平时看起来很好的关系就露馅了，甚至有人会觉得跟父母单独待在一起很尴尬甚至很压抑。

回到现实生活中，我们也不难发现一些父母是不会做父母的，跟孩子的相处是很有问题的。

我们参加工作，需要有门槛，需要培训；我们开车，需要先培训然后考驾照；我们要上台表演"十分钟"，需要在台下练"十年功"……唯独做父母，是不需要持证上岗的。

偏生中国是最容易产生"孝文化"的温床。千百年来，"孝"作为一种社会观念形态，已深深扎根于中国传统文化的土壤中，成为中华民族的文化心理的积淀，子女侍奉父母、为老年人养老送终被看作是人生中最有价值的事情。在这种孝文化的影响下，大多数人都会形成这样一种观念：只要父母生养了你，那他们天然是对的。他们具有天赋的教育权威，不需要再学习，也不需要再成长。这就不奇怪，为什么父母和子女的代际冲突在中国家庭中存在。

我们每个人跟自己的父母多多少少都会有一些矛盾，只不过有的家庭问题很大，甚至发展到了孩子跟父母不共戴天的地步，而有的家庭问题小一些。子女和父母生活在一起，怎么可能一直相处融洽，一点代际冲突都没有的呢？就连牙齿有时候也会咬到舌头呢，遑论观念不同的两代人？

（二）

"父母皆祸害"这个说法的提出，让很多人开始反思自己与父母的关系，也给家长敲响了警钟。

针对这个话题，有人开始理性思考，主张"反对不是目的，而是一种积极手段，为的是个人向社会化进一步发展，达到自身素质的完善"。

也有一些人，打着"父母皆祸害"的旗帜，觉得父母天生就对不起自己、亏欠了自己太多，自己现在过得不好完全是由父母造成的。在这类人心里，"父母"两个字已经成了一种"原罪"。

我一个同学的弟弟就是这类人。在该上学的年纪不好好读书；被学校开除后，跟着亲戚出去打工，却又不好好工作，不管干什么活都"拣轻怕重"。再后来，他索性回家"啃老"了。他妈妈现在已经快六十岁了，还得去建筑工地上去打工养活他。"啃老"啃到这地步，也算是种"境界"。

在他还很小的时候，他爸爸就因车祸去世了，是妈妈一个人把他拉扯长大。那些年，为了能让他上学，他妈妈起早贪黑去建筑工地上打工，挑泥浆、拌水泥、扛沙包、刷油漆等什么重活、脏活都干过，也因此放松了对他的管教。小学还没毕业，他就跟街头混混玩到一起去了，跟着他们抽烟、聚众打架、出入游戏厅。如今，他已经20岁。对自己的妈妈，他说得最多的一句话是："知道什么叫'父母皆祸害'吗？你们真是祸害了我一辈子！现在我娶不上老婆，都是你害的。"

将自己现在的一切不幸，都归罪于父母，归罪于原生家庭，蕴含了这样一个逻辑：我对自己的生活、命运是无能为力的，父母应该对我的一生负责。

把不幸归因于别人比归因于自己，实在显得简单太多了。会有这样想法的人，根本就没长大。事实上，一个人若愿意成长，何处不是土壤？家庭是影响你成长的因素，但更关键的因素在于自己。

成长是一个多方面因素共同作用的结果，父母、原生家庭只是影响了我们一部分，比这些外因更重要的，是我们对于自我的认知、探索和觉醒。

（三）

每个人的人生都有缺憾，每个人的原生家庭都会有这样那样的问题。我们带着这样那样的疼痛和缺憾长大，也曾想过改变父母，但最终大部分人都有这样一种感受：改变父母是很难的一件事情，我们至多只能做到影响，甚至有时候连影响都做不到。

以我自己为例，我的父母都是人见人夸的热心人、好人，但这样两个人结合在一起，却没法拥有一段好婚姻。只要他们在同一个屋檐下住超过三天，就必定会吵架。有一年过年，爸妈居然有两天没有吵架，家里的氛围一反常态地显得有些和谐、融洽，可我却觉得这种氛围很尴尬，因为我已经完全不习惯父母不吵架的日子。到得第三日，他们为了一点鸡毛蒜皮的事情又互相开火，我才觉得心里踏实了。

我也曾尝试着问过他们："你们两个互相讨厌到这种程度，干吗不离婚呢？"她父母的回答和大多数中国式父母一样："我们都是为了你们呀！不然30年前就不过了。"我当然无法接受这种说辞，也不明白父母为什么永远在吵架，让我的整个童年笼罩在父母吵架的阴影中。直到后来，当我也成为母亲，才慢慢理解了他们。

如今，虽然我依旧不认同我父母处理冲突的方式，但还是对他们的选择表示理解，因为我是在父母齐心合力养育我的过程当中实实在在得了益处的。在资源、条件有限的前提下，如果我父母真的离了婚，以他们的眼界、心智和悟性，只会给我带来更加糟糕的成长环境，说不定我连上大学的机会都没有。

不管我经历过多少父母吵架、冷战、闹离婚的不堪经历，可每次当我遇到重大挫折，当我承受失败与难堪，我总还是会想回到那个"家"，因为它让我感到熟悉、温暖和安全。父母不和睦，当然是一种很坏的体验，但我也有很多很好的体验。比如，他们一直深爱着我，甚至可以为了我无限牺牲自己，哪怕没有用最科学的方式。

小时候，我每次看到父母一吵架就很惶恐、害怕，而现在我对他们的不和睦就只剩一个态度："那是你们自己的婚姻，能对它负责的只有你自己。你们的恩怨是你们的事，我不会让这种不良影响传导到我身上。"我甚至尝试着引导他们，让他们意识到自己身上存在的问题，然后一点一点去改进。

学生时代，我谈过一场恋爱。毕业后，我们劳燕分飞。我用了很长的时间去反思、自省，忽然有一天，我忽然发现自己在过去的那段关系中，很多时候有不自觉地模仿和复制了我妈对我爸的方式，比如，以抱怨替代沟通，过多关注自我的情绪而过少关注解决问题的办法。这段关系的破裂，不一定都是我的问题，但痛定思痛，我决心改变自己，至少与他人再恋爱的时候，那样的错误我没有再犯过。

或许，这才是"父母皆祸害"理论最正确的疏导方式。我们发现问题或者真相，并不是为了宣泄愤怒和控诉他人，而是为了更好地解决或者隔离问题。比起不停地控诉"父母皆祸害"，我更提倡这样一种态度：先学着长大，把自己也当成和父母一样的成年人，甚至是比他们更有悟性和觉知力的成年人，然后从父母的相处模式以及他们对孩子的方式中，去反思自己，努力实现自我的觉醒和成长，争取不让某些不好的东西影响自己，再传递给下一代。

不停控诉"父母皆祸害"只会让自己戾气重生，而透过别人的局限去认识和疗愈自己，并且以更宽厚的爱和更科学的方式去滋养下一代，这是一个更值得期待的美好过程。

也许也是因为到了一定年纪，我渐渐明白了"在相处中先了解对方，比向对方表达自己的诉求"更重要，于是我尽量退回我"孝而不顺"的本分：不封闭、隔离他们，潜移默化让他们慢慢体会这世界的开阔，并学会尊重我的选择。如果依然学不会，则尽量选择少对抗。

（四）

歌手龚琳娜有一次在采访中说："我一直在思考父母和孩子到底是一种怎样的关系。后来我发现，父母和孩子不是上下关系，也不是平等关系，因为即便父母和孩子做朋友，事实上你永远不可能和他们像同龄人一样交朋友。我觉得父母和孩子其实是前后关系：把孩子带来到这个世界上，抚养他们长大，再把他们送去他们想去的地方，目送他们慢慢离开你。"这段话令我思考良久。

父母和我们，不可能是平等的，也不该是"上"与"下"的阶梯式关系，而是像古人和我们，我们和后人，一个朝代与另外一个朝代，一个海浪和另外一个海浪……父母把我们带到这个世上，看着我们长大，而我们看着他们变老，看着他们离开这世界。所以，当你真正长大，长成一个真正的大人，并生出慈悲心，那么，谅解父母，不管是怎样的父母，都不会是难事。

父母也是凡人，他们也有属于自己的劣根性。也许他们贫穷吝啬，也许他们自私冷酷，也许他们专制跋扈，也许他们永远都学不会反省自己……但能决定我们未来的，还是自己。

父母给的一切，好的，坏的，都只是原材料。家庭的贫瘠可能会令人奋发图强，也有可能会让人成为强盗；家庭的富裕可以令人衣食无忧、更加自由，也有可能使人成为纨绔子弟；专制强势的父母，可能令人变得霸道，也有可能让你软弱可欺……

出身对我们有影响，但更多的，是我们自己的选择、性格，甚至是命运，成就了现在这样一个你。我们要为自己的成长负责，不要去怪罪别人，因为我的幸福、快乐掌控在自己的手中。

心理学意义上的原生家庭和童年创伤，其意义只是在于：通过它们，我们可以了解真实的自我，并全盘接纳自己，从而拥有更完善的人格，获得更幸福圆满的人生。但它绝不是用来给自己解释弱点的借口，更不是洗脱罪名的托词。一个人偷盗，是因为他自己选择去偷盗，不能怪罪于父母，哪怕他的父母也是盗贼。

我们不需要为自己的原生家庭负责任，但从现在开始，可以学会对自己所做的每一个选择负责任，因为我们现在缔造的氛围就是我们自己孩子的原生家庭。我们该庆幸，自己有机会重新创造一个家庭文化。

一个人童年时原生家庭的影响，远大于后生家庭的影响。在意识到这一点之后，我们更应该体谅父母，并想方法设法从自己这一代改变，过去不对的事情不要持续，而过去好的方式则要把它传承下去，给下一代健康、乐观的童年。

父母其实也是凡人，也有自己的弱点和局限，也会在人生路上犯错，并且，也应该被允许犯错。有的父母，愿意花一生的时间去学习应该怎么做一个好父母，而有的父母则认为自己天然就是正确的、权威的，不容辩驳。这些，我们都无力改变，但我们需要意识到的一点是：父母不是每件事都能做对的人，我们也不是每件事都必须如他们意的孩子。

我们体谅父母，并且不再以"让父母满意"为追求，其实也是一个与自己握手言和的过程。

长大其实是一件非常美好的事情，因为我们可以慢慢地脱离原生家庭，摆脱父母对我们不好的影响，然后勇敢地再生、重塑自我。从某种意义上讲，父母是我们的历史，也是我们的镜子。相比他们，我们读过更多的书，受过更好的教育，走过更远的路，见过更壮美的山河，见识过更广阔的天地和更多样的人群，因此也会比他们更有觉悟力。站在他们的肩膀上成长的我们，更应该有心量、有能量原谅他们的狭隘和局限，并活出更丰盛的人生。

与父母和解吧，　在死亡将他们带走之前

（一）

《大鱼》是我喜欢的电影之一，在这部电影里，导演施展他超凡的想象力，带我们进入了一对父子的内心世界。

电影中的父亲是个喜欢大吹大擂的老头，他常常夸大自己的经历给别人听，讲他年轻时如何浪迹天涯风光无限，从一个小镇出发游历世界，阅尽人间无数事后，满载而归。

儿子幼时常常喜欢听父亲讲自己年轻时的一些奇特经历，比如在他出生当天父亲用戒指作饵钓起了一条奇怪的大鱼，还有从一个巫婆的眼珠子里看到自己将来死亡时的情景等。他的父亲总善于将真实故事润色，使其变成童话一般有着绚丽色彩及曲折情节的冒险故事。儿子渐渐长大以后，开始觉得自己的父亲是一个大骗子，又虚荣又浮夸。同时，他开始怀疑自己父亲的品行，因为自己小时候父亲经常不在家，他怀疑父亲在外面有情人，并以自己有这样的父亲而感到羞耻。

儿子结婚那天，父亲照例给所在的宾客重复讲他讲了几百遍的大鱼故事，夺去全场的注意力，让他这个本该成为主角的新郎官感到黯淡无光。当晚，儿子就带着新婚妻子坐轮船远离了故乡，临走前与父亲大吵了一架，他说父亲这一辈子活得很失败，只有在儿子结婚这天才能成为焦点。

这对父子在此后的三年时间里，几乎不再联系。再后来，他听闻父亲身患癌症的消息，带着妻子回到了家。他发现父亲即使是在病床上，也改不掉爱吹嘘的坏毛病。

在一次整理仓库里父亲的物品时，儿子找到了父亲和另外一位女士签署的房契，于是他造访了这位女士了解事情的缘由。儿子发现，父亲完完全全忠诚于自己的爱妻和家庭。

儿子开始试着审视父亲的一生，在和母亲以及父亲的朋友交谈的过程中，他发现了自己以前从未发现过的东西：父亲这个永远不甘于平淡生活的推销商人，是如何积极乐观地度过这一生的。小时候父亲给他讲的那些故事中的奇幻人物，原来都可以在父亲接触过的人当中找到原型。儿子为以前对父亲的态度感到后悔，并发觉过去自己对父亲了解太少。于是，他根据父亲生前讲述的经历，去虚构父亲的传奇一生，为父亲续补上故事最后的一章。

故事的结局很完美，儿子让老爸在幸福中辞世，又把父亲讲给自己的那些奇幻故事讲给了自己的儿子。

（二）

与其说《大鱼》是一个魔幻故事，不如说它是一个隐喻，一个关于如何与父母和解的隐喻。

对待父母，我相信我们当中大多数人都有过这样的心路历程：孩童时代，父母是无所不能的神。他们用强有力的臂膀把我们高高抛起，他们总能变出来我们想要的糖果、玩具，没有他们解决不了的难题，没有他们回答不了的问题。当然，他们发起火来也会吓得我们瑟瑟发抖。

长大一点之后，我们逐渐发现他们并非万能。我们开始觉得他们迂腐、专制甚至愚蠢，我们开始看不起他们，不屑于像他们一样活着，不愿意按他们设定的道路去前进。我们觉得自己比他们更聪明、更强大，觉得他们应该要退出历史的舞台，把世界让给我们。

于是，子女与父母的战争连绵不绝，代际冲突此起彼伏。我们开始抱怨和指责父母，觉得自己小时候受到了父母的伤害甚至虐待。关于童年的那些痛苦回忆被反复唤醒，我们把自己放在受害者的位置，控诉父母的种种恶行。比如，有强烈的控制欲、拒绝以平等的身份和孩子沟通、对孩子不停地指责和压制、过分溺爱等。

很多人开始在控诉父母的过程中，逃避现实。把一切归因于父母，可以让他们在受挫的时候，认为自己不需要为这种挫折承担责任。他们仍然束缚在幼年时对父母的依赖关系里，并且通过对父母的不断责怪、埋怨来保持这种依赖关系。

那些把父母当成"祸害"的人，都普遍存在着这样一种心理：父母既然生了我，就应该对我的人生负责，就得照顾好我，给予我无私的爱，做我的榜样和后盾，不断引领我前行。他们过于认定父母就该是要能满足孩子一切需求的人，一旦这种渴求得不到满足，孩子就可以愤懑、怨怼。

这种充满匮乏感的思维，其实是典型的"受害者思维"，可以伴随一个人多年而不可解。

可是，仔细想想，我们身边有哪对父母是完美的呢？如果一定有做得非常好的父母，我们看到的终究只是别人愿意展示给你的部分，而且，即便别人的父母再好，那也只是别人的，跟你无关。

我们总是习惯去羡慕那些我们得不到的东西，拒绝去承担和面对那些我们必须要面对的挫折，可仔细想想：我们内心深处对于那种完美父母的渴望，实际上是因为我们还把自己当成一个孩子，希望父母可以让我们依赖，希望自己能从他们身上讨要到无私的照顾。但，我们现在已经是成年人了，能对自己的人生负责了不是吗？

在面对这个世界的时候，父母和我们一样，会遇到很多麻烦和困惑，也会做错事，但最终，他们对我们的影响，会一点点从我们生命中隐退，因为我们慢慢能用自己的肩膀扛起属于我们的未来。

（三）

很多年前迈克尔·杰克逊接受一个采访时，谈到了童年时代被父亲暴打的经历。他说，后来一听说父亲要来看他，他就会呕吐。

不过，他接着说："但是现在……我爱他。"

在第三十届香港金像奖颁奖礼上，谢霆锋拿了影帝之后说了这样一段打动人心的获奖感言："我不知道为什么要把这些话压在心里 12 年，我希望你不要像我那样把话放在心里，希望你原谅那时一个不知天高地厚、没礼貌的小朋友。可以养大这么一个麻烦的小朋友，依然对着大家笑脸相迎，你才是最佳男主角。老爸，对不起。"这一幕看得我很感动，并不全是因为他获奖，而是他真的长大了，从男孩变成了男人。

木子美也曾说过一句令我挺服气的话："大多数人进入中年后，对父母的情感会变浓，无须外力也会主动改善，这大概是处境和经历引发的共鸣。"她还说，与父母有代际冲突，不要急，再往后走，爱的返养会成为你内心需要的一部分。

仔细想想，父母是天生欠我们的吗？并不是。

绝大多数父母都是普通人。有时候，站在他们的角度想一想、看一看，竟会觉得心疼，因为他们曾经的生存环境比我们更恶劣，他们吃过的苦头比我们吃过的多，他们经受过更多、更大的磨难。

比如我的父亲，虽然恨不得能把天上的星星都摘下来给我，但他脾气一直比较暴躁，有时还会非常自我。我发现，当我把他当成我的"父亲""家长"的时候，心里总会觉得他不够称职；但只要我把他当成一个和我一样有缺点的人，甚至尝试着回到他的童年去，看他是如何从一个孩子长成一个大人的时候，心里就只剩下体谅和心疼。

我的父亲出生在物资匮乏的年代，而我的奶奶是个盲人。父亲出生后不久，因为不会哭，奶奶误认为他已经死了，直接就把他丢进了茅厕，直到邻居奶奶去上厕所，发现这个被丢弃的小男婴还会动，才捡回来还给奶奶。如果我们能坐上时光穿梭机，穿梭回过去，看到这一幕，也会对那个小婴儿心疼不已吧。

父亲11岁开始当家，因为那一年爷爷去世了，他就挑起了整个家庭的重担……在这样的环境下长大，父亲能成长为一个品性优良、自强自立有担当的男人已经算是奇迹。如果我们只是一个旁观者，如何还能期待更多？

早些年，我跟父母也有过较大的冲突。比如跟父亲吵架，我怒不可遏到把翻盖手机当他面砸成两半；跟我妈冷战，同住一个屋檐下的母女俩两个星期没跟对方说过一句话。现在想来，这些矛盾其实都是为些小事情，但当时就是觉得：作为我的父母，你们为什么不可以理解我？

这几年，我慢慢了解和接纳了父母的困顿与局限，并尝试着从他们的原生家庭、成长历程中去找到形成他们那些狭隘和局限观念的原因。当我不再把自己当成需要父母负责的小孩子，而是一个真正的能对自己以及自己的人生负责的成人，便能心平气和地接受这一切了。

亲爱的朋友，我知道这对你而言可能也是一个特别艰难的过程，我们可能会经历幻想与落差，分离与伤感，但相信度过这一过程之后，我们终究能和父母和解，开始新的生活。当我们长出新的自我，把自责或者指责之心转化为"自己可以为之做什么"，甚至渐渐有能力去影响父母和引导父母往更开心、更自由、离梦想更近的方向走，我们就真的长大了。

（四）

或许有一些朋友会问：我父亲（或母亲）就是个不折不扣的"人渣"，我根本不想再见到他，那你让我怎么和他们和解？

之前我曾经在网上谈过跟父母和解这个问题，结果被几个对父母有很大意见的年轻人谩骂，他们说我是站着说话不腰疼，是慷他人之慨的"假慈悲"。

我想，这些朋友并没有真正了解我想表达的意思。我所说的"和父母和解"，本质上其实是"跟自己和解"。这里的和解，不是说要你去迁就、去服从、去道歉甚至去讨好，而是：只是把父母当成一个有缺点甚至是犯错误的人去看待，而不是自始至终把他们当成你自己的家长，甚至是有义务满足自己所有需求的"神"。

只有你学会从一个成年人而不是孩子的角度去看待自己的父母，才能明白"和解"的意思。

真正的与父母和解，是建立在对自己深深的接纳和理解之上。如果你的父母一直让你感到受伤，那你何苦要去勉强自己，去与他握手言和呢？

你不需要为了达成一个别人想看到的"大团圆"结局，去勉强自己做任何你内心根本不愿意做的事情。你只需要这样一种和解：完全地，彻底地，深深地，接受你的父母这个真实的样子。至少，你不必在意念中想象出称职父母来，并因为真实的父母达不到"称职"而愤愤不平。

这世界上，父母与子女的缘分，有深有浅。应该感谢他们带你来到这个世界，谅解他们过去的所作所为，并且与自己和解，告诉自己：目前这样的状态就是我心里想要的，也是我自己选择的，我不怨恨谁，也不觉得谁亏欠我，父母也有他们自己的人生。

这样做，也就够了。

我们每一个人都不"完美"，但作为比父母更有悟性、力量的一代，我们可以回到内心深处，去抱抱那个不想长大的自己，然后挥手跟它道别。在接下来的人生里，我们要尽量去练就海量的胸怀，容纳得下自己以及身边人的不完美，也容纳得下世事人情更迭变迁。

当我们成长为一个真正意义上的大人之后，对父母自然就没有了索求"无条件的爱"的冲动。没有了这种冲动，自然也就无所谓伤害。我们甚至可以像大人对待孩子一样，对待我们的父母，毕竟，留给我们和父母相处的时间不多了。

我想，所谓的长大、成熟、独立，就是这样一个过程吧？小时候，我们一摔跤，就只能感受到自己身上的痛，但现在，我们也有能力看到别人的伤口。慢慢地，我们开始学会把指责的手指头一点点收回，试图去理解他人的困顿、局限、痛苦和迷茫，并全然接纳命运给予我们的一切。

所以，与父母和解吧，在死亡把他们带走之前。

我妈啥都好，就是恨我爸

（一）

王京的整个童年、少年、青年时期，都是在听着她妈妈对她爸没完没了的抱怨和指责度过的。

王京甚至都不知道一个人得恨另外一个人到了哪种程度，才会把所有 30 年来发生的事情都记得清清楚楚，包括一些细枝末节。

到了后来，她怀疑她妈妈在控诉自己爸爸的时候，已经不带任何愤恨的情绪。她可能都不知道自己在说些什么，只是将"控诉我爸"这事儿变成了一种本能或是生活习惯，与睡前洗澡刷牙无异。

早些年，因为妈妈没完没了地对她进行洗脑，她也觉得爸爸实在是太不像话。虽然他对家庭、对妻子、对儿女很有责任感，但总在一些小问题上犯二，脾气也太暴躁，谁嫁给他估计都要受委屈。那时候，王京甚至发誓："绝不嫁给像我爸一样的男人，因为实在是太不懂关心女人了。"

王京慢慢长大，为人妻母后，她开始觉得妈妈的问题可能更大一些，因为她自始至终无法克服如影随形的怨妇心态、受害者心态。

相比王京的几个姨，王京的妈妈应该算是嫁得最好的了。她爸没有任何不良嗜好，打工挣了钱就悉数交妈妈手上，对家人也还算关心……可她还是一生对她爸爸不满意、怨恨满满。

王京的爸爸有时候也会下厨，若是某道菜做得好，王京还会夸赞他一番，但王京的妈妈几乎能从每道菜里找到能责备他的理由。

过去 30 年间，王京爸爸对她妈妈的所有不好，她妈妈全都记在了心里，还时不时拿出来温习一番，一遍一遍地提醒自己：他曾经那么亏待过我。

王京的妈妈是一个无私为家庭奉献一切的女人，对外人也非常温和、友善，唯独会跟王京爸爸过不去。其实，他们俩并没有实质性的矛盾，也没有原则性的分歧，她之所以一看到他就来气，不过是因为自始至终无法放下对他的积怨罢了。

我有个闺蜜的母亲，早些年因为丈夫出轨离了婚，但她一生都没法走出这个被背叛的阴影。从 30 岁到现在 80 岁，她从未停止过对前夫的控诉。哪怕她所控诉的那个人都已经入土了，她一想起当年的事情，依然恨得咬牙切齿。

我们没法劝她们，因为她们的怨气太重。你若说点什么，她会觉得你"站着说话不腰疼"，丝毫不理解她的痛苦。要妈妈们改变是很难的，我只能对她们报以宽容、心疼和理解。

（二）

一个网友说："我父亲暴躁，但从未真正对孩子有专制和教育权，我家最高领导和最大的'神'，是妈妈。妈妈是委屈悲情圣母，一辈子批判打压爸爸。"这话引起了无数网友的共鸣，大家纷纷说起自己的母亲，并总结出这类妈妈们的共同特点：以批评和抱怨表达爱，为家庭奉献一生但总觉委屈，难以被取悦，一生痛恨丈夫，一辈子活得很悲情。

研究原生家庭对一个人心理影响的武志红老师也说过，对于"我妈人很好，就是恨我爸"这种现象，如果单独去谴责母亲们，似乎真的不大厚道。这种现象之所以能成为一种群体性特征，是因为它有着深厚的社会文化土壤。

因为男尊女卑的思想，上一辈一些母亲们从小得不到父母的太多爱和关注，她们在爱的匮乏中长大，长大后便把完美的父母形象投射到丈夫身上。而这些家庭中的男人们，从小被教育"别跟妇人一般见识"，长大了以后只顾着在雄性世界里厮杀，对妻子的诉求可能会视若无睹，这就又助长了母亲们的失望。

由于那个时代给女性的生存空间很狭窄，女人们更多只有嫁人生子这一条改变命运的道路，个人的能力、能量得不到足够空间的伸展，唯一能获得存在感的方式就是把整个人生都投入家庭里，为家庭、为丈夫、为孩子操劳了一辈子，而忽略了自己。

如此一想，我们真的不忍心对她们有过多的责怪。

（三）

有这样一则寓言：河道中若有一艘空船冲向你的船对你造成了伤害，你可能不会生气；但如果船上有人掌舵，你就会生气了。对这些妈妈们而言，她们的丈夫就是这艘船。她们的意识里认为自己已经为丈夫、为这个家、为了孩子付出和牺牲了一切，所以丈夫就应该对自己无条件的好。

也正是因为如此，她们无法承受任何来自丈夫的伤害。一旦觉得自己被丈夫亏待了，她们便耿耿于怀，并且始终无法从"不被爱"的感觉和怨气心态中走出来。只要觉得那个特定的人不了解、不欣赏她们，她们就极为在意，这不啻将自己禁锢于受害者的心态中，认为别人应该要为自己的情绪负责。

我很想告诉妈妈们：都说"众生皆苦"，那些曾伤害过我们的家人何尝又不是？他们也有局限，也要面临各式各样的困顿和压力。

即便他们是真的不愿意对我们好，那我们依然手握离开他们然后去找寻对我们更好的人的权利。怕只怕，我们一直沉浸在过去的经历和受害者的身份之中，无法对当下的善意、温暖和爱打开心灵。

如果被伤害已经成为一种事实，而且因为现实条件的桎梏，我们没法或不便报复回去，那么，我们应该做的第一件事情，就是跳出"受害者心态"的藩篱。我们需要站到圈外去，站到高处去，俯视这个正在受苦的自己，然后生出"慈悲心"。

"慈悲心"的第一要义是什么？是先放过自己，对自己慈悲。如果一直臣服于积怨，我们就会一直处于"他怎么可以那样待我""他亏待了我"的愤恨之中。在这种心态下，我们的心灵也被囚禁在了暴怒和仇恨中。被这种情绪裹挟，于人于己都不是一件好事。没有谁的人生是一帆风顺的，上帝不会供给我们所渴望的一切。

来到这世上，我们注定要面临各种愤恨、失望、痛苦和劫难，但这些也有助于我们产生更强的能量，然后蜕变成为一个更宽容、更平和、更有爱的人。只有这样，我们才对得起那些受过的苦、流过的泪。

妈妈不是女超人

"下得了菜场，上得了课堂，做得了蛋糕，讲得了故事，教得了奥数，讲得了语法，改得了作文，做得了小报，懂得了琴棋，会得了书画，搜得了攻略，找得了景点，提得了行李，拍得了照片，想得出创意，搞得了活动，挣得了学费，付得了消费。最重要的是，扛得住情绪崩溃，熬得过岁月沧桑！"

这是流传于网络的一则"时下当妈标准"。光看到这些描述，就能把人吓得屁滚尿流。

不知何时起，《妈妈情绪平和，是对孩子最好的教育》《妈妈越强势，对家庭的毁灭性越大》《最伤害孩子的四种典型妈妈》《控制不了情绪的妈妈，会破坏孩子一辈子的幸福》这样的文章刷爆了我们的朋友圈，最近我又看到一篇更加耸人听闻的《妈妈的脾气暴躁，孩子的学习成绩就不好》……

类似的文章层出不穷，搞得妈妈们集体反思自我，恨不能要把自己变得十全十美。问题是，我们每个人都有局限，情绪也不可能时时刻刻保持稳定，但一涉及孩子的教育，怎么就对妈妈苛责那么多呢？

这些专门教化妈妈们的文章中宣扬的理念、方法，妈妈若能对照着做，自然最好，但生活中的绝大多数妈妈，恐怕做不到。而这些灌输给妈妈们的"当妈教材"，不过只会让原本就已经承担了过多育儿责任的妈妈们更添焦虑罢了。

一位女性，除了孩子妈妈这一个身份之外，还可能是父母的女儿、公司的职员、丈夫的妻子、闺蜜的朋友等。她们的生活中不是只有育儿一件事，可能还有很多狂风巨浪、飞沙走石等着她们去战胜，而孩子也没有我们想象的那么不瓷实。

仔细想想，每个人的成长过程中，不是有这种不如意，就是有那种不如意，可也正是这些如意和不如意的千差万别，造就了我们的不同。长大以后的我们，注定不是无所不能的，不可能强大到可以将对孩子造成不良影响的苗头全部掐灭。

身边绝大多数妈妈，在育儿这件事上很难做到不焦虑不紧张，让她们洒脱起来恐怕难度太大。可在我看来，并不是说你花费更多功夫和时间来武装自己，就一定是个好母亲。即便你真的是个好母亲，也不一定能培养出来出色的孩子。

我们的社会有时很容易把孩子吃喝拉撒看得太重，把妈妈的喜怒哀乐看得太轻。可是，当母亲，为什么一定要这么焦虑这么累呢？养育孩子为什么不可以是一种好玩又让人充满好奇心的生命体验？

有的丈夫会这样抱怨："老婆，你为啥生完孩子脾气这么暴躁了？"要不就是这样："你怎么连个孩子都照顾不好？"这类丈夫，实在是"站着说话不腰疼"，其实，换他们来照顾家庭和孩子的话，可能一天时间都支撑不下来。比起他们，能对妻子说"孩子我来带，你只管去放松"的男人，实在是太有绅士风度了。

一些舆论将母亲与牺牲的形象挂钩是有问题的，因为这将母亲定义成了牺牲者，这会让那些追求自我独立和发展兴趣的母亲们背负愧疚感。事实上，自我牺牲并不必然能让孩子感到快乐或幸福。我们怎么生活，孩子就怎么去学习，最好的教育是以身作则啊。比起一个为了孩子牺牲自我但活得不快乐的妈妈，孩子更需要一个有独立自我并且过得快乐的妈妈不是吗？

对于现代亲子教育的方法，各种专家各执一词。我倒觉得，妈妈们首先要做的，不是去听专家说什么，而是要问问自己：我希望自己怎样做母亲，用什么方式影响我的孩子。其他的，觉得有道理的，就听一听；没道理的，就"呵呵"了事。

不要忧愁不要内疚，咱们都只是普通妈妈，不是超人妈妈。不完美是生活中的必然，别给自己太大压力。我们又不是盘子，做得那么完美是要拿来盛菜吗？

你得先独立，　才配谈自由

（一）

前两天看的一新闻，乐得我不行。

新闻说的是，吴女士两年前出嫁时，她母亲要求她住到夫家后每天打一个电话，每个星期回一次娘家。吴女士一一照做。但最近一年，因备孕及工作等原因，她偶尔会忘记打电话。结果，女儿每次忘打电话，母亲就赌气不吃不睡，直到女儿打电话安抚。

这条新闻让我想起一个师弟，他是典型的受父母控制的"受害者"。

从小到大，他读什么学校，交往什么同学，上什么大学，读什么专业、毕业后去哪儿工作都是父母安排的。毕业后，他买了房子，但房子买在哪儿、买多大的、如何装修、买什么家具，也都是父母说了算。

更奇葩的是，他的收入全部被父母掌控在手里，父母每个月给他一点零用钱。如果他有什么大件需要购买，得事先跟父母说清楚原因，所以，他的父母甚至比他更清楚，他每个月挣多少钱、几号发工资。

终于，问题来了。他谈了一个女朋友，但因为女友离过婚，就招致了父母的激烈反对。他父母甚至跑去女方的公司调查她的底细，并且求见女方的公司领导，希望公司领导能出面说服女方不要跟自己的儿子在一起。

因为这场恋爱，他跟父母爆发了有史以来最大的一次冲突。也许是因为压抑太久了，这一次他反抗得特别激烈。他父母又照例使用"一哭二闹三上吊"或者给他扣上一顶"不孝"帽子的伎俩逼他听话，但他还是顶住了层层压力。

抗争的结果是：他最终也没能跟女友在一起，因为他父母对她的屡次骚扰，让她对这段感情彻底失去了信心。他和女友的爱情，成为这场斗争的牺牲品，但这次反抗，以他的胜利而告终：他拿到了经济自主权以及对自我人生、爱情的掌控权。

（二）

曾经有一个男性朋友，给我讲过他一段刻骨铭心的爱情。那可能是他一生当中，最为痛苦也最为难忘的经历。

我这位朋友出生在农村，打小拼搏意识就特别强，大专毕业以后就从老家来到广州闯荡。刚开始，他过得很苦，住在出租屋里给人打些零工。后来，他转做"房虫"，主攻写字楼租售。经过七八年的奋斗，不到三十岁就有房有车有地，在很多人眼里已经算是成功人士了。

后来，他爱上了一个"乖乖女"，两个人性情非常合拍，用他的话说，就是"天造地设的一对"。结果，他们的恋情遭到了女友母亲的强烈反对，她反对他们在一起的原因仅仅是：他出身农村。

两个人感情发展到见双方父母的时候，他们已经爱对方爱得无法自拔，所以女友的母亲的反对，让两个人都觉得痛不欲生。为了逼他们分手，他女友的母亲使出了一个涉嫌违法的"大招"：把自己女儿关起来。这一关，就是两个月。他沟通、哀求无数次，未果。见不得女友受这种苦，他只能做出了妥协和让步：承诺和女友分手，保证今生今世不再见她的面，并和女友的母亲签署了承诺书。

这位母亲早些年曾经遭遇过一个负心汉，那个负心汉出身农村。他一无所有的时候，她跟着他过了不少苦日子，等他飞黄腾达以后，他就抛下她和孩子跟情人双宿双飞了，从此对她们不闻不问。她独自把女儿拉扯大，并且从小给她灌输这样的婚姻观：千万不要找农村出来的"凤凰男"当丈夫。

初次听到这个故事的时候，我觉得这位母亲非常不可理喻，可后来，我觉得这个故事中的女孩多多少少也有点问题。反抗母亲这一课，她开始得太晚了，手段也太柔和了。换我，要是父母把我关起来，那我可能早上房揭瓦了，或者把门都给踹烂了。

我这位男性朋友是一个有点独断、果决甚至强势的人，一开始我不明白为什么他会喜欢上这样一个对母亲言听计从的姑娘，也为这对"被棒打的鸳鸯"感到遗憾。

后来，我忽然明白了，他之所以喜欢她，恰是因为她可圆可扁、没有强烈自我意识的个性。而她之所以会爱上他，是因为她内心深处的反叛意识开始萌发，因为"他做的都是我不敢做的"，所以她会爱上他。实际上，她真正爱上的，可能是那个想反叛的自己。

几年以后，我这个朋友娶妻生子，那个女孩的下落也就不知道了。只是有时候，我想起这件事，总觉得那女孩往后的人生可能并不乐观。即使她最后结了婚，丈母娘和女婿之间可能也会出现各式各样的问题。

我经常拿这个案例出来，告诫那些向我发出情感求助的小弟弟、小妹妹们：择偶的时候，也要考察伴侣在他家人面前是否有话语权。若是他对父母言听计从、唯唯诺诺，那你们这段关系是埋着地雷的。

（三）

关于反抗父母、向父母争夺对人生自主权的难度，其实是跟父母能给孩子提供多少资源密切相关。比如第一个故事中的朋友，父母从小给他提供良好的教育条件、工作机会，买房子的时候，首付钱也几乎都是父母出的。

第二故事中的这个女孩子，她母亲非常能赚钱，非常专断，在家里说一不二，还有点仇视男性。她从小就是一个"乖乖女"，直到遇到相爱的人，才头一次产生了独立自主的想法。

而像我，小时候家里穷，父母也给不了我太多。从 11 岁开始，我去哪儿上学、读什么学校，就已经全权由我自己决定了。所以我几乎没有感受过"被父母干涉"的痛苦。而我有一些朋友，父母给了他们非常优渥的物质条件，长大后他们的房子是父母买的，工作是父母找的。他们从小在父母的庇护下长大，跟父母隔离得比较晚。若是遇上作风专制的父母，每当他们想要违逆父母的意愿，自己先心虚了大半。

无数事实证明：一个人容易被父母控制，是因为对父母心存太多依赖。所以，摆脱强势父母最关键的一步是什么？答案已经很明显了：摆脱对父母的依赖。

摆脱对父母依赖的第一步，是尽量做到经济独立。

经济独立，最基本的就是要靠自己的能力来工作来挣钱。只有当你挣到了钱、解决了温饱问题后，才有自由发挥自己意愿的可能。经济独立，说的不一定是"不要父母的钱"，不是不让你"啃老"，而是：当父母以经济问题要挟你时，你有拒绝的底气。

在很多家庭中，"啃老"可以说是父母和孩子相连接的一种相处方式，只要父母和孩子都愿意用"啃老"来维持联系，这种相处模式本来是没有问题。有问题的是，有一部分父母会觉得：既然你有求于我，那你就得听我的。

如果你的工作技能、生活自理能力非常一般，没能赚到能养活自己的钱，没能发展出"能照顾好自己"的能力，只能顺着父母意愿，听从父母的安排，那你就别抱怨父母的掌控欲太强了。如果你真有能力独当一面，谁还能限制你呢？

咱不能一方面觉得自己事事受父母的管制，很不自由，想要抗争，一方面又在抗争的过程，发现有很多责任自己不想承担，就又退缩回父母的怀抱里，觉得还是依赖父母的日子更舒坦……有这样心态的人，还是永远在父母的怀抱里待着吧。

摆脱对父母依赖的第二步，是做到思想独立。

并不是所有的父母都愿意去学习，愿意正视和反省自己对子女的掌控欲，如果我们在经济上已经很独立了，但父母还是不屈不挠地干涉我们的生活、不尊重我们的意愿，怎么办？

我的建议是：确定好自己的边界，然后全力维护这种边界。我们要明白，哪些事我们是可以接受他们的意见的，哪些事是坚决不该听从的，然后斩钉截铁地表达自己的需求、划定自己的地盘。

父母与孩子，是家人，但归根结底，父母与孩子的关系，也是人和人之间的关系。如果你自己立场够坚定，别人也会慢慢调整自己来适应你，父母也一样。你若自己都分不清楚自己的地盘在哪儿，那别人总是探不到你的底线，当然就会得寸进尺。

确立好边界后，我们就应该温和而坚定地坚持自己的想法。无论父母怎么不高兴或用怎样强势的态度逼迫你，都要坚持。即便是"我要穿这件衣服"而不是"穿你觉得我穿了好看的那一件"这样一件小事，你若坚持了，也会产生里程碑式的价值，因为父母也能从这些很小的事情中感受到你传达出去的强烈的自主态度。

成年子女结婚之后，若是遇到父母强力干涉自己婚姻和小家庭事务的情况，那么，"谁的家人出的幺蛾子，谁出面去搞定""谁家放的火，谁负责去灭"应该是伴侣之间相处的基本原则之一。如果把原本该由自己承担的捍卫边界的责任交给伴侣，当伴侣力不从心时，就责备伴侣没用、不爱自己，那是典型的以爱之名的"道德绑架"。

建议那些受到父母影响的情侣、夫妻，多向《射雕英雄传》里的黄蓉学习。黄药师反对她和郭靖的婚事时，她并没有将这种压力传导给郭靖，也没有逼郭靖出面去博取心高气傲的黄药师的喜欢，而是努力消除父亲对郭靖的误会，表明自己对郭靖的"痴心不改"，创造机会让父亲发现郭靖的好，终于使得父亲学会了尊重她的选择。

在反抗父母的过程中，最重要的一点，是要放弃道德上的自我攻击。很多人觉得，自己反抗了父母，就是"不孝顺"。反抗得越激烈，父母越痛苦，就觉得自己越"不孝"，可事实上，一些父母很可能会利用这一点让你屈从。

一个人渴望独立，渴望从父母的羽翼下走出来，并不羞耻。父母不满意我们独立自主，是他们的问题。我们不需要为他们的情绪负责，因为能为他们的情绪负责的人只有他们自己。

最后，过好自己的生活才是王道。当父母知道没有了他们的干涉、指引、控制，我们依然能过得很好的时候，他们可能会失落，但更多的是欣慰。当我们在经济上、情感上都不再非需要父母不可，无论做什么事情都可以自己承担后果而不再需要父母操心和买单时，我们就成长成了一个独立的大人。此时再回头想想和父母的关系，我们可能会开始想报答他们的养育之恩，甚至想去影响他们，让他们把关注点放在自我身上，去过幸福的老年生活。

还是那句话：独立，是一个成年人的必修课。你得先独立，才配谈自由。

孩子， 咱不惹事， 也不怕事

（一）

我们总希望自己生活在一个和谐的世界，但"应然"与"实然"之间，总是存在着条鸿沟。比如，层出不穷的校园欺凌和暴力，总是在"野蛮生长"。

关于校园欺凌和暴力，我是有过亲身体验的。读小学一二年级的时候，我是人尽皆知的"丑小鸭"。我们家在村里是独姓人家，又很穷，同学们给我取了个绰号叫"母狗"。班里当时有一个女孩子，人长得漂亮，个头大，嗓子亮，嘴巴甜，家境又好，当时是老师的得意门生，被钦定为班长。班里所有的女孩都顺着她，一旦谁惹她不高兴了她就会发动全班女生欺负、孤立对方，而我，也不幸成为被欺辱、孤立的对象。

我的书包里被人悄悄放进石头、牛粪，课间埋头看书时马尾辫被人烧掉一截，被同学集体嘲笑乃至恶意威胁……这些所谓的"小事"都曾经在我身上发生过。那时候，我不是没有向老师求救过，但老师居然说了一句："一个巴掌拍不响，苍蝇不叮无缝的蛋，为什么他们不欺负别人，就欺负你？"

有一回，老师去开会了，将全班同学交给班长看管。下课铃声响了，很多同学要去上厕所，班长找了几个男生把住门口，跟她关系好的才放行，关系不好的就不准离开教室。像我这种一直被她欺辱的人，当然属于不被放行之列。当天，我有点闹肚子，最后实在憋不住了，就把大便拉在了裤子里。从此，六七岁的我成为全班乃至全校同学的笑柄。

这个事情以后，我被孤立得更严重，没有任何人愿意跟这样一个臭名远扬的孩子交朋友。每天上学放学的路上，我永远是一个人。我每天一个人上下学，看路边的风景成为我唯一的消遣。

有一次放学路上，我在路边的池塘里捞了一些浮萍，装在塑料袋里，准备带回去喂我家的鸭子。一个女同学跑过来故意问我说："你在这里干吗呢？"从来没有女同学对我那么友好过，所以我老老实实地回答："捞浮萍喂鸭子呗，我家的鸭子喜欢吃这东西。"

她笑着跑开，然后第一件事就是跟班长咬耳朵，把刚才跟我的对话转述给了班长。

班长迅速组织起女同学们来，她们手挽着手排成一排向我走来，而且异口同声地喊着事先排练好的口号。那些口号是用方言喊出来的，翻译成普通话便是："从前有只小母狗，家里穷得买不起饲料，只能偷别人家的浮萍拿回家去喂鸭子！大家快来瞧、快来看哪！这里有只母狗撅着屁股偷别人家田里的东西啦！"

人多嘴杂，我没法和那么多人争辩，真要打起来也不会占上风，我选择了忍气吞声，一路低着头走回家。她们一路上跟着我，口号喊了一遍又一遍。路边的人纷纷微笑着看热闹，大家都以为这只是小孩子之间的玩闹，没人关注到我眼里全是泪水。

又过了几天，在放学路上，那个女班长悄悄把我书包的拉链拉开，往里丢粪球。那一刻，我彻底被激怒了，捡出粪球就砸她脸上。嚣张惯了的她，哪里受过这种"侮辱"，一上来就把我推倒在地。

那一瞬间，我觉得自己全身的血都往上涌，我爬起来以后就抡起拳头，不顾一切地冲上去跟她厮打，拳头像是雨点一样落在她身上。有几个女同学想来帮她的忙，我没搭理她们，而是集中火力只盯住她暴击，直把她打出了鼻血。

二十几年过去，我跟她打架的情形依然历历在目。从体格上来说，我远不如她强壮，何况她还有那么多帮手。虽然我的头发被她揪了几把下来，头皮疼得我龇牙咧嘴，但我心里只有一个信念：今天我不能输。

自此，我一战成名。虽然被孤立得更严重了，但欺负到我头上来的事情再也没有发生。也许是因为太过孤独，我发奋学习，居然一不小心成了一个"学霸"。

而那个嚣张的女班长，上了初中以后成绩很差，也没考上好学校，初中毕业就回家务农了。前几年我回老家遇到她，主动跟她微笑打招呼，她见到我主动向她示好，露出一种既不好意思又受宠若惊的表情来。

（二）

如今，我有了孩子当了妈，每次在网络、报端看到校园欺凌和暴力的新闻，总不免担心：将来我的孩子要是遇到这些问题该怎么办？

几年前，我和闺蜜参加一个亲子活动，其间有人聊起来一个问题："自家小孩如果被别的小孩打了，大人是不是该帮着打回去？"

那会儿，我们的孩子都才三四岁。我和闺蜜的主张是：事态严重的情况下，会找家长协商，但在事态并不很严重的情况下，我会静观其变。孩子的事情，最好让孩子们用他们的方式去解决。小孩子在一起玩，打打闹闹是常事，不是你打我，就是我打你，三五岁小孩打起架来也不会严重到哪儿去。我会批评教育自己的孩子不随意打人，但如果被打了，也会希望她勇敢地自卫还击。

一个家长听我们这么说，立马尖叫起来："反正谁要是敢打我儿子，我肯定是要帮他打回去的。他不敢打回去的话，我来打，横竖不能让他们认为我儿子好欺负、没人撑腰。"

我和闺蜜听到这话，面面相觑，没再搭话。

事后我想想她的话，总觉后背发凉。小孩子之间打闹，即便产生矛盾和冲突，一般也可以很快平息，但一旦大人介入，事情就会变复杂。这个道理，跟夫妻俩小吵小闹而双方父母纷纷介入的道理是一样的，它对解决问题毫无帮助，反倒只会产生火上添油的效果。

没有人能统管孩子的一生，他们总需要独自去面对生活的冰刀雪剑。我更希望自己能传授给孩子的，是一套为人处世的"道"与"术"，希望自己能授之以"渔"，而不是"鱼"。

我女儿长到两岁多的时候，有一段时间攻击性比较强，一言不合就尖叫、咬人和打人。为此，我会当场制止她，并要她跟被打的小朋友道歉。事后我买了很多相关内容的绘本，通过讲故事、摆道理等方式，让她慢慢改正了这个坏习惯。

我当时是这么跟她说的："首先，一生气就打人是非常不礼貌的行为，没有人愿意和有攻击性的人交往，久而久之，你会变得不受人欢迎，也没有朋友；其次，这世界上总有人比你力气大，比你更凶残，你主动打别人，很有可能得到的是'轻锤换重锤'的结果：你打人，然后别人还击你，把你打得鼻青脸肿，你还不占理。"

没过多久，女儿就改变了这个坏习惯。当然，如果天下所有的父母用这样的办法教育孩子，天下所有的孩子都跟女儿一样知错就改，那世界太平。

无奈的是，我们只能教导自己的孩子怎么去做，却没法左右别人家的孩子。我们讲理，但别人未必会讲理。

女儿有时候也会遇到无端被别的孩子打的情况，我意味深长地教育她："别人打你，要分故意的还是无意的。如果是无意的，别人也道歉了，程度不严重的话咱们可以原谅。如果别人是故意打你，你打得过的话，就第一时间打回去，但不要别人打你一下，你还别人一百下。打不过的话，就远远地跑开或向其他人求助。如果别人故意打你，而你一直不反击，对方就觉得你好欺负，就会一直想打你。"

考虑到可能会存在被威胁的情况，我又说："如果对方威胁你，不准你告诉大人，你不要听他们的。你要相信，家人是世界上最爱你的人，妈妈是你最好的朋友，你心里有任何让你觉得不开心的事情都可以跟家里人说。你如果不敢把别人欺负你的事情告诉大人，就是在帮助这些欺负你的人，懂吗？"

考虑到孩子的年龄段以及所遇到的情况不同，我每次用来教育她的话也不一样，但中心思想只有一个：我们要学会爱惜自己，身体发肤和自我尊严由不得任何人侵犯。咱们不惹事，但也绝对不怕事。谁要是敢欺负你，你就还击。家里人永远是你的坚实后盾；当然，如果你要敢惹事，那就你自己顶着。

（三）

每次看到网络曝光的那些校园暴力视频，比施暴者的凶残更让我感到生气的是，视频中被打的男生、女生毫无反抗之意。比如，福建某中学几名初中女生，在厕所里殴打女同学。视频中可以看到有两人轮番虐打同学，耳光响亮，女孩被打得满脸通红，但全程没有反抗，仅仅做了几句辩解。

换作我，谁要是敢这么打我，我可能会抓住那个带头的，使出吃奶的劲儿，拿出同归于尽的气势暴击她一顿。胜负不重要，气势上是绝对不能输的。只要你无惧欺凌，敢于捍卫自己的人格尊严，那么，别人也会畏惧你三分。

很多时候，"善"与"恶"是此消彼长的关系，纵容"恶"就是在残害"善"。一些人对你施以暴力，是因为看准了你的软弱。想以暴力征服别人的人，心里最怕的可能是更暴力。等你真强硬起来了，他们可能反而畏缩了。

我们中国文化，似乎总爱提倡宽容，为此，无数先人创造了很多关于宽恕的句子，比"人用脚踩扁了茉莉花，可茉莉花却把香留在了那人的脚上，这就是宽恕"，中国古代儒家很讲究恕道，提倡"忍一时风平浪静，退一步海阔天空""冤家宜解不宜结"；佛家更是讲凡事皆有因果，欠了债就得还，要忍让，修善，以善解恩怨。

只是，我觉得很多事情也是要讲求一个"度"的，也需要具体问题具体分析。如果一味地提倡宽容和忍让，除了让自己掉入饱受欺凌的深海里外，毫无益处。

如果你是胆小鬼，那么你最大的敌人不是别人，就是你自己。当你战胜了怯懦和畏缩，懂得捍卫自己的边界，哪怕输了，你也是一个勇敢的人。很多时候，我们会被欺负，不是因为不够强，而是因为自己不够狠。

想必大家都听说过一个词叫"鸵鸟心态"。一只鸵鸟碰到一只狮子时，鸵鸟会本能地逃跑，但是当自认被追得难以逃脱时，就会将头埋进沙子里，最后这只鸵鸟的命运可想而知。事实上鸵鸟的两条腿很长，奔跑得很快，遇到危险的时候，其奔跑速度足以摆脱敌人的攻击，如果不是把头埋藏在沙子里坐以待毙的话，也许会迎来另外一番结局。早知如此，还不如奋力一搏，胜算反而大些。

对于国家来说，落后就会挨打；对于个人来说，懦弱也会挨打。你欺负弱者，就是在给自己树敌；你给欺负你的人让路，就是给自己挖坑。

　　希望每一个孩子，都能平等待人，不任意欺凌他人。如果这只是一个美好的愿景，那我真心希望：每一个孩子不要高估别人，也不要低估自己。也请你记得，"没事不惹事，有事不怕事"，应该是行走世间的基本能耐。

"一个唱红脸，一个唱白脸" 真的好吗？

（一）

女儿两岁多的时候，我曾带她去一个朋友家里玩。

大概是大人唠嗑的内容让她觉得很是无趣，她就跑去朋友家书房找玩具，我喝止了她。朋友大方地说"无所谓啦，让她玩吧，不然她会很无聊"，结果女儿听了这话，觉得自己像是受到了鼓励，翻箱倒柜翻得更起劲，我制止了数次都不听。

当着朋友一家老小的面，我不好表现得太过严厉，所以一直隐忍不发。但是，从朋友家出来以后，我就痛批了她一顿。

我告诉她，未经允许乱翻别人家的东西、翻别人的包包和玩人家的手机，是非常不礼貌、不尊重别人隐私的行为。在外人面前妈妈不好批评你，但妈妈已经很严厉、明确地告诉了你不可以这样做，你就应该马上停下。你是想做一个有礼貌的孩子，还是要做一个被大家讨厌的、没礼貌的孩子？

那一次，我的态度非常严厉。我母亲看到我女儿可怜巴巴的样子，心疼了，开始为孩子打圆场："她才两岁，你对她那么凶干吗？孩子还小，不懂事，不就翻了一下别人家的抽屉吗？又不是什么大不了的事。为这点小事，你这样凶一个两岁孩子，那你也不是个好妈妈。"

我很严肃地和母亲说："这不是小事，必须要纠正。在这种原则性的问题上，你必须跟我站在同一个战线上，不能削弱我的权威。"被我严厉的态度吓到了，女儿怯生生地说："我知道了，以后不这样做了。"从那以后，类似的行为她果然再没有过。

要纠正孩子行为上的不良习惯，总免不了会在态度上对孩子很严厉。都说教育孩子时，要"温柔而坚定"，但如果每一回都用这样的态度跟孩子沟通，孩子也会产生"免疫力"，因此，我会按照孩子所犯错的严重程度，将自己的批评态度调整为温和、严厉、铁面无情等几个级别。

板起脸训孩子时，若情绪控制得好，事后我不会跟她道歉；若是事后感觉自己可能太凶神恶煞了，我会诚恳地跟她道歉，并跟她说明："妈妈跟你道歉，是因为刚才不应该用这样的态度对你，并不是为妈妈批评你的行为道歉。妈妈爱你，刚才训你的时候自己也很难受。你纠正了这个坏习惯，不是为了符合妈妈的期待，而是为了你自己，明白吗？"

云南有一句话谚语，说的是"爱到三岁恨到老"。三岁之前，孩子怎么看怎么可爱；三岁以后，孩子开始变调皮，自我意识慢慢产生，当他们用错误的方式去探索世界、与世界产生联系时，父母总免不了要"河东狮吼"，要扮"白脸"。在教育孩子、纠正孩子不良习惯这方面，的确有很多家庭都在沿用一种教育模式："一个唱红脸，一个唱白脸"，甚至还在家庭内部做了明确的分工：我唱红脸，你唱白脸。

在中国传统戏剧中，一般把忠臣、好人扮成红脸，而把奸臣或者坏人扮成白脸，后来人们就用"扮红脸"代表"说好话"、"扮白脸"代表"说坏话"。后来，这话被延伸到了对孩子的教育中。

举个例子，如果孩子不能按时完成作业，扮"白脸"的父亲会严厉地训斥，不留情面，让孩子感到害怕。过后，扮"红脸"的母亲会适当地站出来保护孩子，让孩子感受安全。

孩子犯了错的时候，常常是一个人固定当温和的"和事佬"，一个人固定当严厉的"训话师"。当这种理念成为一种共识，人们聊起对自家孩子的教育方式时，总会习惯性地问："你们家谁唱'红脸'，谁唱'白脸'？"

在没有孩子之前，我从来没认真地思考过"红脸白脸"的问题，可现在我仔细一琢磨，总觉得这种模式有点问题。

如果孩子犯错了，有人一直固定扮"红脸"，有人一直固定扮"白脸"，那么，久而久之，孩子也就学会了察言观色、见风使舵。他们分不清楚谁说的是对的，趋利避害的本性让他们觉得"红脸"对自己更好，于是，一犯错误，就跑去"红脸"那里求庇护、求安慰。这样的次数多了，孩子也很难对"白脸"产生心理上的亲近感，最后"白脸"给他们的感觉，便只剩下"严厉"，而不是"慈爱"。

好的教育方式，应该是所有人都既可以扮"红脸"，也可以扮

"白脸"。在孩子犯了原则性的错误时，所有人都扮"白脸"；在孩子明白自己的错误并且知错就改以后，所有人都扮"红脸"。

对孩子真正有益的教育是慈爱与严厉相结合，并且结合得恰到好处，而非一味地溺爱或严厉对待。

（二）

在孩子的教育问题上，"严厉"与"慈爱"不是对立的。"与孩子做朋友"与"保持家长权威"也不是对立的。

很多人认为：在孩子面前太过强调父母的权威，会影响亲子感情，束缚了孩子的个性，限制了他们的想象力、创造力和好奇心。他们主张给孩子充分的爱和完全的自由，总想着有些问题随着年龄的长大会渐渐消失，所以不管遇到什么事情，都完全尊重孩子的意见和意愿，把孩子当成朋友看待。

或许是因为在我们小时候，我们的父母都太强调家长权威而不太懂得尊重我们的意见，所以现在当我们成了父母，在培养和教育下一代时，总想矫正回来。比如，在一些单亲家庭中，很多父母对孩子有一种天然的愧疚。他们总觉得"父母离婚，遭殃的是无辜的孩子。孩子已经够可怜的了，不能再对他严厉"，于是，在补偿心理的驱使下，他们选择了"为补偿孩子而无原则地一直唱'红脸'"，放弃了管教中的权威角色。

我觉得他们恐怕是"矫枉过正"了，也误解了"成为孩子的朋友"这话的意思。这话的核心要义，不在于要百分百顺从孩子的天性，什么事儿都听孩子的，而在于：要把孩子当成跟你一样的个体去尊重。你如何对待朋友，就怎么对待孩子。比如，对孩子讲诚信，说到的事情要做到，做不到就要跟孩子道歉；比如，承认自己也有缺点和局限性，也需要改正，愿意和孩子一同成长；还有，在无伤大雅的问题上，比如孩子今天穿什么衣服、玩什么玩具、先做什么作业、先吃饭还是先喝汤等方面，充分尊重孩子的意见。

我们跟孩子做朋友，并不等于说要放弃作为家长的权威。因为孩子的意见也有可能是错的，孩子的意愿也有可能只是"好逸恶劳"的选择。有些习惯和问题，小的时候不纠正，长大再改便为时已晚。

我们中国人说"三岁看大，七岁看老"，国外一些研究儿童心理的专家也说，孩子性格形成和能力培养的关键期就在童年时期，这个阶段的孩子跟随什么样的人，接受什么样的教育，就将会形成相应的性格。假如在孩子童年时期，我们没和他们建立良好的沟通模式、教养模式，以后再想补救可能就晚了，或者，要付出比现在多很多倍的时间和精力。

在孩子年龄小的时候，保持家长的权威非常重要。这种权威，要与情绪性管理区分开来。如果家长奖惩孩子的言行，全凭自己高兴与否，情绪不好时，孩子即便没错也要批评一顿；情绪好时，孩子再错也一笑了之，那这种权威便是"假权威"，起不到教育的作用。

父母慢慢放弃对孩子的权威，应该在孩子成年以后。届时，如果父母依然拿权威说事，事无巨细要管教孩子，那么，代际冲突必然会愈演愈烈，产生婆媳矛盾、岳婿冲突也就在所难免了。

让孩子弄明白"严厉"与"慈爱"并不是对立的，让自己践行"树立家长权威"和"与孩子做朋友"并不是矛盾的，也是一项长期工程，我们都走在学习、实践的路上。

总而言之，我们对孩子唱"白脸"，是希望他们将来不成为祸害；对孩子唱"红脸"，是希望他们能在爱的滋养下成长为更好的人。该唱"红脸"时唱"红脸"，该唱"白脸"时唱"白脸"，或许才是更为可行有效的教育方式。

懂事的孩子， 不一定不快乐

最近，一些题为《孩子越懂事，活得越不开心》《懂事的孩子最可怜》的文章在微信朋友圈流传，甚至有人断言："懂事，是一种很深的绝望。"在这类文章里，作者们认为"会哭的孩子有糖吃，而懂事的孩子只能认真完成任务，遵守规则，用完美的表现来争取糖……懂事的孩子，总是乖得让人心疼"。

似乎所有懂事的孩子，都有一个压抑和克制的童年，而那些熊孩子，才是活出了真我，活出了快乐。不得不承认，的确是有一些孩子需要靠"装乖"才能赢得大人的宠爱，但从什么时候开始，"懂事的孩子"就被一棍子打死，甚至成为"隐忍""怯懦""装乖"等概念的代名词了？

看到这类文章，我总免不了会心理阴暗地想：这都是那些养了熊孩子的家长，拿来自我宽慰的说辞吧？那些太叛逆、太不乖的孩子，也有可能是"爱饥饿"的孩子。或许他们之所以叛逆、不乖，是因为平常不被理解、不被关注、不被欣赏，所以才以叛逆的方式找点存在感的呢？

一个懂事的孩子，他自己想懂事，愿意懂事，并能在懂事中获得快乐，那大人为啥一定要从负面角度去解释孩子懂事这个问题？孩子过得快乐与否，父母看不出来么？就拿我女儿来说，很多时候她表现得很懂事，是因为她发自内心地觉得那么做是有利于自己，也有利于他人的，而不是压抑本性的结果。

女儿两岁时，我就把她送进了早教班。到一个陌生的环境，别的孩子哭得撕心裂肺，唯独她背个小书包，潇洒地走进幼儿园，进去以后酷酷地转个身，跟我们挥手道别。对她而言，去幼儿园就是去找小朋友玩。虽然到一个新环境，接触的都是陌生人，但新奇感远远大于分离焦虑。晚上我们接她回来，她站在幼儿园门口，淡定地排着队看着我们，轮到她出来了，就雀跃着向我扑来。

从两岁开始，我就让女儿养成这样一个习惯：爱惜玩具，自己的玩具自己收拾。上一个玩具收拾好了，才可以拿下一个出来。这一点，她一直遵守得很好。

她从来没有在玩具店或者糖果店赖着不走，也从来不靠撒泼耍赖吸引大人的注意或要挟大人满足她的需求。看到其他小朋友这么做，她甚至会不解地问："出来玩就是为了寻开心的啊，可那个小朋友为什么要把自己搞得那么不开心？"

有天睡前，女儿说要喝水。我懒得起身，就跟她说："你喝妈妈那杯吧！"她忽然说："不行。我就要用我自己的水杯喝！"我觉得她太过挑剔，心下已经有些不悦，就没好气地回复她："妈妈有点累，你将就一下吧！"岂料，她的回答让我感动万分："我感冒了，如果喝你的水，就会把感冒传染给你了！"

女儿很有规则意识，懂得关心人，也很少撒泼胡闹，但这并不是大人以"糖果"或"宠爱"作为引诱，逼得她不得不服从的后果。她也会烦恼、尖叫和崩溃，但这种时候多是大人不够重视她感受，导致她觉得自己不被听见、不被理解，所以才会沮丧。

我觉得，与其给孩子贴上"懂事""叛逆"等标签，还不如俯下身来，认真去聆听他们内心深处的声音，然后具体问题具体分析。

教育家陶行知先生曾有"六大主张"，他提出："解放儿童的头脑，使其从道德、成见、幻想中解放出来；解放儿童的双手，使其从'这也不许动，那也不许动'的束缚中解放出来；解放儿童的嘴巴，使其有提问的自由，从'不许多说话'中解放出来；解放儿童的空间，使其接触大自然、大社会，从鸟笼似的学校解放出来；解放儿童的时间，不过紧安排，从过分的考试制度下解放出来；给予民主生活和自觉纪律，因材施教。"

这里最重要的一点是：因材施教。你的孩子是什么材质，只有你自己最清楚。胡乱给一个懂事的孩子定性，然后从负面角度去解释懂事的孩子们的言行，其实也挺片面的。它蕴含的一个潜在逻辑是：懂事的孩子是不正常的，是需要纠正的。孩子不是面团，不是我们想捏成怎样就可以捏成怎样的。我们真正该关注的问题是"要做什么样的父母"，因为这才是我们能够把握的。

所有家长都希望自己的孩子过得快乐、获得成功，但大多数家长的眼光全部放到了孩子身上，给孩子贴上这样那样的标签，分析孩子这样那样的问题，却很少自省：作为一个家长，自己在孩子的成长道路上究竟做了些什么，给孩子做了哪些榜样。

"要孩子成为怎样的人"和"我们要成为怎样的父母"之间的最大区别在于：一个向外求，一个向己求。当我们把着眼点放在我们自己身上，以自己的言传身教让孩子明辨是非，或许反而能得到自己期待的结果，收获意想不到的教育硕果。

我们有没有资格动手去教训别人家的孩子？

（一）

这几年，我们会看到类似这样的新闻见诸报端：一对母子乘坐地铁，因为小孩咳嗽时没有用纸巾掩住嘴，这对母子就被一老头恶骂了几十分钟，直把孩子骂哭。一位母亲携孩子去影院观看 3D 电影，孩子在观影过程中大声吵闹，经周边观众两次提醒无效后被扇耳光，脸部红肿一天后才消。

坦白说，我很讨厌那种没有任何规矩意识、肆意侵犯别人边界的"熊孩子"，也很讨厌这些熊孩子的家长以"孩子还小不懂事"为由，不对自家的孩子进行约束和管教。

带女儿去电影院看电影，如果她提问比较多，我会提醒她小声，然后带她坐到影院最后一排远离他人的位置，争取不影响到别人。去餐厅吃饭，如果她大声喊叫或奔跑，我会严厉喝止。我一直在教育孩子学会遵守规则、尊重别人，但还真是没法确定她会不会因为情绪失控而在公共场合大喊大叫或做出一些不够文明、礼貌的事。

学龄前孩子，大多在三到六岁之间。在这个年龄段，孩子的情绪、情感虽有了进一步的发展，但由于皮层下中枢的活动仍占优势，所以情感和情绪的受调节性差，容易出现情绪激动、无法自控等情况。这几乎是每个孩子的成长规律，甚至无法避免。

每个孩子都不一样，每天的状态都不一样，教养再好也不可能时时刻刻讲文明、讲礼貌，而孩子的父母因为太忙、太累等原因，也不可能时时刻刻跟在孩子屁股后头进行管教，所以，再懂事的孩子，太兴奋了偶尔可能也会"熊"一下。这跟教养没关系，只跟年龄有关系。家长能做的，只是尽力把自己孩子对别人的影响降到最低，一旦孩子出现不文明行为立马制止并向身边人道歉。

如果我是那个被打扰的成年人，我会能忍则忍，或者用眼神、肢体语言表达对孩子这种行为的不满。如果对方不收敛，我可能会选择换座位或远离。如果没法远离，我会先找孩子家长进行沟通。如果家长继续纵容或有过分行为，那我够愤怒的话，可能真会去找家长算账。

我唯一不会做的事情，就是把拳头伸向比我弱小的孩子。

（二）

也不知道从什么时候开始，"熊孩子"成为人人喊打的"过街老鼠"，甚至有很多人手持"你不教训熊孩子，我就来替你教训"这把尚方宝剑，堂而皇之在舆论高地对孩子施暴。

他们的逻辑很简单：我这是在"为民除害"。

作为一个成年人，他们没法控制自己的情绪和行为，却苛求一个四五岁的孩子要学会自控。社会上也有很多不懂规矩的大人，比如电梯里抽烟的、在大街上随地吐痰的、插队的甚至性骚扰的，但面对这些不文明的现象时，他们不一定会出手。

一个成年人，觉得别人家的孩子该"打"，说到底还是因为自己边界意识、情绪控制能力太差。在我看来，不过是一个已经成年的"熊大人"，打一个未成年的、情绪控制能力差的"熊孩子"罢了。这种"熊大人"，往往比"熊孩子"更可恶。

要讲清楚这个道理，我们可以先来讨论一个问题：对别人的孩子，我们是不是真有动手去教训的权利？这就涉及一个有争议的问题："可以打孩子吗？"有的父母认为孩子可以打，有的人认为不行。如果在国外，打孩子是犯法的。

我们姑且就算持不同主张的父母各有一半，那么除去那些认为"大人不可以打孩子"的父母，在剩下的那一半认为"大人可以打孩子"的父母中，有人认为"我的孩子只能我自己打"，有人认为"经我授权、默许的人可以打我的孩子"，可能也有人认为"如果我的孩子太调皮，任何大人都可以打"。但是，最后这一种，占比才多少？

同龄孩子们在一起，有时候总难免会出现打架的情况，我的处理原则是：小打小闹，不插手；野蛮打法，早隔离。我认为最坏的一种方式是：大人看到自家孩子被打，然后出手去教训别人家的孩子。孩子与孩子打架，体力上悬殊相差不大，而大人一旦动手去教训打人的孩子，性质就变了，原因如下：

第一，大人已是成年人，在体力上占绝对优势，而孩子身体都还没发育成熟，所以，大人哪怕是随手的一巴掌或者一拳，对孩子来说，都是极大的伤害。

第二，孩子往往觉得大人的行为意味着权威、公正、正义，大人对孩子施暴，孩子首先感受到的是恐惧、绝望，所以更倾向于会默默地承受而不是反抗。打孩子的大人，可能都意识不到自己的行为是霸权、强权。

第三，在任何社会、任何时候，父母看到自己的孩子被外人（成年人）施暴，都会产生狂怒情绪，所以外人"越俎代庖"动手替父母们教训孩子，大概率上会引发更大更严重的冲突，进而将"小摩擦"酿成"大悲剧"。

某市就曾经发生过一件令人惋惜的事：两家小孩因闹矛盾打了一架，其中一名小孩的父亲竟持刀跑去对方家中砍杀一家四口，造成两死两伤。

我还曾看到过一个真实的案例：一个父亲，因为自己的儿子在学校被同学打了，很是气不过。他跑去学校约了那个同学出来，直接扇了他三十多个耳光，导致那孩子耳聋，而他也因故意伤害罪入狱。

这是何苦呢？

（三）

遇到"熊孩子"侵犯了自己的权益，我们不主张忍气吞声。若是熊孩子的行为危害到了自己的生命安全、身体健康，我们当然要

"正当防卫"，防止危害升级。适当的时候，我们当然可以回击，但回击也是有"道"有"度"的，该遵循两个基本原则：第一，对等；第二，不过度。

"对等还击"是比较适宜的一种处理方式，目的只在于给对方造成足够的心理压力，使对方有所顾忌，而不是在于证明你有多厉害。

耶稣说，"你们中间谁是没有罪的，谁就可以先拿石头砸她"。对这话的意思，我的理解不是不能出手，而是出手有度。它没要求你不还击，只是告诉你次序，让你想想自己具备的资格、所处的位置。

别人家的孩子，你当然可以参与教育，但真轮不到你来动手教训。如果别人的孩子"熊"，自然有孩子的父母来教育；如果父母没教育好孩子，导致孩子影响到了你，你完全可以跟孩子的父母去沟通。如果你当着父母的面殴打熊孩子，那我估计很多父母拼了命也会拿起板砖拍你，因为成年人殴打孩子的行为，会让孩子的父母认为这种行为隐藏着巨大的危害性和侮辱性。在动物界，小动物们若是受到了侵害，大多数雌性动物都会舍命护崽，更何况是人类呢？

身为父母，要承担起教育下一代的责任，尽力不要让自己的孩子成为别人的麻烦，不能理直气壮地要求全世界的人都包容、谅解自己的孩子。出门在外，看管好自己的孩子才是最大化地保护孩子，如果你放任孩子胡作非为，去考验他人的素质，很有可能会导致孩子受到更大的伤害。

也希望社会上每一个人都能对熊孩子的小错予以适度容忍，并对孩子父母的难处有更多体谅与理解。"有话好好说"，往往比一言不合就开骂、开打，更容易解决问题且不会给自己惹来麻烦。

每个人都希望自己能够被这个世界温柔以待，每个人都有生活在充满尊重、谦让的社会当中的意愿。相互尊重、相互体谅，应该成为现代人一种必备的素质，也应该成为我们每个人的一种内在自我要求。学会替别人设身处地地想一想，学会换位思考，我们的社会才会更和谐。

Part 4
别把〝和稀泥〞当智慧

　　生而为人，我们应该骄傲地屹立在阳光之下。我们不主动惹事，但也不怕事，并且绝不把这个世界拱手让给那些心怀丑恶的人。

　　或许，我们真的应该挥刀斩落的就是那个心怀犬儒、胆小怕事的自己。

别把"和稀泥"当智慧

（一）

我住过三个小区，其中有一个小区的物业服务很不到位。且不说别的，就说本栋楼电梯口的地板砖损坏了有半年有余，维修起来只需要花几百块，但物业公司一直拖着不给修缮。小区业主每天出门、回家，到一楼大堂第一眼就看到地板坑坑洼洼，很是影响心情。

我忍了五六个月，打电话催促了物业公司几次，但他们仍没有任何实质性的行动，于是我忍不住了，率先行动起来维权。我先是查阅了相关法律法规，再咨询了律师朋友，然后起草了一份联名声明书，从法理、情理等角度提出物业公司有拿所收取的电梯广告费修缮地板的责任，并在热心业主的帮助下开展几次"扫楼"活动。

几天下来，就征集到本楼栋过半数业主的签名和声援。扫楼过程中，我认识了诸多正义感很强、积极参与维权行动的热心业主，也见识到一些胆小怕事的业主所谓的"明哲保身"。

有人一看有人征集签名，二话不说，掏出笔来说："我支持！

早该这样了，你们辛苦了!"

有人是："有多少人签了？哪边人多我们就站哪边。"

有的人的态度是这样："就没有别的更好的办法了吗？我不想闹事啊。"你看，他们把业主维护自己正当权益的行动，视为是找物业公司"闹事"。

他们的心理很好理解：自己不愿费吹灰之力，冒任何风险，出一分一毫费用，就等着别人帮忙把公共区域维修好。有困难、有风险，你上；有蛋糕分的话，分我一份那是天经地义。

说好听点，这是明哲保身；说难听点，这就是"鸡贼"。我们的尊严不能靠别人施舍，我们的权益也不能指望别人来维护。如果连签个字声援都不敢，别人就更加漠视你的权利、感受，甚至会觉得电梯口的地板烂个十年八年你也不介意。在大多数业主的努力和抗争下，这个事情最终有了一个好结果：物业公司立即整修、翻新了电梯口的地板。小区一楼大堂的地面，又变得整洁如新。

（二）

好友小荷最近也遇到了一件类似的事情：她想联合其他孩子的家长，呼吁女儿所在学校的某个老师改变教育方法，但最终失败了，并不得已让孩子转了学。

小荷嫁了个澳洲老公，但他们一家三口一直生活在国内。她的孩子并不准备参加高考，在中国上小学只是为了去学校多认识一些朋友、学一些知识和体验集体生活。不料，她女儿遇到了一个教学水平和口碑都很差的班主任老师。

那个班主任年纪已经五十来岁，奉行的是非常典型的"以成绩论英雄"的教育模式。她评判一个学生优秀与否的唯一标准就是学习成绩，对孩子们的态度也是以学习成绩为标准，从来没给学习差的孩子好脸色；孩子们下课以后，她规定本班级的孩子不能离开教室，课间需要去厕所的话要跟老师或班长请假，说是为了防止孩子们打闹出意外；让学生做成语填空"七（　　）八（　　）"，如果正确答案是"七上八下"，那么她一定会判"七零八落"是错；到了期末考试时间，她甚至曾明目张胆地教孩子们作弊，生怕哪个孩子考不好，拉低了全班平均分。

小荷的女儿早些年一直在澳洲，汉语水平一般，学习成绩就不怎么理想，于是她便成为班上最受班主任老师歧视的学生，受尽该老师的白眼，甚至一想到要去上学就心里发怵。

一开始，小荷也找学校领导反映，但后来她发现自己根本投诉无门，学校领导采取的是"和稀泥"方式，希望她能站在老师的角度考虑问题。结果，她投诉不成，反而招致该老师的反感，最终那老师把对她的这种反感转嫁到她的女儿身上。

最令她郁闷的一点，是来自家长们的规劝。成绩优良的学生的家长呢，因为该老师对自家孩子青睐有加，所以非常反对她这么做。成绩中下的孩子的家长呢，对这个老师也颇有微词，其中有几对家长对她的教学方式非常不满，但他们只希望能出来一个人搞定"调换老师"这个事情，而自己又不想当那个人。

那些曾经也很反感那个老师的做派并且坚定地支持她维权的

人，见她抗争失败，纷纷劝慰起她来："你干脆也不要再去闹了，闹多了，人家还以为你是偏执狂。如果这个事情影响到那个老师的情绪，我们的孩子也跟着遭殃。大家都能忍，你怎么就不能忍呢？小学六年很快就过去了。你也要学会站在那个老师的角度去考虑问题，人家年纪一大把了也不容易。"小荷最后实在没有精力和时间再与那个学校、那个老师抗衡，与其他家长为敌，所以干脆让自己的孩子转了学。

小荷说："维权的时候，他们希望你冲在最前面，如果成功了，他们好搭便车；一旦维权失败了，造成更恶劣的情况发生，他们不敢反抗强权，就只好把矛头指向你，认为你就是造成他们过得更差的罪魁祸首。"

（三）

在姜文导演的电影《让子弹飞》中，有一句让我印象特别深刻的台词："谁赢，他们帮谁。"

电影里，鹅城百姓被黄四郎百般欺凌，但是当"县长"发枪发钱欲带领他们摆脱奴役时，他们仍然选择观望。直到他们确信"黄四郎"已经被枪毙，黄四郎家的大门也被打成了筛子，他们才以为黄四郎大势已去，才敢端起武器抄了黄四郎的家。

他们无所谓道义，无所谓尊严，谁能占上风就跟谁走，但无风险又能沾点利益的事绝不会错过。去黄四郎家搬凳子的人们，其实多么像鲁迅笔下幻想着能搬走地主家雕花大床的阿Q。

　　在生活中，一些男人最常遇到婆媳失和的问题。当母亲和妻子产生矛盾时，他们都希望能"大事化小小事化了"，可偏偏所采取的方法便是"和稀泥"：对妻子或母亲明显做错了的事情视而不见，只是一味要求双方彼此妥协、让步，最终只会令双方都不满，加重她们的怨气。

　　一些评选什么奖项或者是选定帮扶对象的活动，采取的也是"轮流坐庄"或者搞平均主义的方法。如此评选，是对资源的浪费，也是对激励、帮扶工作的不负责任。

　　还有一些人信奉：回避问题是解决问题的最好办法。反正"稀泥"本来就一团糟了，再"和"一把也无所谓，只要不沾自己身上就好了。

　　若受这种"和稀泥"文化的影响，人们倡导不偏不倚、调和折中，八面玲珑，见人说人话、见鬼说鬼话的市侩哲学以及不当出头鸟，得过且过，"各人自扫门前雪，不管他人瓦上霜"，私心严重的处世之道，人们变得世故而有城府，学会见风使舵，以"保身"为第一要义，就有可能成为机会主义者。

　　这样做的害处显而易见。如果不管遇到什么事情，人人都按"和稀泥"的方式行事，谁也不得罪、明哲保身、但求无过，那这个世界上还有什么原则和文明可言？

（四）

　　"和稀泥"的人不是不知道对错与是非，也不是没有良心和良知，而是没有勇气。他们都太"理性"，并将其上升到一种人生智慧，进而去嘲笑那些敢于出头和抗争的"不智慧"的人。

一个见义勇为的少年，因为见义勇为失去了生命，有人开始跳出来嘲讽这个血性少年"逞匹夫之勇"，在舆论上给少年的家属平添"二次伤害"。他们在面临同样的事情的时候，根本不敢"路见不平，拔刀相助"，不敢谴责凶恶的歹徒，却特别热衷于对受害的英雄少年再踩上一脚。

他们一方面以"事后诸葛亮般"的姿态对英雄们横加指责、吹毛求疵，以标榜自己的见识不凡；另一方面也力证自己胆小怕事的合理性，把自己包装成为"识时务"的"俊杰"以及"明哲保身"的"聪明人"，甚至还不断为败类寻觅"流芳百世"的证据。

他们奉行"得过且过、随遇而安、难得糊涂甚至浑水摸鱼"的生活态度，大多数人以高情商自居，世俗，老到，善于表演，懂得配合，并引以为傲。而那些讲原则、有担当、敢于抗争但最后失败了的人，则成了他们眼里不折不扣的"蠢货"。

比如，他们会摇头晃脑地分析岳飞不屑揣摩皇帝心理、不懂明哲保身。要知道岳飞被批斗、被嘲讽，已经不是第一次。"愚忠""不懂为官之道"都是岳飞所背负的众所周知的骂名，似乎岳飞只有来个"黄袍加身"才算"彻底革命"。

不得安息的，远远不止岳飞一人。但凡那些历史上名头响亮、承载民族精神的人物，都时不时会被揪出来嘲弄一番。

有这种是非观的人，奉行的是以功利主义、现实主义为核心的混世哲学吧？他们一遇到事儿就想往后缩，没有勇气与阴暗面对抗，也不想做任何事情去改变它，甚至带着"不捞白不捞"的投机心态，不失时机地加入作恶团体以攫取利益，转身就嘲讽那些敢于"铁肩担道义"的英雄们。

这种"以结果为导向""以成败论英雄"的调调，实在是让人生厌。我一直相信，人们内心深处是有一杆秤的，非常清楚哪些事情该做、哪些不该。什么是正，什么是邪？其实每个人心里都跟明镜儿似的。恶人在做那些坏事的时候，内心其实也很心虚。

有些人发明出那些介于好与坏、黑与白之间的灰色混世哲学，或许不过是想把那些"明知不该做但是太想去做"的事情合理化，继而给"黑"和"坏"洗白罢了。

胡适先生说过这样一段话："一个肮脏的国家，如果人人讲规则而不是谈道德，最终会变成一个有人味儿的正常国家，道德自然会逐渐回归；一个干净的国家，如果人人都不讲规则却大谈道德，谈高尚，天天没事儿就谈道德规范，人人大公无私，最终这个国家会堕落成为一个伪君子遍布的肮脏国家。"

在大是大非问题上不"和稀泥"，不是不讲人性，不懂得中庸之道，而是尊重规则。而我们需要明白的一点是：那些人人认同的规则，不是束缚你的，而是保护你的。当规则越能够成为一种不容置疑和践踏的权威，活在这样社会的你便越安全。

一个有血性的人，或许可以在小事上毫无主见但一旦触及原则以及尊严问题时便小宇宙爆发，开启小斗士模式，毫不含糊。

我向来喜欢跟有血性的人交往，也觉得没有立场的人永远不适合做朋友，是因为我执拗地认为，没血性的人就是冷血。一个人有多怕事就有多冷血，有多冷血就有多自私，有多自私就多不值得交往。

当然，我这里说的"血性"不是单纯的冲动，而是当以责任、良知、理性、实力、智慧为砝码。比如电视剧《伪装者》里明楼、《潜伏》里的余则成，都是非常有血性的人。

看一个人有没有血性不是看他是否时时刻刻目露凶光，生怕别人不知道他不好惹似的，而应该是：你可以很温和善良，但并不是任人宰割的绵羊或是小白兔。这个标准很难拿捏，但我就是喜欢这样子的朋友：有底线，有坚持，有侠气，有自我。

生而为人，我们应该骄傲地屹立在阳光之下。我们不主动惹事，但也不怕事，并且绝不把这个世界拱手让给那些心怀丑恶的人。

毛主席他老人家说"一切反动派是纸老虎"。同样的，我们内心深处对"脏恶丑"的恐惧则是一只更大的纸老虎。或许，我们真的应该挥刀斩落的就是那个心怀犬儒、胆小怕事的自己。

这样的"成功"，真的值得学习吗?

（一）

"贱，是一种态度，是将世事规律看透后的脚踏实地，扔掉一切道德外衣的真实，会刺痛看惯伪善的世人，但这正是我存在的价值。我贱，故我在。"这是某国产电视剧中一个女主角的台词。

这位女主角很精明，懂得利用身边一切可利用的人以达成自己的目的，爱情对她而言也不过是达成目的的一枚棋子。她用尽手段"踩着其他人上位"，从一个实习编辑飞速升到了副主编的位置，过上了自己想过的物质生活。

当剧中有人对她说"你知道一个女人最重要的是什么吗？是要脸!"的时候，我相信很多观众忍不住会为这句话鼓掌。

看电视剧的时候，我不禁想问：这样的"成功"，真的值得学习吗？

这是一个非常有意思的问题，因为这问题可以让我们迅速判定他人的三观是否与我们一致。

　　我反感的并不是具体的某个人，而是这种价值观，比如"有奶就是娘"，又比如"只要成功就好了，用的什么手段又有什么关系"。

　　这种价值观，说直白一点便是这样：只要你能赚到钱，你就是我佩服的能人；不管你怎么为非作歹，只要不被抓住并且因为铤而走险获取到了巨大的利益，那你就是高手。

（二）

　　一个价值多元化的社会，一个崇尚自由选择的社会并不意味着没有是非善恶观念，我们不能因为标榜宽容、自由而失去价值判断的勇气。"不择手段"可能并不违法，但本就不值得提倡，更不能因为少数个案而被无辜化、理直气壮化。

　　道德是什么？就是我们想让下一代去认同、学习的东西。

　　我觉得这正是自由主义带来的"矫枉过正"的问题。自由主义过度膨胀会使人们逐渐丢掉自由的核心与本质，用儒家的话讲就是丢掉了"以天下为己任"的风骨。自由是 Be Water，但也需要秩序的容器。规则、底线、原则、道德等"规"和"矩"是保护自由的，不能因为反抗传统不合理的束缚而见"规"和"矩"就一刀切。

　　如果一个演员想要得到一个角色，和导演、制片人发生关系后目的就达成，这样的你情我愿看起来是很合情合理，但它伤害到的是一整套的价值体系，你让那些一直相信可以靠自己的演技、实力去赢得机会的演员情何以堪？

不管你是否承认，道德以及随之而来的道德优越感在每个人的心里都是存在的，只是每个人道德标准不一，所以道德优越感也千差万别。而道德优越感的存在是很有必要的，不必一提道德优越感就将其全盘打倒。我们没法禁绝这类不道德的现象，但要容许那些做事择手段、讲原则、有底线、有道德，能成为孩子们的榜样的人，怀着这种道德优越感在这条路上继续坚定地走下去。

真正的成功，也从来不是靠不择手段的方式得来的。即使侥幸略有所得，也必不能长久，不会被尊重。

举个例子，如果一个人并不具有赚取五千万财富的能力，但一次偶然的机会，他不择手段踩着别人上位得到了五千万，并且坚持认为自己照这样的方式做下去，还能再得到五千万。

当他得到五千万的时候，是"成功"了，但他已经失去了别人的信任，透支了他的资源。等这五千万花光的时候，他就彻彻底底失去了一切，他可能会陷入彻底的思想堕落和精神危机，而这，也许便是上天对弃绝了精神内核的人的惩罚。

人之所以为人，正是因为有"精神内核"。我们都不该把自己客体化、工具化，完全把自己当成是追逐成功的工具。

那些路看似是一条捷径，实际上是一条不归路，这样的人生有意思吗？你内心里会没有虚弱和恐惧吗？晚上睡得安稳吗？

还是我一个朋友说得好："面对某些不正当诱惑时，我也会犹豫和挣扎，但最终我都会告诉自己，这些东西我生不带来、死不带去，何必呢？"

家丑就该外扬，　家暴更要头条

　　"家丑不可外扬"是我们时常挂在嘴边的一句话，也是大家的一个生活准则。

　　清官难断家务事，一个家庭中的是是非非本来就很难说清楚。都是自家的亲人，也不会有啥深仇大恨，家务事慢慢消化处理即可，除非自己本身就不打算好好相处了，否则没必要向外宣扬。宣扬了，外界的风言风语会让家庭成员的自尊心受损，到那个时候，即使对方有心和解，自己也是骑虎难下了。

　　假如真的希望解决家庭矛盾，最好的办法是关起门来慢慢商量、私下解决，毕竟"外人不得干涉内政"也是处理家庭矛盾的原则之一。

　　"家丑不可外扬"固然在一定意义上能维护家庭荣誉和和谐，但它所指的，只该是一些非原则性的问题，是"公说公有理，婆说婆有理"这样某一方并不存在明显过错的事情。

　　什么是这句话里说的"家丑"？是那些小问题、小矛盾、小别扭，但"家丑"不该囊括：一方长期暴打、侮辱、伤害另一方。

"把所有的家丑都掩盖在家里"的这种观念并不天然是正确的。可以内部解决的"家丑",当然可以不外扬,但当你的生命权、健康权或其他正当权利遭受到家人的严重侵犯时,还不敢外扬家丑,那就是"为虎作伥"。

一个读者,给我讲述了她的故事。她说她的丈夫近来常常无缘无故发脾气,对她实施家庭暴力。她觉得被丈夫殴打很丢人,所以不敢告诉任何人。她现在很害怕,生怕哪天被他失手打死了。有时候,她也想找人说一说甚至报警,但她老公、公婆不停跟她说"家丑不可外扬"。她现在很困惑,问我该怎么办。

这位读者遇到的情况绝不是特例。我一个朋友发现老公出轨之后,非常崩溃。她刚把这事儿往朋友圈子里一说,就被公婆知道了,公婆跑来劝她:"夫妻俩过日子,哪有锅不碰勺的?他有缺点,你也有缺点,要学会互相包容,但你把这事儿往外一说,就是在外扬家丑,这样就不对了。"她老公听到这话,像是终于找到她的错处,一脸愤恨地看着她。

朋友觉得这个家再无任何可留恋之处,快刀斩乱麻离了婚。

朋友把这些话转述给我听的时候,我也很无语。她的公婆混淆了"错误"和"缺点"这两个完全不同的概念。缺点是缺点,错是错,缺点可以包容,但面对错误,我们有不原谅的权利和自由。举个例子:一个男人脾气急躁、不会做饭、不爱浪漫等勉强可以算是缺点,但他出轨、对家庭成员实施家庭暴力,就是实打实的错误甚至是犯罪行为。

一个丈夫对妻子实施家暴,妻子向外求助,然后丈夫把"家丑不可外扬"端出来，那他是混蛋无疑。

那些说"家丑不可外扬"的，往往是制造"丑"的那一方中喜欢拿这句话来占领道德制高地的人，为什么主张"家丑"不能公开呢？说到底还是因为怕。他们怕自己做的丑事被外人知道，所以恨不得能堵住所有知情人的嘴。他们大概也知道自己那样做是不对的，但不愿意在名誉上付出哪怕一点点的代价。

"家丑不可外扬"，有时候真会成为施暴者、失德者的一块遮羞布。有了这块遮羞布，他们就像有了一把可以为所欲为的"尚方宝剑"：他伤害你可以，但你要把这些事情张扬出去，那你就是在破坏家庭的稳定、和谐和团结。

"家丑不可外扬"这话一旦成为一种绝对的"政治正确"，就会给施暴者、失德者提供一张无形的保护网。在这种观念的影响下，施暴者、失德者有恃无恐，受害者则宁可忍气吞声，逆来顺受，也不愿诉诸舆论和法律。长此以往，罪恶被藏匿于无形，那些令人心痛的悲剧只会不断发生。

不仅仅在家庭中，在一些企事业单位、社会团体、机构中也会存在一些害怕揭丑甚至拼命护短的现象。为了维护本单位的声誉，他们信奉"家丑不可外扬"的准则，一旦存在的问题被曝光，第一反应不是去解决问题，而是去遮掩问题。这种包庇纵容，归根结底维护的不过就是一副虚假的形象，真相一旦被揭穿，只会导致更大的负面效应。

近日，有一家互联网公司发生内部员工勾结外部人员倒卖用户资料一事，他们的公关团队抛弃了"家丑不可外扬"心态，将"内鬼"送上法庭，起到杀一儆百、敲山震虎的作用。

虽然有网友评论说他们这么做，相当于是"自曝家丑"，让公众知道了这家公司管理不到位，但我觉得这是一件很正能量、给自己的形象加分的事情。如果泄露不被重罚，那么"内鬼"可能永远不会消失，甚至可能还有更多的人不惜以身犯险，成为职业卧底。

一个真正文明的社会，不应该只有"面子"观念而没有权利意识，不应该只有人情规则而无法制规则。我们真的不能为了追求表面上的和谐、完美，而将大是大非的问题、违法犯罪的事情当成是不可扬的"家丑"。

"家丑"是否要外扬，是每一个身处其中的人的自由和权利，"扬丑"的后果当事人能承担就好。如果一个人依法正当地提出自己的诉求，或者因为遭受到侵害而向外界寻求声援，却要被"家丑不可外扬"的观念和舆论所绑架，那这本身就是一种"以丑遮丑"。

若想人不知，除非己莫为。不想让人"扬丑"，最关键还是自己不要做丑事啊。

不为恶人叫屈，也别让好人难当

（一）

这几年，网络上出现这样一种舆论风向：每当一个恶人作恶引起公愤的时候，总有几个人跳出来说要谅解他们，然后批评围观群众看问题的角度单一，不理解人性的复杂性，没有同情心。

有人在街头持刀乱砍人，总有人会挖掘犯罪分子童年经历过什么阴影，证明他如今变得那么残暴是情有可原的。

一个人杀人越货、放火抢劫，他们会说他都是被受害人刺激的，被社会逼到这一步的。一个人出身不好、受过权力的迫害，然后等他掌握了权力之后搞腐败，成为贪官、恶官，就说他也是迫不得已。

我总觉得，他们这并不是内心的宽容与善良，只是每次都想当"少数派"，以显示自己的观点标新立异，自己的视角与众不同，自己鹤立鸡群。

每次，你只要一谈起"道德"，他们就认为这是洪水猛兽，是

"封建余孽",然后不分青红皂白地想要打倒。你要想谴责恶人,他们便要你看看四周,问你"谁的屁股上没沾点屎",还说"谁认为自己没有罪过,就可以拿石头砸她"。

这些人之所以会同情作恶的人,是因为他们潜意识里认为"他不这么做的话,你让他怎么样做呢?"

首先是作恶者的遭遇让自己产生了共鸣和同情心,其次是他们认为自己混差了、变坏了都是别人逼的、社会害的。又或者,他们正在做坏事或正准备作恶,需要找一个借口来标榜自己是好人,作恶是被逼无奈、没得选择。

可事实上,你真的没得选择吗?

能拿出身、童年阴影、他人逼迫等东西为自己作恶当挡箭牌的人,也能拿其他任何事作为挡箭牌。

仔细想想,活在这世界上,谁的出身都不是完美的,谁的成长历程都不总是顺顺利利的。我们不是要受这种伤害,就是要受到那种伤害,就算是皇帝也可能没法随心所欲地生活。

于是,一个穷人,因为没钱,就可以去抢银行了?一个母亲,因为穷困而杀死了自己的孩子,就值得同情了?一个女人,因为被所爱的人抛弃了,以后就可以玩弄别人的感情了?一个大学生因为从小生活得比较贫困,上大学后感到自己饱受同学歧视,就可以杀死他的同窗了?

同情,是一种善良的美好的情感,但必须是对真正需要同情的人施用才有意义。如果不分是非,不辨真伪地滥用这种同情,不仅会危害社会,也会危害自己。

《伊索寓言》里农夫和蛇的故事是大家都熟悉的，对于那些恶人、坏人，你可能是发自真心地施以同情，但毒蛇却会借助你的同情达到自己的目的，这就适得其反，使同情之心失去了意义。

（二）

生活中，我们也会见到这样一种现象：很多人对好人求全责备、不宽容，但特别容易原谅坏人。

如果你是一个好人，他们就用道德高标准去要求你，要你乐于清贫、无私奉献。总之，他们认为你不能有自己的欲望，你不能为自己考虑问题，你的存在就是为了彰显"真善美"和"高大全"用的。

如果你选择做一个好人，你就只能"灭人欲，存天理"地活着。如果你敢有自己的私欲，那你就是自私。如果你终日行善，一不小心，某天心中起了点恶念、懒念、贪念，他们就把你以前做过的好事全部磨灭掉，把你视为"十恶不赦"的人。坏人做同样的恶事，只需要被打一巴掌，而你要做了同样的事，会被千人践踏、侮辱。

说到底，这也不过就是一种"欺软怕硬"心理罢了。

恶人、坏人，因为没有底线，他们不敢惹；恶人、坏人不讲理，他们就说"不要跟他们一般计较"。但是，非恶非坏的你呢？因为你有底线，你讲理，他们觉得你安全，不会对他们下狠手，所以才会对你各种高标准、严要求。

面对流浪汉，有的人一毛不拔甚至跑上前去踹流浪汉两脚，他们不敢吱声，但如果看到你给流浪汉捐款时，只拿出了 50 块，他们必然会说："你那么有钱，怎么只舍得捐这么点？"

有些人在商场被小偷偷钱包后，上网发帖来宣泄自己的心情，并公开抱怨后来才提醒自己的男性路人。他不谴责小偷，却埋怨提醒者。

有女星花钱、花时间、花精力去做公益，可她的微博底下长年累月有人用不堪入目的字眼骂她作秀。一个给贫困孩子捐款的人，因为做事高调一点，并且做了好事还留了名，背后也有一些商业目的，就被那拨面对贫困孩子一毛不拔的人骂"伪善"。

对待好人，他们喜欢站在道德的高度上，用道德绑架对方，勒索对方，恨不能要求对方为了做个好人而"鞠躬尽瘁，死而后已"。对待坏人呢，却又热衷玩"宽容"法则，做出一副"海纳百川"的云淡风轻样儿，连骂"坏蛋"都不敢。

这种心态，甚至延伸到了对历史人物的评价上。这几年，甚至出现了这样一种说法：岳飞之死不怪高宗，不怪秦桧，不怪大宋，只能怪自己不会做人，不懂人情世故。岂不说这种说辞是否经得起史实的考证，对于这样的评述，我真是无法接受。

岳飞效忠的是一个心胸狭窄、疑心重重又窝囊的皇帝。朝政掌握在这样的人手里，你死心塌地、忠心耿耿、鞍前马后地服务，他怀疑你的动机，担心你变强大；你推三阻四不去冲锋，闹点小病大养的情绪，他又挑剔你目无领导、为人狂妄。

我只是痛惜岳飞生错了年代，没能遇上一个明君。为保皇位，宋高宗不敢报仇，不敢打胜仗，不敢冲天一怒，所有这些"不敢"造成了宋高宗的扭曲认识。他连亲人都可以置之不理，杀掉一个哪怕骁勇善战、能保家卫国的岳飞算什么。他甚至都想不到这一层：不断议和，不断后退，杀掉忠臣干将，最后连自己的命都可能保不了，还能保住什么王位？

相比顶天立地的岳飞，宋高宗才是大写的小人，而说杀死岳飞的是他自己的精神洁癖的那些人，只不过是预设了皇帝所有的想法、言行都是合理的、正确的，本质上不过是另外一种"领导都是对的"的权力崇拜。

纵然岳飞真是个"愣头青"，我也觉得中国历朝历代正是因为有了无数像岳飞这样的"愣头青"，我们的历史才变得可歌可泣，我们的民族才得以繁衍至今。见风使舵、圆滑世故、颠倒黑白、没有原则、混淆是非，难道这样才叫聪明，才叫"会做人"，才是"明哲"？

岳飞之所以能成为岳飞，就是因为他的正直、忠心，他专注于做大事、立大业的态度，否则，他只是一个叫作岳飞的官僚。如果有人一定要说岳飞不会做人，那我觉得"会做人"这三字才是骂人的话。

（三）

人类社会发展了几千年，不义、恶毒、不忠、奸猾、欺骗、骄奢淫逸等观念，不管是在原始社会还是现代社会，不管是在中国还是西方，都是要被批判的。

真正的文明和理性，应该带点扬善惩恶、激浊扬清的使命。不该为了追求文明而刻意去"文明"，为了追求理性而刻意去"理性"。

我们真的不能为了粉饰太平，为了追求我们想看到的体面、和美、文明、优雅、一团和气而要求别人放下最原始的愤怒；更不能为了彰显所谓的文明和理性而颠倒是非，而放弃甚至否定那些最朴素的价值观。

近些年，一些自由主义观念泛滥，持性自由、言论自由、价值观自由、成功手段自由等的人，对秉持传统道德观的人进行着无情羞辱。

例如下面这些言论：

"对伴侣忠诚值几个钱？未来是性自由的时代，每个人都可以自由处置自己的身体！"

"不管我怎么羞辱你，你都不能给我一耳光，因为你侵犯了我的言论自由，动手打人总是不对的！"

"即便她婚内出轨、转移财产，即便她欺你骗你瞒你跟你逢场作戏几年，你也不能向外界透露她是怎样一个人，因为你侵犯了她的隐私权，因为你不懂得跟她好聚好散！"

"这年头，有钱的才是大爷，至于你是通过怎样的手段获得这些钱的，没有人在意。你的坚持和努力、诚实和守信、敬业与正直……如果带不来钱，带不来成功，那就一文不值，只能说明你傻罢了。"

"岳飞、袁崇焕那种人，就是傻子。"

讲起道德，他们最常说的一句话是："道德是用来自律的，不是用来审判他人的。"可是，我们学社会学，第一章的内容是"社会规则"。书里说，社会规则包括道德，而道德是通过舆论发挥作用的，与法律相辅相成维护社会秩序。我们可以想一想：如果道德仅仅拿来自律，不发挥舆论和约束社会的职能，会怎样？

他律的道德的确非常容易变异为度量、审判甚至迫害他人的工具。比如，某些男权社会制定一个道德要求女孩子婚前守贞，否则就是不道德，就要被乱石砸死，这就是道德对女性的迫害。

但是，若环境中那种被当作督察者的道德束缚力缺失时，他律者会不自觉地滑向行为失控，做出反道德之事。比如，看到有男人在大街上暴打女人、孩子，若大家都持"不要审判他人"的观点，并且充分尊重他人自由的话，谁都没资格去制止这种行为。

社会规则包括道德，而道德是通过舆论发挥作用的，与法律相辅相成维护社会秩序。如果道德仅仅拿来自律，不发挥舆论和约束社会的职能，那我们要道德何用？而且我们怎么保证这社会有那么多的自律力强的人？退一万步讲，法律也是要靠道德推进的。

所以，任何主义都应当注意一个"度"的问题。

人道主义、自由主义等主义的泛滥，已经让很多国家和人民为此付出了沉重代价，这一点想必没有人会质疑。而我们，是不是真的有必要为了追求自己观点的标新立异，为了证明自己是"时代先锋"，而忽略了那些最朴素的是非观？

有些思念观念，看起来很前卫很"先锋"，但说到底也只是一种情绪发泄，是对几千年某些束缚人性的价值观的反弹式报复，只可惜走向了另外一个极端。

主张对骗子厚道，也要分人、分场合。有时候，你对骗子厚道就是对被骗的人不厚道，这只会让这个社会越来越坏。你自己"鸡贼"，要和不择手段的人同流合污，就不要找任何的借口和理由。你放弃原则、无视底线、刷新下限、弃善扬恶，就不要说服别人接受你那一套价值观。

不管自由主义如何盛行，不管一些特立独行者讲出怎样"离经叛道"的观点，但我们不得不承认一个事实：传统的主流的社会伦理是存在的，甚至是极其稳固的。人们可能身处不同的阶层，但为人处世过程中该恪守怎样的道德，这个标准在大体上是一致的。

世上总不缺相信正义、勇于拼搏和不信邪的人，而他们，才是这个社会的脊梁，才能真正撑起我们这个时代。

有多少人情，败给了红包

（一）

话说我有一个朋友，算是女强人了。这次过年跟她先生回老家，她先生花了将近两万买空调、电视各种打点自家亲戚，她则包了一万多块钱的红包给公婆家那边的老人孩子，结果她公公还不满意，说她的红包必须翻倍，因为这是关系到面子的大事。

另外一个朋友，过年后回来上班，还没坐定就开始抱怨："都不敢回老家过年了，回去一次年终奖都没了。"春节回家团圆的确是件开心的事，但是，过年期间的各种压岁钱、人情费，想必大家也掏出了不少吧？

在中国，过年给长辈孝顺钱、给晚辈包压岁钱，都是一种传统和风俗。过年期间，亲朋好友好不容易聚一次，所以走亲访友、互赠礼物更是无可厚非。只是，原本一个祥和的节日，为什么却让很多人叫苦不迭，好端端的"过节"也变成了"过劫"了呢？

有人干脆因此编排出一首打油诗："人情来往知多少，红包少不了。今日盛行人情风，钞票不堪回首口袋中。亲戚朋友应犹在，只是规模改。问君能有几多愁？恰似杯杯酒水肚中流。"

大家都在感叹年关难过、红包难躲，但是面对种类繁多的人情债，却依然还在不断掏出并不丰盈的腰包。过年过节，婚丧嫁娶，亲朋好友之间每年你送过来我送过去，一来是为了图面子图热闹，二来也是互相还人情。说白了，其实也都是"左兜装右兜"。

到头来，礼多了，人情反而变薄了。

（二）

在我小的时候，老家有一种风俗：哪户人家建新房，就会在房梁竖起来的当天早上做好米糕，请所有路过这套新房的人吃。不管认识不认识的，都可以过来领一份米糕。

上小学的时候，我特别喜欢吃这种米糕。早上去上学前，若听闻哪家新房建起来了，就屁颠屁颠绕路过去"故意经过"，只为领一份香喷喷的米糕。那米糕吃到嘴里脆脆的、甜甜的，十分爽口。

二十几年过去了，不知道从什么时候起，这个风俗荡然无存。取而代之的，却是大摆宴席。如今的一些老家人，似乎都把"摆酒席"作为了一种冲减费用甚至赚钱的"门道"。

东家人口多，所以办的丧事、喜事也相应比较多，西家送给东家太多礼金了，觉得自己很亏，然后就想出来一些新的名目，比如办一些小孩周岁宴、老人寿宴、学生毕业宴之类的，只为把礼金给收回来……其他人看到了，为了不让自家吃亏，也跟风效仿。有时候，几十年没联系、八竿子打不着的所谓亲戚，也会把请柬送上门来。

到了后来，发展到一种什么程度？有的人家新建个大门要摆酒，已出嫁的姑娘生了孩子也回娘家摆酒……办酒席的人一面叫苦不迭，一面又乐此不疲，因为"不办＝吃亏"。互相宴请的风气一开启，就根本停不下来，大家一边痛骂这种人情债，一边灰溜溜地选择妥协。

过年的时候，最亏的是那些家里人口少或是没孩子的，红包送出去一大堆，却又不好意思在一团喜气的节日里，婉拒人家笑脸相迎的拜年。

这些人情费，包括春节过年要送出的压岁钱，对于很多人来说，确实是一笔不小的支出，这种变了味的人情，无形中成了一种压力。随着红包越来越厚，礼金越来越多，人与人的情谊很可能不但没有加深，反而越来越淡……

按理说，送出的人情到自己办喜事的时候可以收回来，但有的人情送出去后，随着时间的推移，却找不到收过自己人情的人了。当人情成为一种债务时，谁的心情会好呢？

（三）

单就红包风俗，我个人觉得广东一些地区的传统挺不错。

广东人称"红包"为"利是"。老广派利是常说一句话："红纸一张，利利是是"。意思是送个吉祥祝福，并无多大花费，你放心拿吧。而"逗利是"的也多少无拘，只讨个新年红火的好意思，所以一般也就金额不大，亲戚朋友彼此往来，压力相对小，大家图个开心。

春节前的广东，各家银行忙着给民众兑换新钞，不过基本上都是以 5 元、10 元、20 元为主流。

这里的红包面额都比较小，但几乎见人就发。比如过年第一天，如果遇上小区保安、保洁员、停车场收费员，也可以随心意给一份红包出去，大家都只是讨个吉利。已婚的，给未婚的发红包，面额也是这样。

无论是作为远亲，还是直系长辈，红包的钱不会多，能给 100 元算是爱到极致了。老广们之所以会如此"寒酸"，是因为他们认为压岁钱的本意更在于祝福。

这一点，在香港、澳门也是一样的，港澳地区商业气息浓厚，但民众都比较务实，所以至今甚至有一部分香港人过年只在发出去的红包里塞张写着祝福语的纸条。

我大学毕业后的第一份工作是在佛山，当时跟着同事去喝另外一个同事小孩的满月酒，地点是在他们村的祠堂，祠堂是全村人办红白喜事的公共场所，"办事"用的桌椅板凳、碗筷也都是公共的。

我们送出去的红包，主人家连拆都没拆封，只撕了一个角就还给我们了。当时的我特别诧异，但同时也为这个风俗叫好，因为觉得它简直太单纯太友善太美好了。

当地人解释说：你邀请别人来，人家抽时间来就已经很给你面子了，谁也不稀罕这顿饭，怎么还能再收别人的礼呢。红包撕一个角，就算是收到对方的心意了。

广东还有一些地区的风俗则是收一部分、退一部分，比如你给好友的婚礼送 300 元红包，最后退 100 元给你。

不过，这几年，随着外来人口的增多以及本外地人的融合，这种风俗似乎有"退化"的趋势，但从我个人的情感角度说，我真是希望广东春节的"逗利是"风俗、宴请时只撕下来宾送的红包一角以示收礼的这种风俗，能推广到全国各地啊！

（四）

"人情"在中国社会中扮演着很重要的角色，我们从小就被长辈教导要"会做人"、懂得"人情世故"、做"一个人缘好的人"，否则会吃大亏，甚至会寸步难行。

"人情"本是弱者的一种生存法则，是在个人力量非常弱小的状态下，对不能独立完成的事项采取的一种互帮互助的社会规则。中国人如此重视"人情"，说到底是原始社会流传下来的、几千年来被封建统治压迫出来的后遗症。

旅美华人孙隆基在《中国文化的深层结构》一书里说：中国人之所以注重人情，是因为从小被要求按照长幼之序、亲疏之别去"做人"，而没有发展出"自我"。中国人必须由"别人"去定义"一个人"。"个人"比较单薄，常需受到社群的温暖照顾，而西方人似乎是一种"绝缘体"，看起来更自我。中国人必须"做人"，而西方人则是"to be 人"。

　　说到底，"红包劫"之所以让人觉得不堪重负，主要是因为人们无时无刻不在计算投入产出成本收益。如此一想，"红包人情债"跟"酒桌应酬文化"，并没有本质上的区别。

　　期待我们的社会进一步发展，人人形成规则意识，在学"做人"之前，先"to be 人"。外在利益重要，但我们内心的幸福也很重要。如果我们走亲访友、喝酒吃饭只是为了慰藉心里的思念，表达感情，自然也就不在乎红包与酒量的多与寡了。

假如"善有善报，恶有恶报"欺骗了你……

（一）

某天下班高峰期时，广州某段路大塞车，主要原因是下雨，很多人为抢到出租车站到了马路中间去伸手拦车。打车的人差不多占了两个车道，导致道路越发拥堵，后面的车过不来，打车的人也延长了等待时间。

站路中间拦车的人，虽然他们很缺德地占了路，导致后面路段更严重的拥堵，但总能最先拦到车走人。而规规矩矩站路边等车的人，反而因为遵守规矩、不忍心妨碍别人而打不到车。

很多人看了，长叹一声："为什么越是守规矩的人越是吃亏？！"

也是前段时间，一个在妇联工作的朋友跟我讲了这样一个真实的故事。

多年前，一个妹妹去到刚结婚没多久的姐姐家寄宿一段时间，结果就跟姐夫相爱了，还怀了他的孩子。姐姐遭遇了世界上最亲的两个人同时伤害了自己的命运，大概也是心灰意冷，所以跟姐夫离婚，让妹妹把孩子生下来，她也从此跟这一对男女彻底断绝了来往。

姐夫离婚时，在财产上没给姐姐做任何补偿，而且还心安理得地跟妹妹结婚了。现在，故事中的妹妹和姐夫都已经抱孙子了，而姐姐则一直带着孩子租着房子住，单亲妈妈的身份未让她遇到合适的良缘，抚养孩子的经济压力也未让她过得很阔绰。

这位朋友讲这故事的时候，问我："说好的报应呢？"

历史上的有些朝代有存在类似的情况：忠臣得不到重用，奸臣霸占朝野。那些忠臣总是被奸臣算计、排挤甚至陷害，最后使得他们不得不隐居山林甚至掉脑袋，他们的才能从此被埋没。

古代一些朝代官场上的腐败现象也曾如同瘟疫一样蔓延，不贪污受贿损公肥私只能吃苦受穷。而且，在众人皆贪的时候，独善其身者常常被视为异己分子，无处容身，被迫同流合污，否则被排挤出局。最后廉吏越来越少，越来越无法生存。这就是官场上的"逆淘汰机制"。

关汉卿就在杂剧《窦娥冤》里控诉天地欺软怕硬，让窦娥喊出一句："为善的受贫穷更命短，造恶的享富贵又寿延！"

现代社会音像制品盗版猖獗，也是因为"逆淘汰机制"在起作用。由于盗版制品成本低下，定价相对便宜，而正版货虽音质完美，但价格较高，不少消费者会选择盗版制品。

盗版制品因存在购买市场从而不断增多，挤占正版音像制品的市场，正版音像制品企业会因为利润空间越来越少而不得不同样生产盗版制品或者破产。如果你我也买过盗版，其实也能算是这种不合理现象的支持者。你看啊，我们有时候也会助纣为虐。

媒体上救人英雄用生命作代价救上溺水人员，可对方家属连句谢谢都不说就离开现场；养父母节衣缩食养大孤儿，可对方长大后却因争夺房产和他们对簿公堂；青年见义勇为追赶小偷却被对方刺成重伤，失主对此不闻不问……

每一个看新闻的人看到这种个别现象，都会觉得"恶有恶报，善有善报"这句话显得特别苍白无力。

（二）

经济学上有个古老的原理叫"劣币驱逐良币"：在铸币时代，当那些"劣币"（低于法定重量或者成色的铸币）进入流通领域后，人们就倾向于将那些"良币"（足值货币）收藏起来。结果，市面上"良币"越来越少，"劣币"越来越多。

把"劣币驱逐良币"的概念引入现实生活，我们不难发现类似的一些现象。从商品的假冒伪劣到人类的坑蒙拐骗，从黑砖窑、毒奶粉到黑心棉……人性中的"善"被"恶"驱逐到如此程度。

当惩罚和价值体系都被严重扭曲时，一小撮胆大妄为又无所顾忌的人必然会干出这种铤而走险、泯灭良知的事情。可是，为了达到经济利益最大化和各方势力利益分配的合理化，这种结果却又是有其必然性的。

任何制度、任何意识形态下，都不乏浮躁的、急功近利的投机钻营者。一个社会，如果让投机者屡屡得逞，我们就要查一查我们的机制是不是有缺陷，因为有效的机制是让投机者从不敢钻营或不思钻营的。

在人们的经验中，总是会认为优秀的会战胜落后的，好的能打败坏的，但是从"劣币驱逐良币"法则可以看出，那些理所当然的道理在部分领域并不一定适用。为了个人的利益或者为了适应某个领域的规则，必然有一些人要成为"逆淘汰"的牺牲品。

每次遇到诸如"劣币驱逐良币""好人不长命，祸害留千年"等现象时，我是这么安慰自己的：这或许也是自然规律，虽然它那么难被人们接受，那么不符合我们一早认定的道德规范。

就像山中的蘑菇，不含毒的、好吃的，刚长出来可能就被人摘走了下锅了，而毒蘑菇，因为有毒，则免于早夭的命运，得以自然生死。海里的鱼类，长相普通的、好吃的，都被抓来下锅了，而长相极美或极丑的、不好吃的，即便被捕捞起来，也会被供起来观赏。

如果蘑菇、鱼类的世界也有道德规范，那么，这些现象，从蘑菇、鱼类的角度看起来也很不公平，但在人类看来，这就是合理的，是物尽其用，根本没什么公平或不公平可言。若有一只蘑菇、一只鱼泪水涟涟地来问你，你的答案或许也不过是：千百年来都是这样的丛林法则啊，你矫情个什么？

我们每个人也一样，我们看着觉得不能接受的东西，在宇宙、神灵、天地的眼里，或许都是一样的。我们认为的那些好的坏的、合理或不合理的、公平或不公平的，在它们那里全是一样的，而且就该是这样的。人家看我们，就像我们看蚂蚁：我忙着我认为的大事，谁顾得上你们蚁族社会的公平？不小心踩死了就被踩死了嘛，这就是你的命。

《道德经》中云："天地不仁，以万物为刍狗。"意思是，天地无所谓仁义，它视万物平等，人和刍狗没有分别。同样的，"良币驱逐劣币"的现象，在天地眼里，也许根本不足为奇。我们个体就是这么渺小，渺小到对你而言是大灾大难的事情，在天地眼里小若尘埃。

或许，我们也只能这么安慰自己了：如果没有黑，如何显出白的珍贵？如果不是看到这些不合理、不公平的现象，我们又如何在听到励志、正能量的真实故事时，感动得热泪盈眶，进而觉得世界美好而温暖？

就像我们写小说一样，如果小说中所有的主人公都是真善美的化身，那就不会有故事发生了。这样的小说，读起来得有多无聊？这样的人类世界，得有多无趣？

（三）

纵然我们对"善无好报，恶无恶报"的现象恨得咬牙切齿，你也不得不接受它的存在，何况它存在于整个人类历史的长河中，从来不曾禁绝过。

那么，问题来了：既然"劣币驱逐良币""好人没有好报"现象估计永远没法杜绝，那这是不是意味着我们应该去做一个"劣币"呢？

真实的情况是，作恶其实更难。比如，你是个惯偷，很有可能你屡屡得手，但有任何一次，你若是被当场抓住暴打，围观的人真没几个愿意去同情你；如果你习惯了欺骗别人，那么，当你想要袒露真心、呈现真我的时候，却已变得十分困难；如果你忘恩负义，那也就别指望谁会在你摔倒的时候拉你一把……就像健康的生活方式不一定能延长我们的寿命，但是糟糕的饮食习惯、生活方式很有可能会立马报复我们的身体一样。

做一个好人，并不是什么醒目的标签，但是坏人、恶人这个标签，却是很刺眼。我们明知道"劣币驱逐良币"法则普遍存在于各个领域，还是愿意去做好事，是因为"良"就是对我们最大的慰藉。这种心理利益，怕是不能用短期的其他利益去衡量。我们在努力成为"良人"的一瞬间，已经获得相应的报酬。

"劣币"、坏人用不择手段、不正当竞争成了赢家，损害了社会公平，短期看起来自己确实受益了，但是如果大家都破坏一些规矩、道德去当坏人，损害的却是社会健康。

我们应该有"自己当个好人、希望坏人越来越少或者变好、自己与他人共同营造一个更好的世界"的这种态度，因为"劣币"只关注自己，而"良币"关心的是全人类、全社会、全未来。

潮水退去，方知谁在裸泳。你看历史上的岳飞、哥白尼都是被钉在当时历史的耻辱架上的，但如今再看呢？谁良谁莠？一目了然。同样的，在某种不良风气下，我们对某些人所做出的一些结论和评价，都不足为训，都不可能是历史定论。几年甚至几百年之后，更客观、公正、权威的评价和结论或许会到来。

女强人的强势招谁惹谁了？

（一）

前不久，某知名女企业家呵斥员工的视频在网络上疯传。

开完会，她和一干嘉宾合影。合影前，她说"把灯关了"，然后指了指投影仪。在一片乱哄哄中，员工关掉了大灯。领导和嘉宾都站齐了，结果明晃晃的投影灯照射了过来，合影者的头上、脸上全是 PPT 投影过去的字，这位女企业家忍不住当场发火了。

然后，一些网民就怒了，说她对员工很苛刻，不懂得尊重员工，不懂得照顾员工的感受。

有媒体甚至直接这样点评：作为女性领导人，本应该在公司管理中体现出自己的女性温情的一面，但是这个女人太强势……

听到这番言论，我愣了一下：是谁规定女性企业家、领导人就一定得温情了？

当时的情形，是大家要照相了，剩下的指定动作就是自然而然地关投影，保持大灯让光线充足。所有的动作都应该要为了达成照好合影这个目标而服务，可员工却领会错了意思。女企业家忍不住发火，其实也情有可原。换一个男老板，可能也会忍不住发火，但为什么女老板就更容易被舆论苛责呢？

现实中，比这位女企业家强势的男企业家、男政客多了去了，但一些人宁愿给这些霸道男总裁写赞歌，却看不惯某个女企业家的强势。

到底是刚性管理、柔性管理还是刚柔相济管理对企业更有利，我不去做论证，何况市场瞬息万变，这世界上或许本就没有"放之四海而皆准"的管理法则。

如果强势管理能让一个企业发展得很好，这并无不可。这位女企业家雷厉风行的管理风格，或许会让员工感受到比较大的压力，但它也能带来一个显而易见的好处：在企业中混日子的人会少很多。

有段时间，我经常在电梯里见到这位女企业家为所在的企业做代言的广告。海报画面非常简单，就是一张她本人的近照，再加一句言简意赅的广告词。照片里，60出头的她打扮整齐，眼神坚毅地看着你，气场很足。有朋友看了一眼，然后说："这照片给人感觉不舒服。"

我追问："你是真的觉得看了不舒服？还是单纯不习惯？如果原因只是看不习惯，那是不是跟我们的性别刻板印象有关？"

（二）

我们这个社会中的一些人，对女人的苛求挺多的：女人要有能力，还要温柔、贤惠、漂亮、苗条、懂包容。人们普遍还认为：男人是用来崇拜的，女人是懂得崇拜自家男人的；如果没有这一点，你们最好不要结婚。在婚姻中，女人要示弱，要小鸟依人，要让男人充分展示自己的强大；女人不能太强势，太强势的女人除了吃软饭的男人肯接受之外，她们的婚姻必定不幸。

最后秉持这种观点的人还举大量的实例来佐证自己的观点，大有一种"不信抬头看，苍天饶过谁"的架势。

在女性成长的历程中，也会收到类似的言语暗示。

比如："你那么优秀，还要自己买房买车，将来肯定嫁不出去，你发展得再好，顶多能当个什么女强人，永远不可能得到甜蜜的爱情和幸福的家庭。"

比如："女人的社会身份，决定了你最大的成功就是在年轻时能获得一份坚守一生的爱情。"

比如："你太强势了，不会有人能接受你的。"

可到底有没有人分析过，这种结果的产生，有多少可以归因于女人的强势，又有多少可以归因于社会问题？

我理解的"强势"，是以自己的意愿去干涉和掌控别人的生活，无奈一些人理解的强势是：有主见，不顺从。

你不同意我的观点＝你强势；你不服从我的安排＝你强势。如果我们只把"强势"这个形容词视为中性，那他们一定会发明另外一个更恶毒的诅咒等着你：你强势＝没有魅力＝男人见到你就都躲着跑＝你婚姻必定不幸。

持这些观点的人认为：男人们强势，没有什么不妥，但女人的强势就是洪水猛兽。女人坚持己见，是"强势"，而男人坚持己见，就变成了"有魄力"的代名词。

且不说对强势的界定标准不同，纵然真的是强势，但它在企业管理中并不等于是错误，只是看你更愿意从哪个侧面去看待。

（三）

姑娘们别听男人和婆家人跟你灌输的"女人太强势了，婚姻会坎坷"之类言论，真正懂得尊重和欣赏女性的柔美的家庭，根本不会跟你灌输这些。有些人看你思想上有点主见、行动上有点强悍就开始用舆论打压，或许不过就是想把你塑造成他们需要的样子，以便更好地"只许自己放火，不许你点灯"罢了。

回到文章一开头说的这位女企业家身上。有一位采访过她的电视节目主持人对她有过这样一番评价："如果换作我，我可能就会担心自己太强势会不会有人觉得我不够亲和，我可能也会比较在乎别人的看法，但她完全不在乎这些。她毫不掩饰自己的强势。你不是说我强势吗？对啊，我就是强势。我觉得，她活得好自由。"

强势很多时候不是狐假虎威、张牙舞爪的故作声势，而是一种实力。这位女企业家的自由，是有实力垫底的。看过她经历的人都明白，这个女人 36 岁以后的人生简直像是开了挂一样，一路高歌猛进。

真正的强大，是掌控者。我退让、妥协、服软不是因为我敌不过你，而是这在我的控制内。我可以在合适的场合选择适合的态度，这说明我有选择余地，而不被动。

从这个意义上来讲，这位女企业家并不是那种空有控制欲的人，她是真的强大，有能力也有魄力掌舵一个企业，甚至成为一个行业的风向标。

上述这些言论者设定了女性温婉听话的形象，不在这个形象设定框内的女性，如果展现自己的自信强势和坚定，无论美丑，他们都会加以恶意的评判。与其说是偏见，不如说是恐惧。

女性不能因为怕比男性个高一头伤了他们面子就刻意地含胸驼背，甚至停止成长，用男权社会的规范雕琢自己。

六六曾经在微博上写过一段话：我发现女人们似乎都很在意自己在男人眼里什么样，而男人总是在意自己在世界眼里什么样。因为这点区别，男人总在搏杀世界，女人总在搏杀女人。

姑娘们，成长吧！如果那些个男人已经容不下优秀、强悍的你，那就去找个有心胸、有高度的。既然他们如此敏感和脆弱，那这种爱不要也罢，以免以后他们成为你的绊脚石。

姑娘们，团结吧！放下你对女性同胞的嫉妒心，学会不用男权社会的视角去看待身边那些不符合男权社会期待但实际上活得精彩的女性。

姑娘们，奋起吧！只要你愿意，我们的征途也可以是星辰大海。

女子无才便是德?

(一)

"女子无才就是德",我一直把这句话当成是笑话。直到某一天,一位某事业有成、家庭幸福的男人对我说:"你这样的女人是没有男人敢爱的!"

我问:"为什么?"

他说:"因为你太桀骜不驯了,衬得起你的人受不了你,衬不起你的人你看不上。"

我继续追问:"是这样吗?"

他回答:"是。"

再追问:"这么确定?"

他肯定地说:"是。"

我问:"那怎么办?"

他说:"除非你跟王菲一样,找李亚鹏那样的人结婚。俗话说得好,女子无才便是德。个性和婚姻,你必须放弃一样。"

于是，他列举出了我的种种"罪状"，例如有些许才情啦，独立自强啦，我行我素啦等，于是这些我自以为的优点，全部都变成了不招人爱的理由。

听完他的分析，我哈哈大笑，我说："我算有才？你可真没见识啊！"

这个朋友跟我说这番话的时候，王菲和李亚鹏还没离婚。几年过去，王菲李亚鹏离婚了，和桀骜不驯的谢霆锋在一起了。

（二）

一个朋友看完我的文字跟我说，你写的那些东西千万不要给未来老公看。

我问："为什么啊？"

她说：这会让他觉得你这样的女人很难驾驭，大多数男人受不了太有才情的女人。

我不以为然，虽说文如其人，但人"文"不符的大有人在。一个人的文字，哪能代表她的全部性情及她与自己、别人和社会相处的方式。再说了，才情可远远不止文学才华，还有治国治家、理财赚钱、绘画下棋、唱歌跳舞、治病救人、织布刺绣、巧舌如簧等，不一而足。

如果你愿意，饭菜做得好吃、家里收拾得整洁、照顾孩子很细心，也统统可以被称为"才"。

再退一万步讲，两个人在一起，该像两棵大树一样相互扶持、一起成长，为什么非得谁去驾驭谁呢，我又不是马。

（三）

"女子无才便是德"这句话，我们说了几千年。一开始，我认为古代社会之所以说"女子无才便是德"，是为了压制女子的思想。

《诗经》里说："哲夫成城，哲妇倾城。懿厥哲妇，为枭为鸱。"意思是男人拥有聪明才智可以成就事业，女人拥有聪明才智则非但不是好事，还是搅乱天下、酿成灾难、祸国殃民的根源。所以，男子为提防、阻止女性变得聪慧，不让她们有思想、有才能，这也就成为巩固封建统治的一个十分重要的政治手段了，因为这直接与江山社稷的稳固联系在了一起。

为不让"哲妇倾城"，就必须使女性不成为"哲妇"，最关键的就是把她们限制在家庭的小圈子里，使之成天忙碌于家庭事务，不知亦不问世事，所以就有了"女子无才便是德"之类的话。

应该是明人陈继儒最早提出"女子无才便是德"吧？但人家说的原话是："女子通文识字，而能明大义者，固为贤德，然不可多得；其它便喜看曲本小说，挑动邪心，甚至舞文弄法，做出无丑事，反不如不识字，守拙安分之为愈也。"

这里明明白白地说了：女子通文识字，明事理，是贤德。有点小才情却做出了丑事的女人，倒不如不读书，还不如目不识丁的愚妇。

清朝人写的《隋唐演义》一书里，也提到了这样的话："人亦有言，男子有德便是才，女子无才便是德，盖以男子之有德者，或兼有才，而女子之有才者，未必有德也。虽然如此说，有才女子，岂反不如愚妇人？周之邑姜序于十乱，惟其才也。才何必为女子累，特患恃才妄作，使人叹为有才无德，为可惜耳。夫男子而才胜于德，犹不足称，乃若身为女子，秽德彰闻，虽夙具美才，创为韵事，传作佳话，总无足取。故有才之女，而能不自炫其才，是即德也。"

这句话听来很绕口，但它显然清楚无误地说明这里的"无才"不是"没有才干"，而是"虽然我很有才华，但是我不炫耀，依然自视若无"。

看这两个出处，作者所表达的意思概括起来无非是：女子若德才兼备当然最好，但如果德与才跟鱼和熊掌一样不可兼得，那倒不如无才但是不缺德。只是不知道后人怎么会把"女子无才便是德"理解为："女子有了才情就是不贤德。"

光从字义上理解"女子无才是德"，你会觉得那是不让女人读书、不让女人出类拔萃。然而事实上，它的目的是希望女性同胞们尽可能保持低调，安分守己地去生活。

我们平时喜欢做表面文章，因此在字义上理解这"无才"二字，确实是有点肤浅了！

（四）

时代发展到今天，女人如果真有才，那她即便抛头露面、崭露头角，又有何错之有呢？错的，只是男人心目中的择偶标准吧？

一些男人只能接受"男才女貌"的搭配：自己的妻子长得漂亮，是自己引以为自豪的资本。

有一个年轻貌美的妻子相携而行，见到外人便可以很骄傲地说："这是我太太。"仿佛能娶到一个貌美的妻子，便是他实力、魅力的展现。又或者，太太烧得一手好菜、带得一手好娃，也可以成为他炫耀的资本。可在其他方面，他们可能就不想自己的妻子超过自己了。

妻子学历比自己高，那就显得自己无知了；职务地位比自己高，走出去妻子比自己有脸面；妻子比自己收入多，看起来是好事，但男人首先就觉得自己低人一等了，在家里说话底气都不足……有的男人，因为自己各方面不如妻子而自卑，虽然妻子可能并不嫌弃他，可他觉得抬不起头，甚至迁怒于妻子的能干。

这就是为什么这些男人选择妻子的时候，会希望妻子样样不如自己。他们把这种情况称之为"好驾驭"：女人在家里最好要听话，要小鸟依人，视男人为天、为家庭的支柱，要主动去依附男人，绝不抛头露面……这样，男人才感到自己在家中的绝对地位。仿佛男强女弱，这样的搭配才符合易经之道，才是顺应自然的规律，这样的家庭才繁荣昌盛、子嗣绵延。当然，他们往往只愿意强调女人在家里应该承担怎样的义务，却很少会强调自己作为男人应该承担怎样的责任。

我有一个闺蜜，当年相亲时遇到一个男士。两个人搭上线以后，闺蜜对他的印象还不错。岂料男方看了看闺蜜的 QQ 空间，看到她老是跑世界各地去出差，就自卑了。

他跟她说："你经常世界各地到处飞，出入星级酒店，看起来衣食无忧，生活水准也很高，我怕我驾驭不了你。"说完这番话，他就消失了，直接把闺蜜拉黑。闺蜜气得不行，跟我吐槽：怪我咯？

几年后，闺蜜嫁了一个好老公。从进门第一天起，她就被他当成女神。闺蜜的优秀，在她老公眼里根本不是心理负担，相反，他以她为傲。两个人至今已生育一儿一女，感情甚好。

你看，真正内心强大的男人，不会处处显示自己是强者，不会总想通过贬低他人抬高自己。他们能接受并且能驾驭平起平坐、举案齐眉的两性关系，不妄自菲薄，也不愿高高在上。只有内心虚弱的男人，才会觉得把女人踩在脚下很得意，才会通过这种方式获得安全感以及对生活的掌控感。

男人和女人，该是互惠互利的关系。男人解放了女人，让女人去施展自己的才华，实际上也在成全自己。只有不自信的男人，才把有才华的女人视为洪水猛兽。而女人尊重男人，不恃才自傲，实际上也是在尊重自己。人生艰难，有谁不需要一个可以让自己靠着歇口气儿的肩膀呢？

女性应该"被看见"，而不是"被看"

（一）

电影《我不是潘金莲》讲述了这样一个故事：李雪莲和丈夫秦玉河为了生二胎、多分套房子而假离婚，结果后来二胎流产了，秦玉河却拿着房子跟别人结了婚。心有不甘的李雪莲就去起诉，诉请法院证明她和秦玉河的离婚是假的。

当李雪莲第一次告状，结果反而被拘留以后，她去找秦玉河理论，心想只要秦玉河说句好话，她就不打算告状了，结果秦玉河跟他说："你跟我结婚之前就不是处女，你是个潘金莲。"

在被前夫公开污蔑后，李雪莲开始上访，只是为了证明"我不是潘金莲"。很多观众不免会问：李雪莲为什么一定要花上 20 年的时间，立证她不是潘金莲？

这其实跟男权话语体系对女性的评价是分不开干系的。《我不是潘金莲》的英语译名是《我不是包法利夫人》，其实不管是潘金莲还是包法利夫人，她们都是一种挑战男性权威的存在。

在一些男权占主导的舆论环境中，一旦一个女人被定性为"潘金莲"和"包法利夫人"，那她在现实生活中可能就会受到各种各样的责难。李雪莲生活在底层，她的所作所为必须要符合男性的道德观，她才能有更宽一点的活路。

（二）

我上初高中的时候，每到下课时分，男生们几乎都习惯性地分两排站在教室外的走廊上。女生想出去上厕所或者做个什么事情，都必须要接受男生们的"注目礼"。这种目光上的注视形成的心理压力，让很多女生最后连上厕所都要结伴。

一个男性朋友跟我说，在他们的大学卧谈会里，一些男生在谈论女生时，很少讨论她们的才学、性格、精神气质等，而是热衷于讨论女生的身体。

这些讨论，很多并不是从欣赏女性的形体美出发的，而是饱含一种意淫和精神上的猥亵。

生活中一些极度泛滥的整容整形广告，则赤裸裸传达这样一种价值观：你是美给男性看的，而不是自己看的。更有甚者，鼓励女性丰胸、做处女膜手术，只是为了让女性的身体更能满足男性的某种"心理欲望"。

在父权制社会之下，女性一直都是供男性观看的客体。她们一直"被看"和"被评价"，而制定评价标准的人，是男性。在封建社会，女性没多少可选择的余地，只能按照男性的性别规则、模式来规范自己的行为甚至是打扮、装束。

学者特瑞莎·德·劳拉提斯提出,在男权话语体系中,女人作为"主体"的性质被双重否定。即女人成为男人交流的媒介物,其作为个体的社会性被弱化,女性存在的意义被定义为其生殖功能。另外,女人成为他人欲望的客体,成为被看的对象构成他人欲望的一种符号,依旧不具备主体性。

千百年来,男性掌握了"看"和"评判"的主动权,女性则一直处于"被看""被评判"的地位,并且慢慢地,一些女性也学会了用男性的眼光看待自己。

女性的审美观、道德观以及对自身的认识,是基于男性的审美观而建立的。由于社会资源主要掌握在男性手里,那些符合男性欣赏标准的女性,就成为这些女性学习的对象。

从本质上来说,男权社会之所以是男权社会,因为男性群体掌握了话语权,进而构建了整个社会价值体系和评判标准。什么样的女人是美的、丑的,是好的、坏的,女人怎样做是对的、错的,评价标准几乎是为男性利益而服务的。

这种男尊女卑的后遗症,今天依然存在,只不过换了些表现形式。媒体更注重"女人应该怎么样才能变更美",却很少讨论男性如何做才能更英俊、有风度。

女人若出轨,男性百分之八九十会选择离婚;而男性出轨,好大一部分女人选择了原谅。男性若无法生育,妻子能接受领养或丁克,如果情况反过来,妻子不能生育,夫妻感情则可能破裂。

男性攫取了巨额财富或是身居高位,会受到人们的敬仰,而女人要做个女强人，就有可能会被污名化，人们会从她是不是男人的"贤妻"和孩子的"良母"这个角度去挑刺。

（三）

已经觉醒的女性们，其实也能注意到发生在自己身上的这些不平和偏见。从根源上来说，这是经济基础决定上层建筑，这社会绝大部分资源由男性掌控，女性想争取话语权、评价权并不是一件易事。

大环境我们无法改变，但身为新时代的女性，我们或许可以尝试放弃已形成的思维惯性，重新定义我们自己的价值。

早些年，在电梯里，我也会遇到一些眼睛不规矩的男性，上上下下打量我。在公共游泳池，也免不了会被他们"看"甚至是评头论足。这种注视，让我觉得很不自在，也很难为情。那时候，我的反应是假装没看见，回避掉这种不礼貌的目光。现在，我会迎着对方的目光看回去，看得对方把目光收回为止。

这种转变，不过是源于女性意识的觉醒，潜意识里我认为男女平等，不再把自己置于"被看""被评判"的角色。不管别人怎么看我、怎么评价我，我内心里对自己有一套完整的评价体系，我好不好看、好不好，只能由我说了算。

对自我的这套评价标准，我会时时拿出来修正，但修正的目的只是让自己更满意、做更好的自己，而不是迎合谁的需求、在乎谁的眼光。我也想脱掉男权社会强加给我们的"紧箍咒"，在自己能做主的范围内，随心所欲地活出自己。

从穿衣打扮到为人妻母，社会对女性有很多价值评判标准。有一些标准，是从男性角度出发而设立的，有一些则是从"人"的角度出发而设立的。从男性角度出发的价值标准，有一些外在方面的要求或"好妻子应该温顺、贤惠、会伺候人"等；而从"人"的角度出发的价值标准有，你应该独立、自尊、自爱、自强、诚信、善良。

对于那些男权价值评判标准，我们一笑置之了事，而对于从"人"的角度出发的评判体系，则可以虚心听一听，然后，有则改之，无则加勉。

要我说，一个真正实现了两性平等的社会，真的没有必要基于生理层面之外去界定男女，区分哪些是男性该有的品貌、品质，哪些是女性该有的。良善、优秀的人类品质是不分男女的，而其他的特质不过是个人选择罢了。

有多少偏激，假以"女权"之名

（一）

一个朋友，某天在网上吐槽了一句："我弟弟上大学、买房时，我都有出钱的。我有能力，就多帮点家人，这没什么。"岂料，就这么一句简单的吐槽，竟导致她受到了某些自称为女权主义者的围攻，说她是受男权思想洗脑、毒害而不自知。

也难怪这些女权斗士们那么激动，因为那段时间，刚好出现了一个新闻报道：一个小姑娘出首付给哥哥买房。这个报道一出来，某些女权斗士们就愤怒了，说这又是一个重男轻女的原生家庭对女儿实施敲骨吸髓式压榨的新鲜案例。

事后证明，这事儿是斗士们"脑补"过度了。

真相是：这个小姑娘的哥哥是盲人，为了让妹妹能完成自己的梦想，他13岁就辍学去学盲人按摩挣钱供妹妹上学。前些年，妹妹看一家人的房子实在是破得不成样子了，就出了首付钱按揭买了一套房，房产证上写了哥哥的名字但实际上是一家人住，按揭贷款哥哥也帮着还。小姑娘最大的心愿是，多挣点钱把哥哥眼睛彻底治好。

这本是一个温暖有爱的亲情故事，但怎么一从女权的角度去解读就变了味了呢？

亲情作为人最为重要的感情之一，它是天生而且无法斩断的。无论亲人过得怎样，亲情仍旧是不变的。我个人是"亲亲相隐"的支持者。"亲亲相隐"固然有缺陷，但却也散发着人性之光。若是自己的亲人你都不帮，那这世界得有多可怕？

亲情是基于血缘而联系在一起的情感，是无法全部用理性来进行衡量的，很多人都会在理性和亲情之间最终选择亲情。套用这"理论"那"主义"来解释这些，并不天然"政治正确"。

被女权斗士们谩骂的人，并非只有我这个朋友。某黄姓男星的妻子怀了第三胎，网络上群情激奋，很多人指责他"重男轻女""不生出男孩不罢休"。可事实上，虽然他前面两胎生的都是女儿，但他一直是将女儿们捧在掌心里疼的。他们就不能是因为意外怀了第三胎，但是不想堕胎，所以选择生下来吗？即便他们就是卯足劲儿想生儿子，但出发点是"单纯喜欢儿子所以想生儿子"不行吗？怎么就变成"重男轻女"了？

成都某民谣歌手唱了一首歌，提到了 30 岁的女人，结果一众女权主义者怒了。为此，我专门跑去听了下那首歌，并逐字逐句解析了下歌词，发现女权斗士们确实有点过激了。

民谣本就是一个歌手抱着吉他毫无语境地说说发生在自己身上的故事或生活感触，带有非常强烈的主观性，大多数时候讲的只是某个个体。张楚也曾经在《姐姐》里唱过"我的爹他总在喝酒，是个混球"，如果咱非把这个故事解读为歌者的父亲是个混蛋、歌者对父母不孝顺、歌者是个对姐姐进行敲骨吸髓式压榨的男权代言人……那得多没意思。

感觉到这些文艺作品在冒犯女性的人们，似乎显得有些"玻璃心"了。文艺作品中也有很多"怕老婆"的男人，如果有人跳出来说这是在歧视、丑化男性，是在"灭男人威风、长女人志气"，那得多无趣。

（二）

这几年，在网络上，好像任何 一个什么事儿都能扯上"女权"。一些所谓的女权主义者普遍认为：我过得不好是因为这是个男权社会，因为我出生在男权家庭，因为我身边都是男权思想很严重的人。

他们会打着"女权"的旗号到处踩低别人，污名化一些正常的行为，甚至粗暴干涉他人的自由。比如，为了宣扬女权，他们仇男、反婚、反育。

恋爱、结婚、生育等经历不一定都很美好，也不一定是每个人人生中的必修课，但它也不该被"反向歧视"。我身边大部分男性女性都很棒，也有很多人的婚姻生活过得益然有趣。你不婚不育是你的自由，但歧视人家愿意结婚生孩子的人，就是你的不对了。

如果求职被拒绝了，他们还会指责和咒骂有些企业不肯招聘女性。只要稍微懂得换位思考，我们就不难发现：企业是以盈利为目的的，一家企业只愿意招男性是人家的自由，企业负责人觉得某个岗位招聘男性更经济、更合适本就无可厚非，没有太大的问题。

就业上的性别歧视是一个社会问题，企业不该背这种黑锅。一个真正理性的人，应当呼吁生育成本、家务劳动男女共担。当企业觉得招聘男员工和女员工其实都一样的时候，女性就业环境就会有所改变。

我有个同学是做人力资源的，她说她们公司有一姑娘，本身自己工作不积极，怀孕了以后就把自己当成瓷娃娃，天天混日子。这样的日子长了，公司就将其辞退了。被辞退后，她把老东家告上法庭，说他们歧视女性……我觉得，这种女性，即便就是不怀孕，大概也是混日子类型，也是要被辞退的。

事情要分开来看，某些女性不被尊重，是因为她自己不值得被尊重，而不是身边的人、我们的社会明目张胆在歧视女性。你侵犯别人权益时就说这是天经地义的，轮到别人反击时就说别人性别歧视，这种双重标准和假"女权"，也挺讨嫌的。如果一个人不能客观地认识自我和这个世界，那么，任何"主义"都不能使你更幸福，包括女权主义。

社会是多元化的，生活也是很复杂的，一个理论不可能解释一切。过分的敏感、"被害幻想"，什么事儿都往"女权"的角度去解读，除了让自己变得怒气冲天、牢骚满腹之外，毫无意义。

尤其是情感领域的东西，连定义都难，更难用什么理论和主义去解读向往。任何主义和理论都不是神丹妙药，解决不了你所面临的任何问题，而你，永远没法否认情感关系中存在的那些心甘情愿的付出以及甜蜜幸福的收获。

杨绛说过："我由富裕的娘家嫁到寒素的钱家做媳妇，从旧俗，行旧礼，一点没有下嫁的感觉。叩拜不过是跪一下，礼节而已，和鞠躬没有多大分别。如果男女双方计较这类细节，那么趁早打听清楚彼此家庭情况，不合适不要结婚。"

她还说："我成名比钱钟书早，我写的几个剧本被搬上舞台后，他在文化圈里被人介绍为'杨绛的丈夫'。但我把钱钟书看得比自己重要，比自己有价值。我赖以成名的几出喜剧，能够和《围城》比吗？所以，他说想写一部长篇小说，我不仅赞成，还很高兴。我要他减少教课钟点，致力写作，为节省开销，我辞掉女佣，做'灶下婢'是心甘情愿的。握笔的手初干粗活免不了伤痕累累，一会儿劈柴木刺扎进了皮肉，一会儿又烫起了泡。不过吃苦中倒也学会了不少本领，使我很自豪。"

杨绛为了支持钱钟书的事业，所以甘愿放弃自己的事业，去操持她并不擅长的家务。换作现在某些人，大概又要说杨绛被男权社会洗脑了、毒害了。

因为明白人与人互相扶持的情感的可贵之处，所以才不会把外人看似不公平的待遇放在心上。你认为不值得的，于别人却甘之如饴。Ta们不锱铢必较，是因为认为自己这么做"所得多于所失"，所以不会苦大仇深。Ta们相信自己的选择，并且愿意承担所有付出与后果。除了Ta们自己，谁也没资格替Ta们叫冤、叫委屈。

（三）

我这么说并没有批评这种"偏激"的意思，甚至对某些女权主义者的偏激报以理解。当一个群体被压迫、被伤害久了，想要反抗，就不怕"矫枉过正"，因为温和的反抗是没有人搭理的。作个不恰当的比喻：如果你想减肥到 100 斤，那么就先减到必须 95 斤，有反弹的余地才能巩固减肥成果。

美国女权运动曾经偏激到达哪种程度？有很多女权主义者甚至提出这样的质疑："历史"这个单词为什么是"history"，而不是"hertory"？

早些年，我也爱较真，比如我觉得在女记者、女司机、女大学生等这些身份前面，为什么非得加个"女"字呢？为什么就没有男记者、男司机、男大学生？这是不是在搞性别歧视？可后来，我不这么想了，因为我们也会称呼"男护士""男保姆"。一个群体中，通常情况下如果某个性别的人群占多数，那在介绍某个人时就突出另一性别本就没什么错，这只是一种称呼上的惯性。我们更应该关注的是：为何在那些女性也可以做好的领域，女性占比那么少？

最终，我发现，用"女权"这个单一的维度去解释世界，会让我自己变得狭隘、不平和，总很容易产生"被迫害幻想"，所以，最终我选择了温和。

女权的权，是权利，不是权力，不是女性霸权。女权教育，应该首先是自强教育而不是仇恨教育。真正的女权主义者该争取的，不过是作为人的人权，包括应该与男性一样享有的生命权、健康权、就业权、选举权、被选举权等，以及因为自然属性和社会分工的不同，女性应该多享受的生育保障权等权利。

理性的女权者应该反对家暴、溺婴、社会对家务分配的偏见，关注农嫁女继承权和财产权被剥夺以及女性因婚育而在就业市场或职场受歧视等现象，最好辅以身体力行，而不是：仇视男人、反对婚姻、宣扬滥性，不是动不动就指责这个、打倒那个，抠住某个字眼生闷气，甚至嘲笑别人对美好婚姻的渴望和对自己生活的自主选择。

人类最喜欢犯的毛病就是"矫枉过正"，总是从一个极端发展到另一个极端，但"矫枉过正"并不是平等，它反而可能会让那些真正"应该平等"的事情被掩盖。表现在女权上，可能会让人们、舆论纠缠于那些表述上的细枝末节，却忽略了真正核心的问题，比如农村女性的财产权落实不到位，女性在就业和升职等方面遭遇的不平等和歧视，一些家庭主妇的权益保护不到位等。

如果你活得一塌糊涂，一听到女人被欺负就炸毛，也许不过只是因为被触动了某根敏感神经，被戳中一件自己无能为力的心事。事实上，有些问题是群体性的、社会性的，个体活得怎么样，会被这些因素所影响，但如果同是起点、条件差不多的女性，别人过得比你好，而你自己过得一团糟，就需要反省自己的问题了，怪罪社会是没用的。

最后用一位网友的话来结束这篇文章："我个人不喜欢任何的

主义,包括女权主义和男权主义。仅以性别为中轴判断一个人一件事,很容易偏离事物的本质。在涉及性别歧视的事件上,性别当然是重要参数,是绕不开的因果环节。不过,有些事情,让人看到的并不是性别本身导致了什么,而是一个人基于个人品质优劣呈现出的行为。做人,应先于做男人或做女人。"

请多给"出头鸟"　一点善意和宽容

（一）

1976 年诺贝尔经济学奖得主、"世界上没有免费的午餐"这句名言的原创者、美国著名经济学家戴维·弗里德曼曾经提出这么个问题：假设你是个英雄，手中的剑已经折断，而身后有 40 个敌人在追你，但你有一把弓箭，作为英雄，你百发百中，可惜你只有 10 支箭。敌人正在以最快的速度向前冲，并且离你很近了，这时候，请你运用经济学的方法逃生。

有人回答：射出箭，然后取回再射，每支箭循环用四次；或者，干脆"一箭四雕"。

有人这么回答：投降。投降了以后，都是自己人了，还打什么打。

还有人这么回答：每隔三个人射死一个，使挫败信息尽快在敌阵中传递并蔓延。

这个问题没有标准答案，不过也有人给出了一个最简单高效的答案，"枪打出头鸟"，谁跑得最快就射死谁。第二个跑得快的人见跑第一的人死了，就开始犹豫，但他马上被射死。这样，射到跑第三的人的时候，敌人开始犹豫，如此几次，每个人都害怕冲在前面，纷纷放慢了脚步，最后这场追捕，可能就会变成敌人的"比慢"大赛。

这一招，不得不说挺高明的。"枪打出头鸟"效应的威力，就在这里。

关于"出头鸟"效应，我国历史上还出现过很多类似的名言。比如，三国魏人李康在《运命论》里，就提出了那句流传千古的话："木秀于林，风必摧之；堆出于岸，流必湍之；行高于人，众必非之。"

诚然，"枪打出头鸟"有其积极意义，它是消除异议、平息叛乱、维护秩序最简单高效的手段之一。只可惜，若这种想法一旦成为群体无意识，也有可能带来很大的负面效应。

回到弗里德曼讲的这个例子。站在被追捕的英雄的角度来看，"枪打出头鸟"是最经济、最有效的策略之一，但是站在那40个追捕他的人的角度来看，却是一场因为"信息不对称"导致的悲剧。他们并不知道英雄手中只有10支箭，如果他们不被"出头鸟"威慑到，以剩下的30个人的力量一定能擒得战俘归。

在我们的现实生活中，也总有那么一些人做事因循守旧、畏首畏尾，"宁为牛后，不为马首"，生怕越雷池半步，生怕被兴师问罪。在他们的头脑里，革故鼎新简直就是"冒天下之大不韪"，简直就是自掘坟墓。这多多少少让人觉得有点悲哀。

（二）

　　大多数中国人身上可能都有"不敢为天下先"的特性，这可能跟我们经受了几千年封建高压统治有关，也跟我们奉行"明哲保身"的智慧有关。人都是趋利避害的，这一点本就无可厚非，特别是在"路见不平"的时候，我们更不主张冲动出头。"路见不平、拔刀相助"，尤其是在危险的时刻能奋不顾身、直面歹徒，为搭救他人把个人安危置之度外，当然是可歌可泣。

　　站在被救者的立场想，如果我们遭遇危难时，有人肯向你伸出援手，你一定会觉得对方像是从天而降的"天神"，是上帝派来拯救你的天使。但如果站在见义勇为者的家属的角度来看呢？有些见义勇为者或伤或残或死，不但自身陷入"光荣一阵子，痛苦一辈子"的困境，还让家属承受巨大痛苦。

　　我们提倡"路见不平，拔刀相助"，但不该鼓励"不顾个人安危"，不然就是在赤裸裸地轻视救人者的权益。那如果以后出现了明显不平的事该怎么办？答案是"团结合作"。如果大家都能一起去谴责，给嚣张的人形成心理压力，你不必出手，也不必付出代价，就可以避免这些事儿的发生。

　　不要小看言语的威慑力，更不要小看"众怒"的力量。一个人出言制止，可能不会被人放在心上，但一群人出言制止，给嚣张者形成的心理压力是显而易见的。而我们需要付出的成本，仅仅是"出言""声讨"。嚣张者想要报复，也不知道从何下手。

　　大连某公交车上，一光头男猥亵同车女孩遭反抗，光头男装疯卖傻否认猥亵行为，并辱骂殴打女孩。车上乘客被激怒，围殴光头男，口鼻被打流血后，光头男求饶称自己错了。这真是大快人心。

　　曾经有人在肯尼亚马赛马拉拍摄下有趣的一幕：丛林之王的狮子在草原捕猎未遂，反遭到一群愤怒的野牛追赶。你看，野牛只要团结起来，连狮子都怕。如果大家都有正义感，不求别人做那个"出头鸟"，而是全部集体站出来，自然也就不怕个别作恶的人了。

（三）

　　在做一些有意义的事情的时候，"不敢出头"情有可原，所以不应该受到过分谴责，但有一类行为却很讨嫌：自己不敢出头，却嫉妒那些敢出头的人。

　　生活中，会有这样的事情：某个能力出众者组织一个活动或做某项有意义的事情，似乎总逃不过被人在背后指指点点的命运，总有人认为你这里不对、那里不行。如果你因此得到了成功，那么，你和谁谈过恋爱、你小时候偷过哪个邻居家树上结的苹果等，可能也会被拿出来公之于众。

　　一个曾经自掏腰包拍摄过一个公益宣传片的朋友讲到这个问题，也很无奈。她说："一些人根本不在乎这件事的本质是不是对社会有利，他们只在乎谁因为这件事获得了'好处'。只要有人因为'好事'获得那么一点半点的'关注度'（他们认为这就是'好处'），他们就开始肆意嘲讽谩骂。一些人对'出头鸟'的心态就是，你不是想当圣人吗？我就让你变得不神圣。你不是想当英雄吗？我就是想拿出证据证明你是个小人。"如果让他们来做同样的事情呢？那真是很抱歉了，他们往往能力有限，做不下来。这样一来，真正做事情的人总要承担更多代价。啥都不做的最安全、最不容易犯错，也因此因为自己不作为而获利最大。

一个公益项目出台，项目本身得不到多少关注，却有一些人热衷于对发起人的动机以及其人品进行质疑，不得不说这是全社会的悲哀。这些人搞破坏的能力远超搞建设的能力，只因这样干难度更小，动动嘴就行了。

话说回来，"木秀于林，风必摧之"还可以解释出另外一层含义：优秀必然要多受点考验的，否则哪那么容易变优秀。而它带给我们的启示是：不管做啥、怎么做，都有可能招致非议和责难，所以不要因流言停止去做你想做的事、成为你想成为的人。你若想做点你认为有意义的事情，就得拿出点"吃辣"精神，做个"骂不怕，不怕骂"的人。至于围观群众，大可练就这样一副心态：除却那些没有实力的爱出风头者，我愿意给"出头鸟"们鼓掌，并给他们多一点点善意和宽容。

有句话说的是："见他之善，论迹不论心；见己之善，论心不论迹。"与君共勉。

好话也要好好说

（一）

身为作者，所写的文章引发读者讨论甚至批评，乃是家常便饭。移动互联网时代，这些不同的声音会以最便捷、快速的方式反馈到作者这里。

我曾经写过一篇关于"界限感"的文章，探讨"坚持自我"和"寻求他人认同"的尺度，不少读者给我留言，跟我探讨这个问题。其中有两个读者的留言非常有意思。

第一个读者是这样说的："这就叫界限感啊？妹子你要学习的东西真是太多了。心理咨询师二级告诉你，界限感真不是你能理解得了的。就你这种靠出卖隐私博取关注度的人，想谈界限感，你能谈得明白？"这席话里隐藏着的高高在上的优越感和反讽意味，像我这种自觉情商极低的人，自然也忍不住产生了反弹情绪。

我心想，仅仅因为你手握有一个资格证，你就觉得别人不配谈"界限感"这个词了，这逻辑也有点问题。二级心理咨询师说的话都是正确的？权威并不等于正确。对每一个词，每个人都可以有不同的定义，而你却认为某些词只有从心理学维度去解读才最权威，这算不上是另一种形式的傲慢？

第二个读者的留言是这样："关于你说的这个话题，建议你去看《曾国藩的正面与侧面》这本书。书中讲了曾国藩和左宗棠的恩怨过往，对人很有启发。他一路灰头土脸、屡屡受挫地走来，始终咬紧牙关、脚踏实地努力，更重要的是始终保持自省，从不将责任推卸给外界。在清朝末年的艰难乱世中，他一步步走出了人生新高度。尤其他憋在家中读老庄，量变一跃为质变，终于开悟，眼光从此投向大局，不再执着于对错，与世俗和解但又坚持初心，不计个人得失私人恩怨，很令人感慨。我觉得看曾老爷子的故事就像照镜子，年轻时候他身上的缺点我几乎都有，资质平平、没有恒心、尊己卑人、言不由衷，但现在我也开始认识自己，学着克制情绪。这件事很难，但此任督二脉一旦打通，新世界的大门就会被开启。与你共勉。"

看完这番评论，我没有任何反弹情绪，第一反应是表达感谢，接着就买了这本书来看。

相比之下，我认为后面这位没有心理师资格证的读者，似乎更懂心理学。第一个读者的说话方式，很难不让人反感。对他而言，可能放弃优越感是一件很难的事，因此，似乎更容易站在制高点给人差评。

（二）

说到"说教"，电影《大话西游》里的唐僧算是最经典的"说教代言人"。有一天，我重温了这部电影，然后忽然觉得唐僧的说教方式其实挺可取的。

我们可以分析一下唐僧的台词："悟空他要吃我，只不过是一个构思，还没有成为事实，你又没有证据，他又何罪之有呢？不如等他吃了我之后，你有凭有据，再定他的罪也不迟啊！"

这段话其实非常有寓意，它表达了这样一个道理：不要随意揣度别人，先了解事实再做评判。

还有一句："喂喂喂！大家不要生气，生气会犯了嗔戒的！哎哟，悟空你也太调皮了，我跟你说过叫你不要乱扔东西，你怎么又……你看我还没说完你又把棍子给扔掉了！月光宝盒是宝物，乱扔会污染环境，要是砸到小朋友怎么办？就算砸不到小朋友砸到那些花花草草也是不好嘛。"

月光宝盒不是一般的宝物，扔掉它所产生的后果可能会很严重，但他只是轻描淡写地说"会污染环境""砸到小朋友或者花花草草"。对于悟空扔东西的行为，唐僧只用了一个性质非常轻的词——"调皮"，而不是强行上升到做人有问题、责任感缺失、素质低下等层面，而且他自始至终只针对"悟空扔东西"这件事，不翻旧账，不掰扯其他。

唐僧说教，从不居高临下。比如，他两只胳膊都被绑住了，牛魔王准备拿他就地正法，他也不放弃对身旁的牛妖弘扬佛法。我们可以看看他是怎么开启这段对话的："你有多少兄弟姐妹？你父母尚在吗？你说句话啊，我只是想在临死之前多交一个朋友而已。"即便身处这种境地，他也从未把自己当成是正义的一方，不居高临下地把"妖孽""狗腿子"等字眼加诸到小牛妖身上。

很多人说教的本事，远远不如这个啰嗦的、被人鄙视的唐僧。

（三）

生活中，有些人的说话方式，会让你感觉如沐春风；有的人一开口，你就恨不能让他马上闭嘴。

前段时间，我带着女儿去商场买玩具。我先是在一家店看，对方说那套玩具售价 150 元，我觉得这个价格有点贵，就有点犹豫，想着要不要再逛逛。随即，我想着四处挑选也挺浪费时间，这里可能也贵不了几个钱，就准备掏钱买下来。就在这时，女儿忽然扯了扯我的衣角说："妈妈，你看那边也有。"我一扭头，发现隔壁摊位上一模一样的玩具标价才 100 元。

我满怀歉疚地跟店主说："对不起，我想过去那家看看。"一听我这么说，店主明显不悦。她直接把玩具从孩子手里抢了过去，气呼呼地丢给我一句："不守信用！你这人人品怎么这么差？"看好的东西，到最后一刻我决定不买了，本就是我不对，但她的反应，让我顿时把自己对她仅存的一点愧疚感给抹平了。

我也曾经遇到过那种见客人反悔却一点都不生气，还欢迎客人下次光临的店主。他们不介意顾客"货比三家",也不会因为顾客选择了竞争对手而暴怒。如果顾客因为爽约而对他产生了愧疚感,他或许还会利用这种愧疚感,促成与顾客的下一次合作。

再说一件小事。

很多年前,我采访过一家公司的女总裁。去到她公司的时候,她正在给下属交代工作。

她先招呼我坐在一边,然后继续跟下属说话,大意是:我个人认为,你这个方案做得挺好的,但是,这里如何如何,那里如何如何。如果我是你的话,我会怎么怎么做。你想一下,这样修改是不是效果更好一些?短短五分钟的谈话,她一共用了五次"我个人认为"和三次"如果我是你的话"。员工最后带着一副好心情走出了办公室,临走前还向我微笑、点头,算是跟我打过了招呼。

这么多年过去,采访过程中她回答了什么我都记不大清了,但她给员工提建议的这一幕,却一直刻在我的脑海。往后的日子里,每次想给别人提意见的时候,我也经常会把"我个人认为""如果我是你的话"这两句话挂在嘴边。

我们都是凡人,不可能十全十美,很多人犯的过错并不是严重到罪无可恕的地步。对待这些过错,情商低的人就一味指责、埋怨,旨在发泄情绪,对解决问题毫无益处。而高情商的人,往往能做到"有话好好说",他们会用让人舒适的方式跟人沟通,旨在解决问题。

两类人的处理方式不同,一种是只顾自己感受,另一种是顾及别人感受并且能解决问题。

（四）

我们乘坐电梯时，如果刚巧遇到有人在密闭的电梯里抽烟，很多人本能地会很反感这种行为，然后忍不住想制止。

有人会这么说："电梯里是不能抽烟的，你没看到禁烟标识吗？快把烟头给掐灭了！你这人怎么可以这么没素质？"还有一种人会怎么说："大哥，能麻烦你个事吗？我不大能闻得惯电梯里的烟味，您可以出了电梯再抽烟吗？"

两种说话方式，哪个更容易产生更好的说服效果，一目了然。

我自己也有过这样一回劝告经历，当时电梯里抽烟的是个大帅哥，我半开玩笑半认真地说："嗨，帅哥，长得帅也不能在电梯里抽烟呀。"对方说了句"不好意思"，然后微笑着掐灭了烟头。

还有一回，我在医院候诊区看到两个人在吵架，起因仅仅是其中一个人不小心挡住了另一个人看电视的视线，就被对方责骂："挡住别人看电视了不知道啊？电视是你家的啊？有点素质可以吗？"

在人与之间的交流沟通中，我们不难发现：同样的意思，用不同的语气、态度、口吻说出来，起到的效果完全不一样。即便是好话，也得好好说，因为比说话内容更重要的，是说话的态度和方式。

怎么才算是好好说话？有人说是要口齿清楚，有人说要有逻辑，有人说要有同理心和共情力。比起口齿和逻辑，我觉得说话之人有平等视人的心态、有同情心和共情力，恐怕更重要一些。

最好的建议是在双方互动的情况下产生的，而不是由一方高高在上地提供给另外一方。我们只需把问题阐释清楚，继而让自己的学识与经验自动放出光芒即可。即使我们真的有学识、有地位、有权力或有经验，也尽量不要把它用来给别人施加压力或表露出自己的优越感，因为这势必会引起他人的情绪反弹，最后难免落个"好心办坏事"的结局。

当我们内心对别人的态度是友好的、平等的，那么我们说出来的话，也会是充满同理心和积极向上的。这些话到达对方那里，对方的情绪也会变得积极向上，接下来，良性互动开启，沟通就变得顺畅许多。好好说话，不仅让我们身边的人受益，还能让我们自己受益。一个人懂得好好说话，别人就更靠近他，愿意跟他有更多更深入的交流。

一个人一生中做得最多的事情，除了呼吸、心跳就是说话。并不是所有的人都会说话，都能好好说话。说话其实也是一门学问，也是需要认真学习和钻研的。

有一种教养叫"不随意评判他人的生活"

（一）

每个人在这一生中，可能都会遇上几个阴魂不散的"差评师"。已经绝交多年的梅姐，就曾是我生活中的"差评师"。从认识她以来，她就对我差评不断。她总是居高临下评判我、指点我，大到我的人生选择，小到我新剪的发型。

曾经，有两个男孩子追求我，我选了一穷二白但跟我更投缘的那个，她就说我不识时务。我穿着色彩艳丽的长裙出现在别人的婚宴上，她当着一堆人的面说我这么打扮太不上档次，像只掉了毛的孔雀。

不管我是否愿意听、是否喜欢听、是否有耐心听、是否有闲暇听，她一律不管，一味按照自己的嗜好向我倾尽讲大道理之能耐，而且还是重复相同或大同小异的内容。

在评判我之前，她会事先给我打个预防针："我这都是为了你好，所以才给你提建议。"有一回，我终于忍不住了，回答她："那谢谢你了,提建议可不是你这种提法。你对我有多好我没感受到,我倒觉得你挺不尊重人的。"

梅姐年长我几岁,一直以来总想以姐姐的身份压制我,从来没被我当面反击过,听完这话气得脸铁青。那之后,她逢人便说我不识好歹,然后我们也就慢慢疏远了。

坦白说,我真的很反感在聊天过程中自带"差评师"光环的那些人。放弃优越感对他们而言是很难的一件事,因此,他们似乎更容易站在制高点给人差评。如果给出的差评遭受到了被评判者的反弹,他们又接二连三、乐此不疲地给出"你这人真没有雅量"等差评。

(二)

刚离婚那两年,我算是深切感受到了很多人在我面前那种莫须有的优越感。印象最深的是有一回,一个熟人听闻我离婚,携了他的爱人硬要请我吃顿饭。

我之所以称呼他为熟人,是因为他算不上是我的"朋友"。在我的心里,"熟人"和"朋友"是有一套严格的区分标准的:熟人,不过就是相互认识的人;而朋友,是"臭味相投"、价值观相近,能互相关心、互相帮助的人。

那次吃饭,还是不可避免地谈到了我的离婚问题。结果,好端端一顿饭局最后变成了对我的批斗大会,这对"模范夫妻"批斗我的中心思想只有一个:我这个人做事太冲动,性格也不好。挑男人眼光差不说，对男人缺乏最起码的了解。

女方的中心思想更加明确："你要如我这般生活，才能获得幸福的婚姻。"

我不动声色地喝汤、夹菜、吃饭，心想：你请我吃饭是来安慰我的，还是专门制造个机会来羞辱我的？尽管心里已经非常不悦，但我还是表现出了最起码的礼貌。吃完饭，互相道别的时候，我终于忍不住半开玩笑半认真地当着男方的面跟女方说了一句："如果让我在你老公和我前夫之间再做一次选择，我还是选择前夫吧。"

当然，这个故事还有后续。三年过去了，我从另外一个朋友那里听说了他们俩离婚的消息。

（三）

可能我们每个人的身边，都少不了会有很多这样热衷于拿自己的尺度去丈量别人，并居高临下、自以为是地指点别人的人生的人吧？一个人的离异对于他身边的绝大多数普通人来说，都还算是重磅新闻。虽然不关别人什么事，但我也挺能理解别人会为此感到意外的心态。

我绝不会因为害怕流言就瞒天过海地选择隐藏事实，是因为我觉得离婚不丢人，"该离婚却怕离婚"才丢人，但这并不意味着：我可以无限容忍别人在根本不了解原委的情况下，对我的人品、生活方式、行为选择进行浅薄且粗暴的评判。

有些人，明明对别人的情况不是很了解，却偏喜欢对你的生活问东问西，问了以后又喜欢以他自己的喜好对你横加评判，仿佛你目前误入歧途。只有你按照他说的轨迹走，那才是正道。他们从来不曾放低身段去了解别人的所思所想，不曾体验过别人的生活，却摆出一副颐指气使的样子说人家这里不对、那里错了。

活在这世上，每个人当然有评判他人的权利，但评判标准从来都是多元的。比如，评判一只鸟的价值，并非只有会不会飞、会不会下蛋、一生能下几个蛋这几种。你认为的真理，在他人眼中很有可能就是谬论。你以为可笑的故事，你以为可悲的选择，往往只因为你没有站在当事人的境地。一旦情景互换，你的做法可能更不如对方，甚至早就一蹶不振了。

人生各有各的苟且，你以为你现在婚姻幸福、事业顺遂真是因为你优秀能干？别人的人生中发生点变故、失意，就是因为别人资质愚钝、不够努力？但你是否曾考虑过，你目前能拥有这一切也许不过是因为上苍肯成全？是不是更应该懂得点感恩，懂点谦卑，懂得点敬畏无常的命运？

我们每个人，也或多或少都会有想居高临下教训别人的时刻。所不同的，有人愿意直面这一劣根性，有人自始至终觉得自己很高明。就拿我自己来说，经历过一些事以后，现在的我很少用"无能""庸俗""势利"等负面词汇去评判他人，倒不是说是为了显示自己的修养而刻意为之，而是真心觉得每个人、每种行为都没那么简单。人人都有他的局限、难处和悲哀。我非鱼，又怎懂一条鱼身为鱼的种种无奈与悲欢？

你这个穿衣打扮风格，虽然我觉得不好看，但你自己觉得好看就 OK 了啊。

你这笔钱，为什么要花在这个地方而不是那个地方，我虽然不解，但你开心就好了啊。

你如此教育你的孩子、以这个态度跟你的父母说话，虽然在我看来方式欠妥，但你和你的家人也没感到困扰，可能这也是你们的相处方式吧。

要知道，懂得适时闭嘴，也是一种人生智慧。

（四）

人与人之间保持适当的距离感是有必要的，这样的距离感能提醒我们不要随意拿自己的价值观评判他人，毕竟很多时候，我们对他人的了解仅止于与自己有关联的、他人愿意展示给你的层面。那么，何不把与人和人的相遇当作是一朵花与一条鱼的照面？不去分类和定性，不结党，不伐异，懂得平等视人，懂得尊重与谦卑。

我真是喜欢这种以平等、尊重和爱护为前提的距离感，遇到困扰的时候，他们会给我提建议，告诉我他们曾经遇到过什么事、后来又是怎么过来的。有些我觉得可行的，就照做；有些我觉得不适合我的情况的，就听一听，然后道个谢。

跟他们聊天，总有如沐春风之感。他们给你的建议里面，是有"干货"的，而不只是为了"抖机灵"、为了彰显自己很厉害。即便你没有按照他们的建议去做，他们也不会恼羞成怒，对你放出狠话："不听老人言，吃亏在眼前！"

而这样的人，往往是心量、格局比较大的人，他们在事业、家庭各方面处理起来也是得心应手。而那些动不动就掏出自己的尺子去丈量别人的人，大概也是因为内心虚弱和自卑所以才热衷于靠踩低别人来抬高自己的吧？

人跟人的相处，投缘太重要了，它甚至能决定你对别人的言行是持善意去理解，还是动不动就上升到是非高下的层面加以评判。人和人若不投缘还要相处，对彼此而言都是一场生命能量的互相消耗。要不"常与同好论高下，不与傻瓜争短长"这句话，怎会引起广泛的共鸣呢？

你有你的精彩，我也有我的绝伦。不必在乎别人那些自以为是的评判，勇敢去尝试自己想要尝试的东西吧！去自己想去的地方，爱自己想爱的人，相信自己的直觉。

我们是个怎样的人，自己说了最算。

Part 5
没有你，世界会变冷一度

　　每个人都是有潜能的，如果你不挖掘它，它绝不会自己冒出来。

　　如果你愿意去挖掘出自己内心深处的力量，就一定会找到力量。当一个人为自己所迸发出来的力量而惊异时，就会拥有自信与信念。

　　生活是一只看不见的储蓄罐，我们投入的每一分努力，都不会白费。

出身不好有什么关系？ 够努力你也会逆袭

（一）

我出生在云南一个国家级贫困县的某个村庄，父母都是农民。从出身上来说，我甚至连小镇姑娘都算不上。经济上，我从小捉襟见肘，儿童节文艺汇演我想要条裙子，家里都没钱去买。我们全家经济状况稍微发生些改变，是在我大学毕业参加工作以后。

高考在某种程度上改变了我的命运，当时我考了全市文科第一，所以得到了有生以来的第一笔奖励金。奖励仪式的前一天，学校老师通知我说，电视台会去拍几个镜头，希望我穿体面一些。我火速跑去农贸市场买了一件衣服，那件衣服的价格我记得清清楚楚：25元。

当时是2001年，那是我17岁之前买过的最贵一件衣服。

上大学期间，我所有的学费、生活费都是贷款的，所以整个大学期间没花过家里一分钱。虽然热爱写作，但那时候我并没有钱买电脑，都是在纸上写，然后借同学的电脑打出来。

毕业后，我需要先偿还国家助学贷款，所以当跟我一起参加工作的同事已经开始攒钱做投资、买房的时候，我每个月领到工资以后的第一件事情是还助学贷款和给弟弟上大学期间的生活费。

跟同学们讲起这个事情，我总是自嘲说："别人毕业后就开始打地基建房子，而我得先填坑。等我把坑填满了，准备开始打地基建房子了，发现别人建的房子已经两层楼高了。"

好几年前，我在广州买了第一套房子，位于市中心，很小，照例没花家里一分钱。而我身边的一些同龄人，则因为家里帮扶早就在房价飙升之前买了大房子。

不管你如何举出多少名人的例子来论证"英雄不问出身""出身决定不了一个人整个人生"，都不得不承认一个大概率上的现象：一个出身不大好的人，需要付出比出身好的人多很多倍的努力，才有可能超越自己的出身，进阶到更高阶层。

这个努力，是一个漫长的过程，你先要花很多年的时间，弥补上一代的资源差距，然后还要花很多年时间才能赶上周围的人。弥补这些劣势，有人需要五年，有人需要十年，有人需要二十年。如果出身比你好的人比你还要努力，那你只有被碾压的份。

关于出身，曾经在上海滩可以呼风唤雨的黑帮"大佬"杜月笙曾对一个朋友说过："你原来是一条鲤鱼，修行了500年跳了龙门变成龙了，而我呢，原来是条泥鳅，先修炼了1000年变成了鲤鱼；然后再修炼500年才跳了龙门，倘若我们俩一起失败，那你还是一条鲤鱼，而我可就变成泥鳅啦。你说我做事情怎么能不谨慎呢？"

杜月笙说出了所有出身不大好的人们的心声：我们真的要付出

更多的努力，在原则性的问题上不轻易犯错，才能拥有一个好一点的人生。

人们总希望能看到纨绔子弟败家而寒门出贵子、草根逆袭的故事，好像这样听起来才更过瘾，更正能量，更喜闻乐见，更符合主流价值观。可所有人都不得不面对的一个残酷事实是：兔子有它的"兔生"，乌龟有它的"龟生"，二者根本不可能站在同一个起跑线上；即便站在同一个起跑线上了，兔子大概率上还是比乌龟能早到达终点。乌龟想赢，只能寄希望于兔子偷懒，而现实往往是：跑得比乌龟还快的兔子，往往比乌龟还要勤奋。这让乌龟怎么活？

30岁以后，每次看到兔子们"嗖"一声从身边跑过时，我免不了也会在心里嘀咕："人家轻装上阵，而我背着这么重的壳儿，还比个什么啊？"但冷静下来的时候，也会开始思考：既然都这样了，那我总不能再松懈了吧？而且，人活一世，为的只是走好自己的路，干吗跟别人比赛？

对于绝大多数出身平平、天赋一般的普通人来讲，我们可以倚仗的也就只有"吃苦耐劳不松懈"以及"稳打稳扎少犯错"了。

（二）

有一次，我跟一个朋友聊天。她说："我其实挺佩服你的。跟你一起上小学、初中的人，他们大多数还待在农村，而你突围到了城市，完全靠自己的努力在城市里扎根，过上了令他们艳羡的生活。跟你一起上高中的人，绝大多数都在老家过着小富即安的日子。如果他们到广州生活，竞争力远不如你。跟你一起上大学的人，你比起他们来说，真的不算差。在我认识的人当中，你出身是最差的。真的，我没再见过谁的家庭像 20 年前的你家一样，穷困到那种程度。关键是，很多时候你一点都不幸运，但你是我见过的人当中，最能吃苦的。"

她讲到最后一句的时候，我忽然很想哭，因为我觉得"能吃苦"三字，是任何时候听起来都让人觉得很心酸的褒奖。

也许也正是因为这样，我早早修及格了生命中一门叫作"接受"和"承受"的功课：接受我的出身，接受和我走过一段的人最后离开，接受自己在很多事情上的不够幸运，然后承担它们带给我的后果，并且，想办法寻求改变。虽然这是一个艰难的过程。事实上，每一次在"接受"之前，我也会脆弱、焦躁、手足无措得像个只会号啕大哭的孩子……但最终，我都一一走过来了。

挫折本身并不能让我们成长。只有我们在挫折中反省自我，然后找到自我救赎甚至突围的路，才算是成长，才算是励志。而找到突围之路的前提是：遭遇挫折的洗礼之后，你得像硬汉一样咬紧牙关撑下去。

我们不讴歌贫穷、疾病、不幸和劫难，但我们讴歌遭遇这些却勇于承受、改变的精神。那些承受了挫折、身处绝望之中，但仍然能抱着要努力蹦跶一把的觉悟继续全力战斗的人，才更值得敬佩。

回首这几年里，我遇到的艰辛无数，不管经历多少次挫折，多少次失败，都逼着自己咬牙坚持，然后一次又一次的，勇敢站起来。我觉得，只要命运还没有打算从肉体上消灭我，就是在给我从头再来、勇敢前行的机会。

高考之前，我靠老师借给我的 350 元交了高考报名费，顺利参加了高考。对于那时的我而言，我觉得高考是唯一能改变我命运的机会，我甚至将它提升到了"生死抉择"的高度，所以每学一门功课，每做一道题，几乎都是全力以赴。

高三时候，我几乎从不午休，从没在 12 点以前入睡过。即使放假回到家，做的寒暑假作业，也是别人的两三倍。除了老师布置的任务外，我还给自己层层加码。我深知自己并不很聪明，从来没有过目不忘的本事，所以像突击政治、历史等课程，我用的是最笨的办法：背诵。仅《现代史》一本课本，我就来来回回翻看了 27 遍，以至于到了高考前，我甚至清楚地记得哪一张插图在哪一段文字下面。

上大学的时候，家里给不了我一分钱，我靠助学贷款完成学业，连生活费也是贷款。每个月 250 元，基本上都是一个硬币掰成两半来花。我从不下馆子，很少出去玩，高消费的地方基本不去，并积极找各类兼职。当时的兼职工作并不十分好找，比如做家教，往往需要支付一两百元的中介费。我清晰地记得，我在报纸上看到了家教中介信息，就一路坐公交找了去，然后在首都师范大学一个阴暗的地下室里找到了他们的办公地点。现在想来，一个女孩子单枪匹马去那种地方，挺后怕的。

大学四年，我从来没有坐过飞机，火车卧铺只坐过一次，就是去学校报到那一次。那一年，我 17 岁，从来没去过大城市，家里也拿不出多一个人陪着我去北京的钱，所以我爸把我托给了一个也去北京送孩子上学的同学爸爸照顾，让他带着我去报到。毕业后两年，等我还清了国家助学贷款，我才第一次坐了飞机。

恋爱时候，自然也没少吃苦，大概也是因为骨子里没有任何想依赖别人的思想，崇尚的是"一起吃苦的幸福"，所以，我找的男友都是家庭条件跟我差不多的。然而，苦头倒是一起吃了，幸福却没实现。2013 年，我毅然带着孩子结束了一段令我痛苦的婚姻，离婚的确曾带给我很大的心理创伤，但是，那些伤害过我的前任，最终都变成了我的稿费。

我出版了两三本书，成为情感励志畅销书作者，然后，有了这么多喜欢我的读者。

有时候，我也会回想起在稻田里劳作的那个十来岁的自己，然后恍恍惚惚会觉得眼前的生活有些不真实。今天的我，可以带着女儿飞去世界各地旅游，可以在全国新华书店看到我写的书被售卖，可以跟以前我仰望的人坐在一起喝咖啡，而这些，是十来岁那个农村姑娘完全无法想象的事。

我不知道世界上是不是真有命运这回事，但我相信对于每个人来讲，人生都是一条时高时低的波浪线。只要生命不止，它就一直在波动。这一次，我们没有获得希望的结果，很有可能是因为还不到时间，那么，我们唯一能做的事情，就是吸取前次的经验，永不放弃努力。

也许在未来的某天，或许是下个月，或者下一年，你想要的东西终究会来到你的面前。即使不来也没关系，既然最后的归宿是死亡，我们什么都带不走，那么，匮乏也是一种生命体验，因匮乏而产生的追求以及为这种追求付出行动，本身已是一种幸福。

每个人都是有潜能的，如果你不挖掘它，它绝不会自己冒出来。如果你愿意去挖掘出自己内心深处的力量，就一定会找到力量。当一个人为自己所迸发出来的力量而惊异时，就会拥有自信与信念。

努力耕耘不一定有收获，但不耕耘一定没有收获。即便遭受到了失败，但失败本身也是一种磨炼，得到的教训也是一份可贵的经验。

生活是一只看不见的储蓄罐，我们投入的每一分努力，都不会白费。

别怕，再苦再难都会过去的

我是一个很没节日概念的人，加之嘴笨，不喜欢人多的场合，也不会玩扑克、打麻将，在外人看来定然无趣、不合群得很。独处或跟家人、几个知心好友在一起的时候还觉得挺充实、开心，一群人在一起反容易感到孤独和空虚。这样一来，春节对我而言，似乎真是一个尴尬的存在。

这种尴尬，从小时候就开始了。

小时候，小伙伴们春节后都在比较谁拿到的压岁钱多，我亲戚少、住得又远，每年我的压岁钱只有二三十块，而别的小伙伴都是两三百。那时候我很不明白为什么别的小伙伴有那么多三姑六婆，特别是有钱的三姑六婆。那时候看到小伙伴家的门槛都快被去他们家走访的亲戚踩破了，而我们家门可罗雀，当然会有些失落。不过，事后想来，我不喜热闹的性格大概也是那时候形成的。

有一年除夕，我去邻居家借一个做糕点用的模具，结果因为跑得太兴奋，刚一进人家的门，就踩死了一只刚孵出来不久的小鸡。母鸡悲愤地围着小鸡的尸体转，邻居连连叹气、表达惋惜，而我则因为内疚、害怕、忐忑而哭了一整晚。小伙伴们说除夕夜我遇到了什么倒霉事，那一年就会一直那么倒霉下去，想到来年我每天都会踩死一只小鸡，那画面简直太惊悚太惨无人道了，我如何不害怕？

整个小学和初中年代，关于过年我印象最深刻的还不是这些小插曲，而是过年前来我们家拜访的人全部是来追债的。因为父亲跟人合伙做小生意但最终惨败，因为供养我们姐弟俩上学，家里欠下很多钱，很多都是利滚利的高利贷，总是还不完。父亲有时候为了避债，除夕晚上才敢回来。

上高中时，有一年除夕我父亲上楼拿腊肉，结果不小心踩空了，从几米高的楼梯上摔下来。母亲尖叫着跑过去，我也吓得脸煞白。一声闷响后，父亲从地上爬起来，似乎并没有摔到哪里，但当时的场景，现在想来依然觉得后怕。

上大学时，每年最怕是春运。从北京坐火车回昆明实在是太久了，大概要坐 45 个小时，到昆明以后还得坐一夜的卧铺大巴，凌晨三点多才到老家。那会儿我是穷学生，坐火车只买得起硬座票，坐飞机这种事儿就更是奢侈得想都不敢想。卧铺车的价格大概是 500 左右，而学生票硬座只需要 160 元，学生硬座票也很抢手，每回我买到票都觉得自己像是挣到了 340 元。要知道，整个大学期间，我学费、生活费全部靠贷款，每个月从银行卡里取出来 250 块，一个月用作吃、穿、行、娱乐等的花销都在这里了，有时候我还能省下来 50 元。

春运回老家的火车，我坐过时间最长的一次是 65 个小时，是临时加班的学生专列。那趟车是把卧铺车改成了硬座，虽然时间长了一点，但远没有正点到的火车拥挤，因此倒也没怎么受罪。春运的火车里，最多的是学生和农民工。大家挤在一起，要么聊天要么看书要么打扑克，忍受这枯燥而漫长的旅途。

没有坐过春运时期的硬座车厢的人，绝对不能理解那是一种怎样挤得没任何尊严可言的体验。车厢里每一处空间都被利用到了极致，想找块能插足的地方都很难。有人挤得受不了了，就钻进座位底下躺着。

春运车厢里，站着的人想坐着，坐着的人想站着，但怎么着都很难受，因为你连转身的空间都没有。可就是挤成那个样子，列车员还要坚持打扫。有一次，一个女列车员因为挤不出去而边打扫边哭出声来……车厢顿时变得很安静，大家使尽浑身解数让出一小条道来让她把垃圾袋拖出去。

一坐上春运的火车，我就全程坐着不敢动，也不敢喝水，因为厕所也站满了人。因为长时间不能活动，每次坐到昆明，我脚背都肿了。在老家过完春节后，回北京上学也很是折腾。为省点路费，我一般在大理转车，有一回坐了非法营运的大巴，那大巴不敢进昆明城区，凌晨三点把我们扔到了郊区。我跟着一个在昆明上大学的老乡打车去到他们学校，和另外一个女生、两个男生一起在那所大学的男生宿舍里睡到天亮。那两个男生中，有一个是在东北上学，后来我们互加了QQ，有一搭没一搭聊。上大三那年，我在他QQ空间里得知他得白血病去世的消息。那是一篇他女友写的缅怀他的日记，他在被查出白血病之后就跟女友分了手，女友得知真相的时候，他已经离世了。

上大学有一年过年没有回家。父母也给我打电话说，春运我回家一趟太折腾了，那一年就在学校里过吧。除夕夜，我和几个同班同学去外面吃了一顿。整个春节，我在宿舍里用同学的电脑补看完1983版的《射雕英雄传》。

那个冬天北京下了好几场雪，我做了好几次家教，赚到了人生中第一笔2000块。当时，马加爵的通缉令贴满北京大街小巷，我一个人站在堆满积雪的胡同口等公交，边等边想："他会不会突然冒出来，然后……"

开学几个月之后我得知：那一年冬天父亲做爆破工作时，不小心被炸伤砸中肩膀。若不是及时动手术，一只手差点就废了。父母不让我回家过年且把这事情瞒到父亲康复，也是怕我知道了以后平添担心。

工作后的春节，似乎没什么有趣的事情。只依稀记得有一年春节我没回家，大年三十晚上一个人坐火车去上海、苏州玩了一趟。火车一路向北向东，烟花在列车外竞相绽放。车厢里的人少得要命，但我却一点都不觉得孤单，甚至略有些兴奋。

母亲用嗔怪的语气，说我怎么节日观念这么淡薄，阖家团圆的日子为什么非得跑出去玩……我的父母从来不会把"不孝"这种帽子套我头上，但会用这种方式表达我不回家过年的失落。那时我不理解母亲为什么会发这种感慨，可后来慢慢也理解了。

节日从来都是上演"几家欢乐几家愁"的舞台，它会将一切圆满和失意放大。在这一天里，往往是幸福的更加开怀，得意的更加高兴，失意的更加感伤，寂寞的更加孤单。我家从来都人丁稀少，家里少了一个人过年，自然会冷清一些。

24岁那年的春节，特别冷，南方很多城市发生冰灾。广州有十万人滞留火车站，回不了家。那一年元旦，大学时候就认识的男友跟我提出分手，失个恋就觉得天塌了的我，哭了整整三个月。父母来广州陪我过年，我们一家人挤在出租屋里吃了一顿年夜饭，年后，我强颜欢笑带他们去公园里玩，再把他们送上回家的火车。

26岁那年的春节，弟和弟媳已经结婚。那会儿我们都还没有买房买车，弟弟、弟媳住在一个阴冷的出租屋里，我和爸妈过去和他们过年。我们五个人全部坐到沙发床上，盖一条大被子，只露出一个头，一家人春节期间看完了电视剧《潜伏》。

前年有一次除夕，我给一个离异独居的姐姐打电话。她的父母已经不在世，兄弟姐妹又都有了自己的家庭，儿子则远在国外。她当晚跟我说了很多话，说很感谢我还记得她这个孤寡老人。挂完电话，我当时想："我以后可不要过她那样的生活。"

可是，现在的我对那样的生活不仅不觉可怜，甚至还有点向往。在成长中，过去你认为很可怕的事情，后头再看也不过如此。只要内心足够充实和强大，独处并不可怕，相反它可能是你一生中最自由的时光。

年少、青春岁月里，总觉得自己吃的苦头特别多，所以总想往外说。后来的后来，我们发现，原来悲欢苦乐是人生的常态，而年少、青春时期经历的那些苦现在想来充其量只能算是"有趣"了。

站在现在回望过去那些岁月，总觉怅然。怅然的原因，是发现时间过得真是太快。父母老了，孩子大了，自己在镜中的眼也多了些沧桑。那些曾跟我们交会过的人，早已经不知道消失在了哪片人海。大概也是觉得人生无常，聚散匆匆，起落不定，现在我很珍惜眼前的幸福，无比珍惜和亲人、朋友依偎在一起的时光。看着亲朋的脸，我常常会感慨：我们还能在一起，这多好啊。

是啊，多好。

2016 年的除夕夜，哈尔滨某派出所一名民警在出警时遭到犯罪嫌疑人袭击牺牲，年仅 38 岁。知情人称，他的妻子是一名护士。晚上八点钟他的爱人刚做完一台手术，下手术台后就听到这样的噩耗。那个除夕夜，我在网上看到了与这条新闻相关的部分视频和图片，又愤怒又悲伤。新闻里说，当地歌舞厅发生打架斗殴，民警是接警后前去处理的，结果，却再也没法跟自己家人团圆了。你看，这世界总是有人在不断地制造麻烦，而有的人在不断地解决麻烦，甚至为此付出沉重的代价。

我常常会在大年夜收到一些朋友的求助，讲述他们面临的困境以及痛苦。其实，我真不知道能给他们什么建议，因为每个人的情况都不一样，因为只有自己能解救自己，但我也知道：在春节这样一个人人都只愿意说吉利话、想吉利事的日子里，他们想把自己的痛苦讲出来，一定是因为这种痛苦让他们不堪重负。

而我，不过也就只能说一声轻飘飘的"春节快乐"，然后告诉他们：总有一些春节，是会在不愉快甚至痛苦中度过的，但它也是我们人生中的一部分，不必过分介怀。很多年后，你讲起这些回忆，也能跟我一样平静。生活会好起来的，我们会变更强大的，只是不一定是立即、马上。成长都有它的过程，而困难的解决也需要时间。

　　我觉得成长中的很大一部分，便是接受吧？这听起来很鸡汤，但我们都是这样长大的：接受分道扬镳，接受世事无常，接受孤独挫折，接受突如其来的无力感，接受自己的缺点；然后，与自己和解，与生活和解。

　　生活是一把犁，而我们则是土壤。生活的犁会割破我们的心，却也有可能挖掘出新的源泉、能量。我们决定不了那些风雨，却可以决定我们的心田是贫瘠还是肥沃，从这块地里长出来的是庄稼还是荆棘。生活在继续，我们不可能一直沉湎在悲伤和痛苦中，昨日伤痕终究会被接踵而来的明天所掩盖。生活给了我们什么，就勇敢去承受什么吧，但也请别忘记：不论有多难，总有一两个人爱着我们、站在我们的身后支持着我们。

　　所以，不要怕。再苦再难，都会过去的。

母亲的信仰

　　我母亲生于"大跃进"的那个年代，外公给她取的乳名是"招弟"，想想都知道这个名字背后的深意。外公虽说盼子心切，却还是很爱护女儿，在资源有限的前提下，他居然也肯让母亲去上学。只可惜，母亲上到初中就死活不肯去了，外公没办法，只好从了母亲的心愿。

　　按理说，但凡读过点书的人，应该是不屑于宿命论的，可母亲自有她信奉的一套自我安慰哲学。她常说：没人会好命一辈子。青少年享福过多的，可能晚景凄凉；青少年时期过得很苦的，可能反而晚年比较幸福。你这方面好了，那方面必定要留很多缺憾。一直好命的人，可能会短命。所以，命好时别得瑟，命差时别气馁。尽人事，听天命。

　　我想，她就是靠着这样的信仰，熬过人生中那些磨难的。

　　小时候，我的生活是极为困窘的。父亲在我一岁的时候就离开家打工了，这一干就是 20 年，而母亲则靠种菜补贴家用，我小时候大多数的时间都是在菜地里和母亲一起度过的。

上小学的时候，我们整个学校的同学中间，只有我和弟弟穿有补丁的衣服。那会儿弟弟只顾着玩，对补丁衣服不是很介意，但我已经有了小小的虚荣心，看到别的女孩子穿新裙子，羡慕得要流口水。母亲看出我的心思，节衣缩食买了几尺花布，请村口的裁缝阿姨给我做了一条小裙子。穿上那条小裙子后，我还没能得瑟够呢，就被邻居家的狼狗狠狠咬了屁股，裙子也被咬烂了。母亲缝缝补补了半天，还是无法修复如初，我又变成了"灰姑娘"。

到了冬天，灰姑娘也有穿"水晶鞋"的时候。母亲亲手织的毛线帽颜色亮丽，造型可爱，很抢风头，可以让我"得瑟"一整个冬天。帽子倒是别致了，可我很不喜欢帽子上面坠着的一根银链子，据母亲说是为了辟邪保平安。我好几次觉得这不伦不类的银链子很是影响美观，但想着这是母亲的一个心理安慰，一直没敢摘。母亲说这能避邪，那为了她看着舒服，我就戴着吧。

小时候我有哮喘病，发作起来呼吸困难，坐着睡觉都睡不着。没有得过哮喘病的人，是没有办法想象那种痛苦的。母亲在四处求医无效而家境又一贫如洗的情况下，看我实在痛苦，经常半夜起来驱鬼，求野鬼孤魂放过我，而我也在她的这一番闹腾中稍微平静，当母亲跟我说"鬼不会再来了，宝宝的病就要好了"，我也像是得到了莫大的安慰似的，沉入了梦乡。

小时候我病痛比较多，刚生下来不久就得了严重的中耳炎近乎失聪，再后来哮喘然后是脚踝骨脱臼。每次求医问药和治疗病痛，母亲都在我身边，并虔诚地去村口的庙里点上一炷自制的香。在那袅袅的青烟中，我常常在想："也许真的有什么神在暗中保佑我呐！"

在我的整个少年时代，我们家经济上似乎从来没有宽裕过，"屋漏偏逢连夜雨"却是经常发生。我上高中那年，弟弟也上了初中，我们需要的学费家里根本拿不出来。为了生计，为了我们的学费，父亲常年在外打工，家里家外就只有母亲一个人撑了下来。

每天从田地里回到家里，母亲都是一个人吃饭，一个人做家务，一个人睡觉，一个人看电视。很孤单很寂寞的时候，她就反反复复翻看我们的信和照片。那会儿，我们整个村只有一部电话，根据不具备"煲电话粥"的条件。母亲一个人在家里实在待得孤单了，就从外面捡来了一只土狗养在家里，还养了一只猫，跟猫猫狗狗说话。

有一年父亲外出打工，被炸药伤了，所幸的是捡了条命回来。这一年，母亲似乎觉得有些扛不住这些生活压力，跑去算命了。算命先生摇头晃脑和母亲说，那一年是父亲的本命年，本该遭祸。母亲就释然了。现在想来，母亲这么做听起来是挺不科学，但却可以理解。

世事并非都遵循"善有善报"的定律，而好的运气也并非会垂青于每一个正在等待它、需要它的人。当这所有的一切，无法用平常心来消解，人总得去相信一些诸如宿命之类的东西，给自己一些心理安慰。

严格说来，母亲不是一个纯粹的宿命论者。她不愚昧，对某些东西心存敬畏但绝不盲从。我一个朋友因为跟男友"八字不合"，就被男友的父母逼分手。母亲听了，对男方家人的行为感到万分不理解。母亲说："规矩啊，风俗啊，都是人定的，其宗旨是服务于人。任何可能会伤害到别人的牛鬼蛇神、风俗规矩，都是可以不管的。"

有时候跟母亲一起去逛街，看到天桥上乞讨的各色人等，母亲总会从我兜里拿出几块钱施舍给人家。有时我会提醒她说："有好多都是骗人的，你不要上当受骗。"母亲说："受骗也就几块钱，但万一是真的呢？再说了，你把钱给他们，是实实在在地帮助了活生生的人，拿去寺庙献给泥塑的菩萨才傻呢。"

今天看来，母亲所谓的迷信，完全只是母爱的一种表达方式，也是她在面临残酷的现实、无法用一直相信的价值观来指导人生的时候，寻找到的一种自我安慰的方式。

母亲的一颗心始终是赤热的、淳真的、善良的，她无法用科学的道理和先进的文化知识来解释生活中的一些现象和事件，来满足和指导孩子们的学习、生活，但母亲所说、所做的一切，都是着眼于教育我们好学上进、勤俭节约、朴实为人，着眼于培养我们健壮的体格和正直的人格。除此之外，别无他意。

也就是母亲这样朴素的思想一直影响着我，让我在极度苦闷的空间中寻找到那么一扇透气窗口，放下心里的负荷，对着所有压在我心上的负荷以及我所期望的机会，学着徐志摩说："得之，我幸；不得，我命。"

人生寒凉， 但您的手很暖

（一）

父亲 1954 年生于云南一个偏僻的小山村。我爷爷在父亲不到 10 岁的时候就得肺痨离世了。那时候，奶奶眼瞎，小姑还在吃奶，父亲一个人在村子外的茅草棚里守着我爷爷，直到他咽气。

作为家里的长子，父亲才 10 岁就负担起了养家的重任。

我和弟弟出生以后，我父母亲成天在田地里忙得脚不离地，可家里还是穷得连买盐的钱都没有，于是，我被送到了外婆家。

为维持生计，父亲外出打工，这一去就是二十几年。每年，我和父亲相聚的时间尤为短暂，有时候我和他整整两年都碰不到面，于是，最能维系我和父亲感情的也就是信件了。

有一回，他在信里这样鼓励我："你是我今生射出的最远的一支箭，我不想看到弓还没有放下，箭就已经落地的结果。"看着这样的富有才情的文字，我潸然泪下，根本不敢相信这样至真至诚的语言出自我的农民父亲之口。

我无法体味父亲遭遇过的困难，但每每想到他，心里就溢满隆重的忧伤。

父亲虽是农民，但从没有男尊女卑的观念，为了让我和弟弟都能同时上学，他几乎拼了命地去挣钱，但在老家，农民工辛苦一年拿不到血汗钱的事情极为常见。每到我们开学的时候，父亲就四处筹借学费，并为此焦头烂额，寝食难安。到我上高中的时候，家里已是债台高筑了。

都市里的人们肯定无法想象这样的窘境：每年过春节，听闻父亲回家，前来追债的人就络绎不绝。有几年，父亲甚至连春节都没敢在家里过。

那几年，我更发疯发狂地努力学习，倒不是为了考什么第一，而只是为了拿奖学金，虽然每年的奖学金只有区区几百块钱，但我会觉得我为家庭、为父亲减轻了莫大的负担。

（二）

我上高中时是 20 世纪 90 年代末，那会儿我大概十五六岁。当时我家家徒四壁，甚至连 150 元的高中军训费都拿不出来，需要去借。当时我和父亲就借到了 50 元路费，从老家坐了四个多小时的中巴车才到我就读的中学。到了学校后，父亲放下行李就带着我去找一个远房亲戚借钱。

他之所以带着我去，是因为跟那个远房亲戚有许多年没联系了。这次贸然拜访，开口就要借我的学费。如果不带上我，空口无凭，他担心人家不相信他借这笔钱是用作我的学费，不肯借。毕竟在农村，很多人找各种借口去找不熟知的人借钱，有时候只是为了去赌博。

到了亲戚家，短暂的寒暄过后，父亲说明了来意。那个远房叔叔没表态，但婶婶的脸色有点难看，后来，在父亲的软磨硬泡下，叔叔还是拿了100元出来借给我们。父亲千恩万谢，带着我从那个叔叔家回学校。他兴奋地跟我说："还差50元。我先把你送回学校去，一会儿再去找另外一个叔叔去借。今晚就去他们家里借宿。"

学校坐落在古城边上，父亲担心我的安全，穿过古城送我回学校。那会儿古城的旅游业还没有兴起，去古城旅游的都是外国人，一线城市来的游客很少。古城里一间客栈都还没开，里面还住着很多少数民族人家，家家户户门前有垂柳、有小溪。到了傍晚，小溪上游有人放闸，古城里的每一条小溪水位都上升，溪水漫上来把青石板路上的垃圾、树叶都冲走了，第二天石板路就恢复了干净，根本不用人工清扫。

我和父亲回来的时候已经是晚上，被溪水漫过的青石板路湿漉漉的。夜晚的古城已经没有什么人，路灯也很稀少，显得又冷清又寂静。我跟着父亲深一脚浅一脚地走在古城的石板路上，心里想着的却还是那个婶婶看我们一脸嫌弃的眼神。那眼神里分明写着几个字："那么远的亲戚关系，你都能找上门来，够可以的啊。"毕竟是年轻气盛要面子，我冲父亲说了一句我这辈子想起来都会后悔的话："你干吗一定要把自己搞得这么没尊严？"父亲冷笑了一声，回答我："哼！尊严？你是要上学还是要尊严？"

借到学费后，父亲就在城里待了下来，并去到某个正在大兴土木的景区找了一份工作，想早点把所欠的债务还上。结果，那一年，他被项目承包方拖欠工资，最窘迫的时候连看病的钱都没有。

某一天，他到学校来看我。我当时刚从食堂打了饭回来，问他吃过没有，他说吃过了。那天食堂做的肉炒土豆丝特别咸。我扒拉了几口，觉得咸得难以下咽，就想要倒掉，父亲制止了我，端过我的饭碗把饭菜吃了个干干净净，然后连喝了好几大杯白开水。我后来才知道，那时他已经把他身上所有的钱都给了我，自己连买饭钱都没有了。

上大学那年，我 17 岁，为节约路费，我决定自己一个人去首都报到。父亲实在放心不下我，坚持要把我送到省城。在到省城之前，我和父亲都没坐过火车，两个"土老帽"在火车站横冲直撞却总找不到进站口，差点误了点。等我找到自己座位的时候，只有一分钟火车就要开了。父亲看了我一眼，对我说"以后你就要一个人了哦"，然后便头也不回地走出了车厢。

我以为他已经离开了，但当火车开动的一刹那，我看到了他还站在站台上，茫然地看着火车开动。我想他可能是一下车就认不出我所在的车厢，但他知道我就在这趟火车里，还是采取这样的方式为我送别……那一刻，我泪流满面。

依稀的泪光中，我看到父亲把小时候的我架到肩膀上，看到他背着一大袋上交学校的米送我去县城上初中，看到他四处登门借钱送我去市里上高中，看到他站在站台上目送着我步入大学……

（三）

父亲求知欲很强，他只上过小学一年级，但愣是学会了使用字典，认了很多字；他与音乐颇有缘分，无师自通地学会了口琴、二胡、三弦、葫芦丝等乐器；只要有条件他再忙都会看看新闻和报纸，他甚至知道我所不知道的时事。

我经常在想，如果父亲能有机会上学的话，他或许就不会是个农民工。

我的父亲是个农民工，但他是世界上最伟大的父亲。在那样残酷的岁月里，他没有怨天尤人，没有丧失对生活的热爱，没有放弃对未来的憧憬。可以这么说，他最完美的作品不是我和弟弟，而是他走过的每一步路。是父亲改变了我的命运，也是他以他的实际行动激励着我，永远不用惧怕前面的惊涛骇浪。

如今，我长大了，但父亲却迅速地苍老了。今年又中风，差点半身不遂。这些年，父亲一直不肯服老，我如何不知他是怎么想的呢？这个男人那样害怕别人说他老了，不过是因为在他心里，他的女儿还小，还没有长大，需要依赖他、依靠他，所以他不肯老、不愿意老，也不允许自己老。

我多么想对父亲说：您服老吧，你姑娘已经长大了，不需要你的抚养和照顾了。以后，你可以像个真正的老头一样活着了，不需要对着镜子看额头的皱纹，也不需要坚强、不需要勇敢……你可以无理、可以脆弱、可以耍赖、可以撒娇、可以不工作，可以去打太极拳……只要你还在就好。

小时候，父亲是我遮风避雨的树。现在，我长大了，就成为父亲的树，那么，老爸，过来吧，刮风下雨的时候，来我这棵树下躲着，你的女儿会保护你的。

如今，当我看着他戴上老花镜才能看清街头的广告，看着他那越来越驼的背，看着他头上开始花白的头发还有脸上爬满的皱纹，想起他第一次走出国门时的好奇，想起他都过了 60 岁依然想跑出去打工挣钱说要减轻我的经济负担，想起他中风时怕给我添麻烦的样儿……眼泪就又要出来了。

小时候，他把我负在背上，送我去外婆家。山路很窄，但他的背很宽。长大以后，他一直把我放在心上。人生寒凉，但他的手很暖。

这世界上，绝大多数父亲都是伟大的吧。"父亲"这一个词，已经包含了所有的难以言明的温暖与感动，意味着人世间至真至美的责任和感情。它和母亲这个词一样，已经构成了我们生命中的风和雨，天和地。

没有你， 世界会变冷一度

　　晚饭后的天台特别凉快，我坐在秋千上看母亲照顾她的菜，听她抱怨不知道从哪儿来的蜗牛、小鸟，老是来偷吃她种的纯天然无公害的菜。母亲埋怨我和女儿又穿着拖鞋上来，一会儿回去弄脏了地板她又得拖地，我跟女儿像是合谋作案一样对视大笑。

　　有一年国庆，我回了老家一趟，带回来一些格桑花种子。几个星期前，母亲往土里一撒，现在已经在打花骨朵儿了，过不久应该就会开花，品种是最常见的粉红。

　　晚风习习，楼下不知道谁家厨房飘来饭香。母亲在给菜地浇水，女儿蹲在花盆边捉小蜗牛，坐在秋千上的我看着格桑花的花骨朵儿在风里摇曳，忽然觉得自己好幸福。

　　我跟母亲说："我觉得好幸福哦。"

　　她笑："你是很幸福啊，有我这么好的妈和那么好的女儿。"

　　我说："就是。"

　　她叹气，仍然笑着说："可你吃的苦头也挺多。"

　　我说："没关系。人活一世，不是要吃这种苦，就是要吃那种苦。会吃多少苦，能享多少福，都是命。可你和父亲都健在，女儿也算聪明伶俐，目前这样就很好了，真的很好了。"

我问母亲："没能找到一个好伴侣，我是不是挺不孝的？"

母亲回答："没有，只是觉得你这样太辛苦了。"我没再说什么，只是看母亲开始忙她手里的活儿。看着她的背影，心里又酸又暖。

其实我真正读懂她，是在我也当了母亲以后。当我学会以一个女人看另外一个女人，而不是以一个女儿看一个母亲的角度去看待她，那些曾经不怎么理解的，现在都理解了。

生女儿的时候，我疼了二十几个小时还是生不下来，前夫出差在外地根本没赶回来，她全程边抹泪边紧握着我的手。在被推进手术室剖腹前，我回握了一下她的手，说："妈，你别哭。"然后，看到她哭得更凶了，像个不知所措的孩子。

前两日，我一个闺蜜吐槽由于她不去相亲，她妈跟她生了三天闷气不搭理她，我顿时觉得自己还是很幸福的，因为从记事以来，母亲从来没有干涉过我的生活，没有左右过我的任何决定。

我跟母亲的矛盾主要体现在她经常跟我这么说：

"上天台又不换鞋是吧？回到家里把地踩脏了我又得拖地。"

"你来拖？你拖得干净吗你？"

"嘿，进出阳台怎么不关门呢，蚊子飞进来了，小心又咬你女儿一脸包。"

"一回家你外套包包乱扔，你看你那个床，乱得像猪窝！"

"看电视的时候为什么一定要把你那双臭脚架在茶几上？"

　　这世界上，有人一直在努力挣脱父母亲的控制和束缚，而我却从来不为这个苦恼，大抵是因为我生活在一个相对民主的家庭之中，虽然家境一直很清贫，但孩子的意愿都能得到尊重，至于父母不甚和睦，那是他们自己的事了。

　　我一直在异乡漂泊，终日奔波劳碌，脑子里常常是一片兵荒马乱而又寂寥荒芜的，焦虑起来的时候甚至会整宿失眠，但是，每次看到父亲母亲，平和安然的心境马上就会降临。握着父母粗糙的手，摸摸他们沟壑纵横的脸，拍拍他们的后背，去商场给他们买件好看的衣服，忽然塞给他们嘴里一些好吃的东西，看他们猝不及防地咽下去……就会想起若干前年，他们也曾经如此温柔地对待我。

　　我离婚之后，是双亲给了我最大程度的体谅和支持。他们鼓励、支持我跟孩子爸爸好好相处，说过去的事情都过去了，谚语里说"百年才修得共枕眠"，好歹夫妻一场，离婚了可以还是朋友。

　　母亲有一手好厨艺，她做的酸辣鸡爪特别好吃，母亲有次专门多做了一些给孩子爸爸备着。她说她记得孩子爸爸最爱吃这个，周末等他来接孩子时，拿一些给他。母亲不是想通过讨好前女婿以达成什么目的，她只是习惯性地对每一个认识的人友善。她待弟媳，待我的其他朋友，也是一样的。有时候快递员送货上门，她也会问问人家热不热，吃饭没有，要不要进家里来喝口水。

　　母亲一直体虚，常年生病，晕车严重，所以平常活动范围只是走路能走到的地方，甚至连需要坐车才能去到的公园、商场、餐厅都不愿意跟着我们去。有一次生病，她忽然说她生病的时候只想了一件事："如果我不行了，你还得请一个保姆，而保姆未必能做得像我一样细致，那你的压力就很大了。"

还有一次，是我生病，母亲叮嘱女儿："以后外婆不在了，你要照顾生病的妈妈。"听到这话，我鼻子就更酸了。

我以为我长到这么大，已是一棵参天大树，可以庇护他们了。可他们心里想的、眼里看到的，还是我的无助和辛苦。我希望他们安心地老去，心安理得地接受我的照顾，可他们却依然不敢病，也不敢老。有时候想想，真的会很内疚，他们对我庇护太多，而我体谅他们太少。

几年前的产假，我带着孩子回了老家一趟。那时外公、外婆已经并排躺在了那两个如同大馒头一般的土堆里。看到逝去亲人们的坟墓上都长出了新草，我才真正地意识到：那些死去的亲人，我是永远都见不到了。

老爹和母亲有天忽然讲起选墓地的事儿，听得我心里一阵阵得发紧。

母亲出生于一个彝族村落，在她们那个山村里，几百年来都有这样一个传统：一个人呱呱落地后，他家里人立马种上一棵树，等他长到四十来岁的时候，就把树砍倒，做成棺木。这个人会参与浇灌、养护、砍伐、制作棺木的过程，如果放了几年那副棺木旧了，他还会给棺木重新上一道漆，神情悠然。

在异乡，很多人特别忌讳"死"这个字，某些场合连"可爱死了""想死你了"都不能提，甚至有些写字楼的楼层号没有 4 楼，都用 3A 楼代替。在老家，人们谈论死亡是很自然的一件事情，所以在异乡生活的这么多年里，有些风俗和忌讳是我所不习惯的。

是啊，死亡对每个人来说都是无法回避的宿命，这一天迟早要到来的。人终有一死，所以琐碎的日常、还能在一起的时光才变得弥足珍贵。只是，每念及此，想到父母有一天不在这世界上的任何地方，我还是很悲伤。

记得十多年前某个夏天的早晨，外婆走了之后，母亲接到消息，眼泪决了堤，她只说了一句话："妈妈对不起，这辈子我光顾着为儿女操劳了。"

那一天，高原的太阳对着那片美丽的大地释放着浓浓的暖意，院子里嫩红的石榴花悄然绽放，玉米树油绿绿的叶子在风中摇曳，但对母亲来说，这个世界的温度已经无可避免地变冷了一度，而且再也不能回升。

年少时候想到假使父母过世，因此悲伤大哭，那是出于对死亡的恐惧；现在想到有天他们不在，因此黯然神伤，却为着另外一种更深刻的认识。

不记得是谁说过这样一句话：在某种意义上，老人是挡在我们与死亡之间的屏障，虽然这层屏障也不过是虚有其表的马其诺防线，但他们的存在，会让小一辈的人觉得自己很安全，觉得自己尽管一大把年纪，尽管已经承担起了"上有老、下有小"的责任，但依然有种"自己是一个受保护的孩子"的幻觉。

我们总会抵达那个终点站，全面的孤独总会到来，总会有一天猛然抬起头，才发现耳边再也没有唠叨声，眼前再也没有他们的影子，手机里的那个电话号码再也没人接……

而那个千里之外的故乡，我们是彻底回不去了。没了他们，那个我引以为傲的风景如画的故乡，对我而言也不再是故乡。那些山，那些水，那些舌尖上的味道，只会让我更心伤吧。

先前常常和闺蜜们说起，我十分回避跟母亲说些肉麻的话。我联想到她们这一代，或许真的没有什么说"我爱你"或者听到"我爱你"三个字的机会，只是在某次发短信的时候，在说完一堆正儿八经的事儿以后，轻描淡写加了一句："妈妈我爱你。"

岁月漫漫，随便捧起一掬，都幸福到伤怀，可惜生命必是有遗憾的。每个人都只是沧海之一粟，却承载了太多的情非得已、聚散离首。不甘心也好，不情愿也罢，生活一直都是一个无人能参透的谜，因为不知道最终的谜底，就只能一步步地向前走。

我也早就知道，人生没有完美，遗憾和残缺始终都会存在。穿越过岁月的风雨，已经失去的东西很珍贵，没有得到的东西也很珍贵，但世间最珍贵的还是现在。那么，只希望我们都能把握现在，珍惜这似水的流年，让那些珍惜与善待多一些，更多些，让遗憾和后悔少一点，再少点吧。

我们都曾热泪盈眶，我们终将铁石心肠

（一）

我心目中最好的一支乐队是 Beyond，我觉得他们是香港乐坛无可复制的奇迹和神话，但是，单就歌手来说，我最喜欢的是许巍，然后是朴树。

第一次听到朴树唱《白桦林》的时候，我 16 岁，正在上高二。我们把这首歌的歌词写在纸上，然后让会唱的同学在课间教我们唱。那一年，学校举行新春合唱会。同年级有一个班的同学在合唱表演上，合唱的就是这首歌曲。我们坐在教室里，心中想着这个凄美的故事，然后，从中学习爱情。那会儿，朴树出的专辑还是卡带。同学有一张《我去 2000》的卡带，被同学们借来借去，最后卡面都磨损了。

十七八岁时，我谈过一场柏拉图异地恋。那时我已经上大学，但还没有买手机。当时电话费挺贵的，30 块一张的电话卡没打多久就没了，所以大多数时间里，我们都用书信传情。每次收到他来信，都感觉像在过节。他没什么文采，就在书信里大段大段抄Beyond 和许巍的歌词送给我。他的字写得很难看，但每次收到他的信，我都会看很多遍。后来，这段只牵过手的恋爱随后稀里糊涂结束了。

那年放暑假，我去他的学校见他。到了原本约好的时间，他却迟迟不出现。我在他宿舍门口等了两个钟头，忽然觉得没耐心了，然后就头也不回地走了。后来，他跟我说：当他回到宿舍发现我已经不在了的时候，他觉得他要永远失去我了。

因为爱得浅尝辄止，告别时也丝毫不觉痛苦。我真心完全不记得当时跟他分手是怎样的情形了。我只记得，我曾跟他一起逛过古城，我们手挽手走在古城的街道上，街道两旁工艺品店播放的正是许巍的歌。我只记得他曾经在电话那头拨弄着吉他，轻轻哼唱许巍的歌给我听。只记得我们一起去公园，他看到夕阳照在我脸上，呆呆地看了我半晌，然后说了一句许巍唱过的歌词："你站在夕阳下面，面容娇艳。"

（二）

2002 年，许巍的第三张专辑《时光·漫步》推出。那一年，我读大二。好友把这张专辑拿给我听，我一听就爱上了。

好友借我的这张专辑，还是卡带。卡带封面上的许巍留着短发，看得出来那张照片是仰拍的，因此显得他有点卓尔不群，但笑得很干净很温暖。

在大学里，我度过了自己 20 岁的生日，并认识了一个男孩。最开始的我们不是恋人，只是在一起听音乐。将近有一个月的时间，我几乎每天都会和他聊得很晚，而陪伴着我们最多的，就是许巍的歌。

我没钱买电脑，也不大有钱去上网，最大的消遣便是床头那台硕大的录音机、CD 机、收音机一体机。室友每次看到我提着它去洗衣服或晒太阳，就笑话我：“感觉你像是端着个脸盆。”

一体机里播放的音乐，百分之九十以上是那个男孩推荐的。我们几乎对许巍的每一句歌词、每一个音符都烂熟于心。因为都喜欢听许巍，于是，我们越走越近。那时候，我们都觉得时间多得要命，而手里的钱少得可怜。我们去天桥上买许巍的 CD，都只舍得花钱买五元一张的盗版碟。

当时，我们学校还没有建那么多的高楼，校园里的树比楼多，而且，还没有被合并。学校广播里，播放得最多的便是许巍、朴树的歌。在《生如夏花》那张专辑里，朴树在歌里唱：“真甜蜜啊，我爱你到永远。”但是这句歌词还有下一句：“可哪儿有什么永远。”

后来，当我开始有了能支付许巍演唱会门票的闲钱，开始感到时间有点不够用的时候，那个曾和我一起听许巍的男孩也离我而去了。

2008 年 5 月 12 日，是护士节，也是汶川大地震发生的时间。地震来的时候，我坐在北京的公交车上。后来，很多人说北京也有震感，而我对大地的细微晃动浑然不觉，脑子里只想一件事：“我很不好吗？他为什么要跟我分手？”那几天，我休假去了趟北京，就是为了回我们相爱过的地方看看。大学室友蕾当时还在北京读研究生，听闻我来了，陪我逛了半天的胡同，请我吃了半只烤鸭。

进胡同之前，有一家店铺在做活动，送了我们每人一只气球。几乎是同一时间，我们俩吟唱起朴树唱的《旅途》那首歌来，那是蕾最喜欢的朴树的一首歌，那首歌的第一句歌词是"我梦到一个孩子，在路边的花园哭泣，昨天飞走了心爱的气球。"唱完，我们互相被对方脸上熟悉的笑容钉在原地，动弹不得。当晚，她陪我住在胡同里，次日我们又各自奔赴自己的生活。

那会儿的我们，都还很青葱，都曾奋不顾身地为了姐妹出头去收拾欺负她的男人，也曾因为错爱一个人而遍体鳞伤。我们路过很多人，感受过温暖，承受过背叛，曾经潇洒得意，后来狼狈不堪。

（三）

失恋后，有一阵子，我活得像一具行尸走肉，一听到那些熟悉的歌声和旋律就落泪。再之后，我在择偶条件中加了一条"在音乐上的喜好和我相同"。只是，当那个我认为对的人出现的时候，这个择偶门槛早已被我忘了九霄云外。我后来嫁的那个人，兴趣爱好和我差了十万八千里。

婚后，我们有过一段甜得发腻的时光。直到请柬都已经发出去的婚礼被长辈叫停，我才嗅到了"山雨欲来风满楼"的味道。这个事情带给我的难堪和尴尬，像一枚生锈的绣花针，刺得我心尖疼。

　　我又是伤心又是愤怒，大哭了好几场。这期间，他一直守在我身边，又是赔罪又是安抚。想到不被祝福的未来，我和他还抱头痛哭了一顿。眼泪流到一起去的时候，我居然感到点幸福。

　　那会儿的我还年轻，不知道相比充满磨难的漫长人生，这只能算是一次小小的难堪。二十几岁的我，心量显然也不如现在这般宽大，自然也并不懂得该怎么不卑不亢地去处理这样的事。这么一棍子下来，自己就先懵了大半。

　　如今的我，回望那段往事，竟有些羡慕自己当时的小女孩心性。彼时，因为年轻，一点小事发生就觉得天塌了。我一吃痛了就敢大声哭喊，也不过是仗着还有人疼，还有人愿意跟你一起去面对。

　　后来，我们还是办了一场富有当地民族特色的小婚礼，只请了七八个朋友，双方父母和家人也没出席。筹办这场小婚礼的公司，最终给我们寄来了制作好的婚礼视频，背景音乐是许巍的《四季》。

　　每次回看这段视频，我都能听到许巍唱："古老的城墙就好像沉默的莲花绽放夕阳里，你们互相搀扶的身影，缓慢走在晚风里……放下渴望收获的心，所有的一切都是因为你，简简单单地为你歌唱，阳光普照在冬天。"

　　阳光依然普照，许巍的歌我还在听，但那个冬天我却感觉不到温暖。生活越来越沉重，孩子不到一岁的时候，我们离了婚。再之后，我们成了"一别两宽，各生欢喜"的前夫前妻，每逢孩子过生日时还能坐在一起心平气和地谈起孩子的教育问题。

（四）

30 岁以后的人生，好像过得特别快。时间像是洪流一样，裹挟着我奔向前方。

觉察到青春散场之后，我慢慢变得稳重和成熟。我开始明白一件事：世间没有幸福，但可以有自由与宁静。回头看看，身边的每一个人在过去的十几年间，都经历了不少事情。每个人都有过挣扎，有过痛苦，每个人都活得好卑微甚至是卑贱，都像是正努力从一个又一个的大坑里爬上来。

每个人都不容易，每个人都在努力，并不是只有我自己满腹委屈。人生不如意者，不说十之八九，但至少也有十之五六。我常常在想：我们要走过多少路，才能成为真正的成年人？

现在，我偶然也会听听我喜欢过的歌手的歌，写作的时候，开车的时候，旅行的时候。有空的时候，我还会去听他们的演唱会。

歌里的许巍，从一个忧郁愤懑的青年变成了一个静看缘聚缘散的中年人；舞台上的朴树，依然保留有一股子少年气。听的时候，我也想起过去的一些人，一些事，然后会心一笑，无悲无喜。

一个朋友说："从没觉得他们是偶像，只当他们是兄弟，当他们是一路走来的朋友。"我也是这样的。他们的歌，曾经在已逝的那些岁月里扮演过那么重要的角色。我幸福时听过，悲伤时听过，开心时听过，痛苦时也听过……然后，每首歌都承载了沉甸甸的回忆。

有些情绪，身边的人未必懂得，但你听过的那些歌懂得，或者，你可以认为它们懂得。那些纯真的日子，那些逝去的简单的快乐，羞怯与欢喜，茫然与痛苦，都在那些歌声里了。听着这些熟悉的旋律，我内心里常常会闪过一句话："我们都曾热泪盈眶，我们终将铁石心肠。"

谁的心不曾脆弱得不堪一击，柔软像一块豆腐？谁不曾青涩懵懂，动不动就热泪盈眶？但是，一路跌跌撞撞地走过来，我们都曾被这个世界里所谓的成熟、规则、现实狠狠伤害过，随后，我们开始学聪明，开始变得理智、冷漠、自制、铁石心肠。

如果我们不铁石心肠，现实就会对我们铁石心肠。我以为你刀枪不入，你觉得我百毒不侵。我们都只有在听到年轻时听过的那些熟悉旋律时，才能回忆起那个空有一腔柔情和孤勇的少年。

成长和成熟终究是一件又温暖又残酷的事，那么，我们没变成自己当初所讨厌的人便已经很好了。

（五）

我想，每个人，或多或少都会经历过一些回头说起来或难堪或骄傲的事情吧。只是，我不知道你们会不会也有这么伤感的时刻：当你平静地回忆起某段往事，然后有那么一瞬间，你会惊叹时间怎么过得这么快。那些事情，好像还只是发生在昨天，但我们身边每一个人都老去了，而我们，再也不可能和以前一样放肆和任性。

说"时间过得好快"，绝不是像过去课本上写的"光阴似箭"

随便念过就算了。这种深刻的体会，往往是来自参加聚会时，彼此之间津津乐道的事情居然也有十年以上的历史了；或是别人婚礼上所见到的朋友，他们的孩子居然已经那么大了，个子高得能吓你一大跳等这些事。

而我们，早已经不是过去那个遭遇点疼痛就悲伤大哭、满地撒泼打滚的小姑娘；即便天上下刀子，也能想得出办法找出一把铁伞，勇敢地走出门去，应付那些命运赐给我们的冰霜雪剑。

长大了的我们，骨头变硬了，心却变软变大了。即使更大的悲伤装进去，也照样可以冷漠地离开，平静地遗忘。你甚至慢慢明白，你何时该耀眼，何时该淡然，何时该犀利，何时该温婉。前路漫漫，你我终将长大，老去，再无须别人提醒寒来加衣、雨来带伞。

青春已逝，有些花开了又谢，有些缘起了又灭。人生如云，本就蕴含着万千变化，云起时汹涌澎湃，云落时落寞舒缓，都是常事。

想到我曾和你并肩走向夕阳，曾跟你一起承担过艰难，曾跟你有过泣立相拥的时光，曾在午夜梦回时钻进你的臂弯，就会觉得：管它山高水长，管它城远大漠荒，我们曾痛快活过、真心爱过，便已经足够。

几乎所有的写作者，来来回回写的都是自己，我当然也不例外。

我没有输出"正能量"和"价值观"的能量，也不想成为某种"标杆"或"模范"，所以只能诚实地记录我在某个时点的所思所想，为大家多提供一个看待问题的视角。虽然，每一件事物都有多个侧面，用眼睛剥开事情外壳的本领我也只具备了一点点。

在这本书里，我讲了很多问题，也提出了自己的观点，不一定和你的观点吻合，但这不见得是一件坏事，而且说不定过几年你就会认同我或者我认同你了。每个人思想的发展，都可以呈"螺旋式上升"和"波浪式前进"。之前我们所崇尚的，可能是我们后来反对的；之前我们抨击的，可能是后来的我们所拥护的。这世界上没有绝对客观的人，因为每个人的视角都有局限，都只能看到眼前的那一片天。而我，只是尝试着拉开舞台上的一块幕布，让读者们看看幕布后面有怎样的表演。

前几天，一个朋友跟我说："我希望你能涅槃重生，不要生活在过去的事情带给你的悲伤中。"

我大吃一惊："原来你一直觉得我活在悲伤中？天哪！我怎么会给你以这种印象？"

她回答："你写的东西非常大气，但偶尔还是会流露出一丝伤感和不忿。"

　　我哑然失笑："我喜欢的一个作家说过一句话，一切的理解都包含着误解。我觉得这话太对了，因为想让别人明白自己太难了。偶尔的伤感和不忿，谁不会有呢？可它未必和过去那些不好的事情有关。那些现在过得春风得意的人，就不会有伤感和不忿了吗？成天打了鸡血一样乐哈哈的，那是《射雕英雄传》里的傻姑。"

　　每个作者写文章，都难免会带点情绪，有了这种情绪，写出来的文章才能引发读者的共鸣和思考。我们不能要求作者做到绝对的理性和客观，因为这世界上没有绝对的东西。只要是人，都会带有自己的主观色彩，也有自己的立场。如果一个作者写的东西，能让读者产生点共鸣或者让人感到新奇有趣，就算是作者与读者有缘分了。每个作者都有鲜明的个人风格，擅长写的东西也不尽相同，不必求全。

　　我只是有点遗憾，还是有太多人过于迷信"利益决定立场"。如果一个离异人士分析情感和婚姻，就觉得你说的都不靠谱；一个没有养育过孩子的人谈育儿，就觉得他说的一定不正确；一个本地人点评本地发生的一个新闻事件，就认为他一定是要为家乡辩护，他说的话绝对不理性、不客观、不可信。

　　公开码字多年，我也会遇到这样一些人。他们常常会看不懂你说的话，看你在肯定 A，就认为你是在否定 B。比如，我说女人应该独立自强，任何时候都要把握对生活的主动权，他就认为我说这话的意思是：婚姻中所有的问题都是男人的错，女人是没责任的。如果我说，在一个男权社会里，女性意识苏醒是个好事，他们就认为我是在仇恨男人。他们好像特别擅长做这样一件事：先曲解你的意思，然后对"他想象中的作者的观点"进行反驳。

俗话说"一样米养百样人"，我们没法要求所有人跟我们自己的"三观"吻合。从这个意义上来说，我觉得写作有一个很重要的功能，那便是"寻找同类"。靠写作很难"教化众生"，"教化众生"那是宗教的事儿。

这本书里，有女性意识，也有家国情怀，有亲情爱情，也有自我和成长。书里有感性认识，也有理性思考；有温情脉脉的抒情，也有嬉笑怒骂的调侃。比如批判传统文化中一些不合理的观念，也并不等于是在全盘否定中国传统文化。

我曾经问过几个喜欢我的读者："你为什么会喜欢看我写的东西？"

反馈回来的答案中，被提及最多的一个字是"真"。有一个读者更是给了我很高的评价："有很多人在戴着面具写作，多多少少给人的感觉有点装，而你愿意把自己从台上拉下来，坐到大家的中间，字里行间真实得让人能看清你脸上的雀斑。"这真是对我的"谬赞"。不过，人总是容易被与自己气质相近的人吸引，这是不争的事实。

假设让我遇到薛宝钗和林黛玉，我估计会和薛宝钗成为"熟人"，和林黛玉成为"知心好友"，因为我喜欢一言不合就发脾气但是至情至性的黛玉，而不是做人八面玲珑、说话滴水不漏、看起来人畜无害的宝钗。

宝钗当然也是个好女子，但我欣赏不来这种像"塑料假花"一样无懈可击的"好"，只觉得跟黛玉那样有血有肉会残败的"真花"待着会更自在。

写一篇几千字的文章并不难，写一本几十万字书挺难的。因水平有限，这本书难免有错漏和不当之处，恳切希望读者批评指正。

人到中年，过的都是"按下葫芦浮起瓢"的日子。时间越来越宝贵，而人生总是不能两全。日后的日子里，我希望自己还能写出更多更好看的作品来。感谢读者们一直以来的支持和陪伴，能以这种方式和你们相遇是我的幸运。

祝你好，祝我安。

2017 年 7 月于广州

图书在版编目（CIP）数据

愿你有征途，也有退路/ 晏凌羊著.—杭州：浙江
大学出版社，2017.11

ISBN 978-7-308-17502-9

Ⅰ.①愿… Ⅱ.①晏… Ⅲ.①故事—作品集—中国—
当代 Ⅳ.①I247.81

中国版本图书馆 CIP 数据核字（2017）第 246928 号

愿你有征途，也有退路

晏凌羊　著

责任编辑	卢　川	
责任校对	杨利军　张培洁	
出版发行	浙江大学出版社	
	（杭州市天目山路 148 号　邮政编码 310007）	
	（网址：http://www.zjupress.com）	
排　　版	杭州林智广告有限公司	
印　　刷	杭州钱江彩色印务有限公司	
开　　本	880mm×1230mm　1/32	
印　　张	10.625	
字　　数	227 千	
版 印 次	2017 年 11 月第 1 版　2017 年 11 月第 1 次印刷	
书　　号	ISBN 978-7-308-17502-9	
定　　价	39.00 元	
